阿霞

◉ 廖震

目次

作者序

為什麼是阿霞

一直覺得人心滿脆弱的，一句話、一個動作，甚至一抹眼神，都可能使人難過好一陣子。話可以是好是壞，動作可以是接納是排拒，眼神也可以是溫暖是鄙視。同樣是話，好話一句三冬暖，冷言半句六月寒。文字也是。

當了三十年記者，我常想，寫了大半輩子新聞，到底爲社會付出了什麼？雖然經常將「不信東風喚不回」掛在嘴邊，三十年過去了，採訪對象幾經更迭，環境也大不相同，政治卻依然紛亂、社會紛擾、人心不安。

三十年見證了無數採訪對象起落，也見識了無數人心危脆崩落，自省除了新聞之外，還能爲社會做些什麼？幾經思量，以文字說故事，期能溫暖每一個角落打拚的人，便一直縈繞腦際。

但要寫些什麼才能溫暖人心？在底層爲社會奉獻的清潔隊員，晨興夜寐、沐雨櫛風，本就令人尊敬，如果還能在逆境中秉持善念，不忘初衷，一路向前，就更値得效法，於是，清潔隊員便成爲故事的主角。

主角設定完成，再融入職場、政爭、愛情、佛法……，場景則以集集鎮爲主，海內外多個城市也有涉足，結合時局描述包括慈濟志工、爽文國中國樂社、三軍樂儀隊、蝦米視障人聲樂團、國家搜救指揮中心、PTT……等。

初稿完成請多位好友試讀，有謂「許久沒看到如此接地氣的小說了」、「情節步步驚心」、「觸動人心」、「很有深度的故事」，或謂「好久沒一次看這麼多字了，非常好看」……等，給筆者莫大的鼓勵。

主角取名阿霞，則因感於日本有「阿信」，韓國有「大長今」，希望台灣也能有代表性的女性人物。「阿霞」就像我們的姊妹、鄰居或菜市場夫人，盼能以此彰顯台灣女性特有的溫柔與堅毅，爲人稱道。

阿霞從底層出發，直到權力頂峰，遍嘗人情冷暖，見證人心脆弱之餘，深覺人心其實也可以很強悍，心受傷了可以痊癒，難過之後也可以重拾歡笑，生命更是充滿韌性與無限可能。

歷經許多磨難的阿霞，一路走來，始終心寬念純，深信逆增上緣，同時還能一本初衷，溫暖他人。

因爲，她相信人與人之間的一切恩怨，必須以慈悲、仁愛、寬恕來終結，時時刻刻給人溫暖。

掠奪的人，必將受苦。
施捨的人，終有回報。
給予的人內心必然豐盈，就像是不停湧出的泉水，無私地讓乾渴的人分享最美的甘露。
愈給，你只會愈多。

阿霞

一

春末夏初，中台灣的太陽已炙熱得發燙，長長的人龍中，只見蔡林葉不時焦躁地側身往前看。背上的嬰兒似乎感受到母親的不安，也哇哇大哭起來。

「阿桑，天氣眞熱，妳帶這囝仔來眞艱苦喔！」排在後面的婦人一邊搖著扇子，一邊拿著毛巾拭去汗水，露出同情的口吻說。

「沒法度啦，前幾天帶這囝仔去媽祖廟收驚，濟公師父說這查某囝仔眞歹飫飼，就替伊改名叫素霞，蔡素霞啦，後來媽祖婆還降旨說要收伊做乾女兒……」

「這樣喔，看來這查某囝仔眞有福氣，濟公師父作主替伊改名，媽祖婆又收伊做乾女兒，妳眞有福報喔。」婦人露出欽羨的表情說。

「唉！只要伊平安長大就好啦，濟公師父還說伊將來有可能會做大代誌，但是阻礙也很多……」蔡林葉話還未說完，路旁的鞭炮聲已劈哩啪啦響起，氤氳的煙霧瀰漫在熱騰騰的空氣中，竟像是結界般地隔離了仙界與人間。

興許是被連串的鞭炮聲嚇著，蔡林葉背上的嬰兒哭得更是用力，不只漲紅著臉，還聲嘶力竭地嚎哭，聲音大到似要與鞭炮拚輸贏。

蔡林葉一邊左右輕晃安撫背上的嬰兒，一邊喃喃自語：「媽祖婆就要來了，不哭，不哭，乖喔，媽祖婆就快來了。」

走在大甲鎮瀾宮媽祖遶境隊伍最前頭的報馬仔已近在咫尺，他身穿黑衫，頭戴笠帽，兩隻腳一隻穿草鞋、一隻赤足，長紙傘上掛著裝有壽酒的錫酒壺、豬腳及韭菜，特別引人注目。緊接在後的是頭旗、頭燈及三仙旗，接下來即是神轎班。

神轎由細藤編織而成，外披彩繡，計有「龍鳳拜塔」、「八仙祝壽」、「麒麟四寶」、「太極八卦」、「雙龍朝珠」等，均由信徒敬獻。神轎頂置有辟邪的掛網「教頭」針一座，小燈兩盞、一藍一紅，紅燈亮代表休息、藍燈代表行進。

神轎內供奉大甲鎮瀾宮天上聖母「正爐媽」、「副爐媽」、「湄洲媽」遶境進香，由武身千里眼、順風耳護駕，大印、代天巡狩大令、五營旗、香爐、淨爐、敬茶、爐丹等均隨侍在側，所到之處，沿路信徒都準備香案和炮聲迎接。

儘管柏油路面已熱得燙人，跪伏在地的信徒仍是大排長龍，等待大甲媽的鑾轎抵達要稜轎腳，祈求祛厄降福、植福延壽、闔家平安、事事如意。

蔡林葉跟著眾人依序跪趴在地，回想這兩年帶著女兒四處奔波，遍尋名醫甚至求神問卜，仍無法根治她的大小病痛及無日無夜啼哭，不免悲從中來，一陣辛酸湧上心頭。

阿霞由濟公作主改名前叫蔡芷苓，是蔡家的第五個女兒。蔡元逵對老婆林葉連續生五個女兒很是失望，取名「芷」就是採其諧音「止」，希望就此止住、不要再生女兒了。

沒想到兩個月前蔡林葉再度生女，蔡元逵的不悅達到頂點，幫女兒取名「珊」苓，想就此「刪」掉過多的女兒命，結果珊苓出生不到一個月即夭折。婚後遵從先生之意冠夫姓，對丈夫始終言聽計從的蔡林葉滿是傷心，說什麼也不願再讓老公把芷苓過繼給遠房親戚。

爲了保住芷苓，不讓她生任何意外，蔡林葉自從珊苓過世後，便更加積極帶著芷苓到處求籤問卦。前幾天經人介紹到台中娘家附近的一間媽祖廟問事，獲濟公乩身指示替她改名素霞，返回台北瞞著老公偷偷到戶政事務所幫女兒改名，蔡元逵得知後把她罵得半死，說素霞這名字好老土。

罵歸罵，對家裡大小事一向專擅獨斷的蔡元逵，自從小女兒夭折後已收斂許多，不再強要芷苓出養，就連本省籍的老婆聽從神明指示，替芷苓改名爲素霞，他嘴裡雖然叨唸，也不再強烈反對。

眼看阿霞這孩子都快兩歲了，還大病小病不斷，幾番折騰下來，別說有嬰兒的唇紅齒白，就連身子都瘦得只剩皮包骨。但說也奇怪，在阿霞這羸弱的身軀下，那哭聲卻似喊冤般地震天價響。

爲了稜轎腳替她祈福祛厄，蔡林葉早早就帶著阿霞返回娘家，並在今日一早前來排隊，等待媽祖鑾轎抵達。

「來了！來了！」人群突然一陣騷動，只見一班壯漢抬著神轎迤邐而來，綿延數公里長的信徒紛紛伏地跪拜，鑼鼓聲、鞭炮聲不絕於耳，背上的阿霞倒像要一決勝負似的，扯開喉嚨哭聲震天。

蔡林葉狼狽地一面安撫阿霞，一面等待神轎經過。奇怪的是，在神轎底通過的那一瞬間，也許是哭乏了，也許是神轎下這一小方陰影讓她覺得舒適，阿霞的哭聲戛然而止。

扛著媽祖婆的神轎班經過後，蔡林葉起身拍拍背上的阿霞，指著壓軸的自行車團，逗弄她看這群素有「鐵衛」之稱的陣頭，築成人牆或車牆維持交通秩序，並且輕聲地告訴阿霞，一定要平安長大。那聲音似也在告訴自己，要好好守護這孩子。

在蔡林葉的細心呵護下，阿霞的健康狀況漸有起色，身子也逐漸豐潤起來。一年後，蔡林葉終於爲蔡家產下一子，加上五位女兒，儘管有六位子女要撫養，但對先生在公家機關上班，最高曾官拜行政院副秘書長的蔡家而言，顯非難事。

學齡前，阿霞總愛膩著媽媽唱歌，爸爸以爲她有音樂天分，要她學鋼琴，還親自教她拉奏二胡；三姊自認鋼琴是買給她的，不准阿霞碰，她只好趁著三姊不在偷偷練習，後來鋼琴彈得普普通通，二胡倒是拉得有模有樣。

爸爸聽出阿霞的歌聲不錯，要她參加合唱團，遇親朋好友來訪，甚至阿霞的外公生病住院，都要她表演唱歌取悅眾人，〈雲河〉、〈葡萄成熟時〉、〈愛你愛在心坎裡〉都是她拿手的歌曲。蔡元逵最愛聽阿霞唱〈小城故事〉及〈阿蘭娜〉，有時在辦公室也會打電話回家，要阿霞對著話筒唱給他聽。

國中畢業後同學找她組樂團，阿霞愛的是聲樂，沒有答應，卻因長得圓嘟嘟，家人都說胖子肺活量大，才能當聲樂家，阿霞不承認自己胖，只好放棄學聲樂。但她仍鍾愛唱歌，後來還報名參加紅極一時的電視節目五燈獎歌唱比賽。

在校期間，阿霞的課業成績並不突出，最喜愛的科目是國文及歷史等文科，尤其喜歡《古文觀止》、《唐詩三百首》及《論語》等，還會背誦《三字經》、《論語》、《孟子》及《弟子規》，數學幾乎一竅不通，自然及生物等理科也老學不會。

家中的物質生活堪稱豐厚，直到她高二那年。

蔡元逵認為台灣局勢並不穩定，先將大女兒送到美國讀書，並且過繼給一位老鄉，提前辦理退休後，以探親名義和妻子蔡林葉帶著唯一的兒子前往美國，原想等安頓好接其他四位女兒前來，卻因兒子跳機遭美國當局盯上，認爲蔡家人惡意逗留，連累四名女兒拿不到美簽，阿霞和父母就此分隔太平洋兩端，親子情緣幾乎滅盡。

形同被遺棄的四姊妹，一開始還可獲得父親接濟，由三姊掌管財務，分配給其他幾位留在台灣的手足。後來資助逐漸減少，物質生活也跟著匱乏起來，經常沒錢也沒東西吃。阿霞高中畢業後即靠著打工養活自己，過著與從前不一樣的人生。

二

和陳志榮結婚時，阿霞還差幾天才滿二十二歲，隔年懷有女兒。預產期即將到來之際，阿霞和志榮已打理好住院的一切準備。

這天，台北下著大雨。志榮出門上班前，仍和往常一樣，親吻阿霞的櫻唇，並向肚裡的孩子道別：「貝比，乖喔，我們就快見面了，妳在媽媽的肚子裡一定要乖乖，不要再踢得媽媽肚肚痛痛的。」

阿霞怕志榮遲到，催促他出門，不要再向女兒撒嬌。志榮邊戴安全帽邊回頭再次提醒阿霞，身體若有異狀，一定要立刻打電話給他；如果情況緊急，可先搭計程車到醫院，他隨後就會趕來。出門前還指著已經打包好的住院用品，要阿霞記得一起帶去。

送志榮出門後，可能是已來到產前倒數，胎兒入盆，子宮壓迫到膀胱，尿意連連，下墜的力量讓她感到墜痛。阿霞步履蹣跚地挨到床上休息，不久就覺得下腹部隱隱作痛，伴隨著出水，如廁發現應是破水，立即打電話給志榮，並且致電車行招來計程車，拎起待產物品直奔醫院。

獲知阿霞即將臨盆，志榮立刻打電話給人在南投的父母，告訴他們即將當阿公阿嬤，同時向公司請假，等工作交接完，就要前往醫院陪產。

雨還是嘩啦嘩啦下著，絲毫沒有放緩的跡象。這已是台北連續第七天下雨，道路濕滑，坑洞滿布，路過的車輛及行人險象環生。

到醫院檢查確已破水，阿霞隨即被安排到待產室，由護士替她裝上胎動偵測器及測開指。過程雖不舒服，一心盼望志榮快快到來及女兒平安問世的阿霞，已顧不得這些。

只是，都過了四個多小時，志榮卻遲未現身。倒是志榮的妹妹怡婷，從媽媽那裡得到消息，搶先一步到醫院探望阿霞，一見到嫂嫂就問：「我哥還沒來？」

阿霞點點頭，露出一絲不安的神情。

怡婷見狀，拿起手機打給志榮，連試了幾次都打不通。

和阿霞同齡的怡婷，大學畢業後即留在台北工作，接獲嫂嫂將生產的消息，打電話向哥哥恭喜，當時志榮說他在新店工地，因工人一直埋怨下雨滲水無法施工，主管要他到工地察看，隨後就會趕往醫院。

四個小時過去了，仍未見到志榮的身影，不免讓她和阿霞擔心起來。

腹痛的頻率愈來愈密集，宮縮也由後腰開始逐漸擴散到前方及腹股下方。阿霞被推進產房，志榮仍未現身，只有怡婷在外等候，既要等待嫂嫂順利生產、小侄女出世，也要等待哥哥儘快到來，還要向遠在南投的父母回報長孫女出生的最新情況。

沒想到哥哥還未現身，警察卻先出現在她面前，身旁還跟了哥哥的同學兼同事阿杰。阿杰和志榮是大學同學，志榮和阿霞結婚就是由他擔任伴郎，學生時代志榮曾邀阿杰到南投看廟會，當時怡婷也在家，對他並不陌生。

還未來得及問阿杰出什麼事，警察已先開口問明怡婷身分，確認她是志榮的妹妹，婉言告訴她志榮已經不幸車禍喪生。

聽到噩耗，怡婷直覺不是真的。她轉頭看著阿杰，希望他能說這是黑色幽默、是開玩笑，或是什麼荒唐的理由非得編造這謊言不可。阿杰卻沉默不語，過了半晌才點點頭，示意她警察所言不虛，頓時讓她跌入絕望的深淵。

她倒抽一口冷氣，不停地深呼吸，想釐清眼前這一切紛亂：嫂嫂仍在待產，小侄女即將出世，哥哥還未見上女兒一面，爸媽也仍在巴望孫女誕生，志榮怎麼可能就此撒手人寰？

怡婷不斷告訴自己：「這不是真的！這不是真的！」眼淚卻已不爭氣地滑落，久久無法止息，直到電話響起，是媽媽。還在猶豫該如何開口，反而是媽媽先說哥哥發生意外，要她趕往新店耕莘醫院處理。

原來，志榮從工地騎車前往醫院，途經一段彎曲起伏的山路，因拓寬受阻，加上連日豪雨道路濕滑，一心想儘快見到女兒的志榮，一個不留神衝出邊坡，整個人跌進山窪，過了許久才被路過的民眾發現，警消趕抵時已無生命跡象，從散落的背包找到身分證件及名片，聯絡公司確認是志榮，再由公司找到阿霞待產的醫院及志榮的母親。這一折騰，已耗掉四個多小時。

再也無法不信哥哥已車禍喪生的怡婷，驚覺現實竟是如此殘酷，只好勉強收拾紛亂的思緒，悲傷地隨警察及阿杰轉往耕莘醫院處理哥哥的後事，留下仍在產房的阿霞與即將出世的小侄女，面對這人生巨變。

怡婷剛離開不久，小侄女終於呱呱落地。護士告訴阿霞，小嬰兒身高四十八公分，體重二千四百九十五公克，臉上有一些小紅疹，醫生說等長大些就會好，其他一切正常，還替小女嬰蓋上藍色的腳印，代表從此跨出人生的第一步。

但這才剛開啓的人生步伐，卻顯得有些顛簸。

阿霞被推回病房，醫院的社工已等在那裡，委婉說明一切，瞬間讓她淚如雨下。她緊閉雙眼，排拒現實地痛哭，腦海裡全是志榮今早出門的身影及話語，「怎麼可以就這樣沒了志榮？怎麼可以？」她在內心不斷吶喊。

等情緒稍微平復，社工問她有否需要協助之處？阿霞固執地搖搖頭，醫院仍請一位志工媽媽到病房照料她。

看著剛出生的女兒，小小的身軀安靜地沉睡，眉宇間有著志榮的英氣勃發，像極了爸爸帥氣的臉頰，卻未能見到父親一面，母女倆今後只能相依爲命，延續志榮沒能繼續走下去的路。此刻的阿霞深知，自己並沒有太多時間可以悲傷。

她心裡盤算，沒了人生伴侶，該何去何從？娘家的人大多已定居美國，三姊和三姊夫兩年前也移民美國，只剩二姊和四姊留在台灣。二姊家累沉重，久未聯絡；四姊感情不甚順遂，和男友生下一子，對方因生意失敗不知去向，獨自撫養兒子已頗爲辛苦，年前還被診斷出罹患子宮頸癌，病情時好時壞，最近更傳出癌末，多由同樣信奉基督教的教友陪伴，對阿霞突逢衝擊，想必也無能爲力。

相較阿霞，志榮家的人口顯得單純。父親陳瑞義務農，母親吳秋萍在農會擔任辦事員，育有志榮和怡婷，兄妹倆相差三歲。志榮大學畢業即在台北的建設公司上班，怡婷同樣留在台北，但工作不穩定，三天兩頭就換老闆。

阿霞畢業後在補習班擔任導師及招生工作，和志榮結婚前於三重租屋而居，爲了生產及育兒，一個多月前已辭職。如今志榮走了，讓她頓失依靠，千百種不安與悲傷浮湧而來，今後的路何其漫長，眞不知叫她如何是好。

又過了四個多小時，阿霞的公公和婆婆已趕抵台北。下了國光客運，搭計程車到阿霞生產的台北市立聯合醫院中興院區，路程大約只有一公里，卻被司機惡狠狠敲了五百元。愁雲慘霧的老人家只覺得貴，卻也無心計較。

見到阿霞，吳秋萍強作鎮定，一面拿出事先準備好的龍眼乾麻油煎蛋及魚湯，替她補身子，一面謝過前來幫忙的志工媽媽，即一手包辦起阿霞產後婦衛及做月子的全部事宜。

陳瑞義和怡婷聯繫上後，則轉往新店全心爲志榮料理後事。

痛徹心扉的一家人銜哀送志榮魂歸故土，也悉心地幫阿霞做月子。一個月後，阿霞退掉三重的租房，房東不但未扣除提前解約的一個月違約金，全數奉還押金，還送她兩大袋嬰兒紙尿褲，讓她感受到一絲溫暖。謝過房東，阿霞在公公婆婆的陪同下，和女兒懷慈搭乘包車搬回南投集集，開啓她人生新的扉頁。

三

回想昔日前來集集，都有志榮陪伴，就像一起出外旅行般寫意，如今沒了志榮，阿霞和女兒搬回婆家，感覺卻如此陌生又沉重。

陌生的環境，陌生的人們，還有陌生的前程，眞是舉步維艱！不知如何是好的阿霞，多數時間都把自己和女兒鎖在房裡，想起志榮便不由自主地淚流滿面。

對陳瑞義和吳秋萍而言，日子也是萬般難過。以前聽白髮人送黑髮人，是父母至苦，沒遇到根本不解其苦，眞正碰上了才知箇中苦楚，竟是如此難熬。

他倆唯一的兒子就這樣走了，那感覺就像被掏空心肺一樣，了無生機，而且媳婦才二十出頭，風華正茂，難保不會琵琶別抱，成了別人家的媳婦，孫女也跟著改姓，叫別人爸爸及阿公阿嬤。

這股由喪子、喪夫交疊而成的憂傷，已籠罩陳家超過一年，尤其是陳瑞義，仍深陷悲傷的泥淖，幾乎食不知味，也提不起勁，每天雖攜帶農具上山，大部分時間都待在工寮，既不除草，也不施肥，偌大的果園已見荒蕪。回家更不和鄰居串門子，總是待在客廳看電視，卻兩眼發直，根本不知在演哪齣。

吳秋萍眼看老公一蹶不振，雖一再叨唸，要他振作，也無濟於事。

直到這天，陳瑞義無意間在電視聽到一位師父說故事：

有一對夫妻，生了一個非常可愛的男孩子。有一天，他們找了一位算命師為孩子算命，算命師告訴他們這個孩子活不過十五歲，但有一個補救的方法，就是在孩子的手上及腳上都戴上金鎖。

孩子終於平安活過十五歲，到了十七歲的時候，因為同伴常嘲笑他手上腳上載著金鎖，孩子回家要求拿掉金鎖，父母心想都已過了十五歲，拿掉應該無妨，沒想到拿掉後孩子竟無緣無故往生，夫妻倆非常傷心，好長一段時間都走不出那樣的悲傷。

直到有一天，孩子的父親夢到孩子告訴他，他們父子原來只有十五年的緣分，但是由於父母強留住他，導致他錯失許多投胎好人家的緣分。在夢中，那孩子非常憤怒生氣，甚至要打父親。夢醒之後，先生將夢境告訴太太，夫妻倆終於釋懷失去孩子的悲傷，也想通能讓他接上好緣，對孩子而言才是好事。

末了，師父還說，因緣來了，就歡喜接受；緣盡了，就感恩、祝福。一切隨緣，才能夠自在快樂。

一席話宛如暮鼓晨鐘，字字句句撞進陳瑞義的心坎，霎時讓他警醒過來。

趁著晚餐，陳瑞義向秋萍和阿霞講起這段故事。秋萍深知不該再被憂愁占滿心緒，她還有更重要的任務——給阿霞一個好的環境，把她和孫女留下來，才是眼前最重要的事。聽完老公說這故事，心想和志榮的母子緣分既然已盡，就感恩他這二十五年來承歡膝下，帶給他們許多歡樂，也祝福他投胎好人家，重新開始新的一生。

阿霞卻聽得懵懵懂懂。志榮眞的投胎其他人家了嗎？眞的不會再像她想他一樣地想她嗎？是否知道女兒已經平安出世？取名懷慈，是以懷念慈父命名？一連串的問號，在在使她無法完全釋懷。

唯一令她欣慰的是，公公終於展現難得一見的笑靨，飯後急急忙忙跑到住家對面廟埕，告訴大家他所聽到的故事。

飯廳只剩婆婆和阿霞。秋萍試探地問阿霞，要不要工作？需要幫忙找嗎？怕阿霞多心，認爲婆婆看不慣她好吃懶做，才要她外出工作，語氣裡盡是憐惜。

沒想到阿霞卻爽快地點頭，讓秋萍喜出望外，心想這下子應該可以把媳婦和孫女留下來。

對阿霞而言，自生產前辭去補習班的工作至今，已賦閒一年多，她何嘗不想回台北，靠一己之力養活自己和女兒，但懷慈仍在襁褓中，台北也無落腳之處，要遽然脫離婆家獨力生活，談何容易。

何況，她僅有的工作經驗，就是擔任補習班導師及打工。大學雖主修法律，畢業後因打算和志榮結婚，並未認真尋找符合自己專長或志趣的工作。如今要她自行求職回到職場，還眞令她有點怯步。

加上搬回婆家以來，公公和婆婆都待她極好，婆婆每個月還會給她零用錢，並沒有非要工作的急迫性。但她在這裡既無同學也無朋友，成天待在家裡幾乎快要窒息，想替懷慈多添購些用品也不免捉襟見肘，總覺得不如自己賺錢來得踏實，忽聞婆婆要替她找工作，便急忙答應下來。

爲了幫阿霞謀職，飯後通常都會和媳婦一起收拾餐桌的秋萍，這次卻丟下阿霞一人獨自打理，碗筷一扔，立刻跑到客廳，打電話給擔任代表會主席的侄子，要他幫阿霞介紹工作。

代表會主席吳守義是秋萍二哥的長子，十幾年前選上鎭民代表，最近兩屆更上層樓，當選代表會主席，與鎭長李政達分屬不同派系，兩人經常就鎭務針鋒相對，上演黨同伐異的戲碼。

由於手握鎭公所預算生殺大權，鎭長那派對吳守義與他的同僚雖恨得牙癢癢，也不得不讓他三分，即便如此，吳守義卻不曾向鎮長關說人事，私下還頗得李政達敬重。

接到姑姑的電話，吳守義立刻趕來。他深知鄉下地方工作機會少，要替阿霞找一份穩定的工作，確有一定難度，但他從小看著志榮長大，心疼阿霞年輕喪偶，以及姑姑想藉此留住阿霞的用心，便不再多想，向秋萍拍胸脯保證，可以介紹阿霞到鎮公所上班。不過，因阿霞沒有公務員任用資格，只能擔任工友或到清潔隊任職，這幾年政府大力精簡人事，工友缺大多已不再補實，只剩清潔隊的機會大些。

他並向阿霞說，不要以爲清潔隊成天與垃圾爲伍，很沒出息，福利可是不錯。這幾年經濟不景氣，很多人都想到清潔隊上班，集集也不例外，搶都搶破頭，不跟鎮長拚輸贏，還不容易介紹進去。

阿霞對擔任哪種工作並無意見，問題是上班後懷慈怎麼辦？婆婆在農會上班，無暇兼顧，公公拙於帶小孩，有誰可以幫忙？

不待阿霞開口，婆婆立刻說：「妳去上班，懷慈可以托給隔壁的阿春，她帶過許多小孩，對人很好，對孩子也很有耐心，沒問題。」

「那我明天就向鎮長開口，要他安排阿霞到清潔隊上班。」吳守義說。

「咁有問題？」吳秋萍似乎擔心鎮長不買侄子的帳，再次問他。

「無問題啦，我保證。」吳守義再次拍拍胸脯，向姑姑保證，最快下個月阿霞就可以到清潔隊上班，之後，才在夜色中離去。

四

翌日，吳守義一早趕到鎮長室，沒想到鎮長隨縣長到大陸訪問，再過一個星期才會回來。發現撲了空，吳守義轉頭就要走，鎮公所的第二號人物、有鎮長分身之稱的主任秘書高文元，已到鎮長室，連忙向一年多不曾踏進公所一步的吳守義賠不是，指鎮長不在，有事可交代他。

吳守義告知來意，並要主秘打電話給鎮長，沒接通，轉而要求打給清潔隊長鄭豐廷。主秘不敢違逆，和鄭豐廷通話後，告訴吳守義，清潔隊已超編，恐無法安插，臨時人員則不在此限，如果主席同意，可安排阿霞以臨時人員身分到清潔隊任職，以後若遇出缺，再優先納入編制，成爲正式員額。

吳守義聽了雖不滿意，但可接受，要主秘立刻安排，隨即直奔姑姑家，告知阿霞這項好消息。但他不知的是，離開鎮長室後，背著他的卻是一連串咒罵與嘲諷。

「我就說嘛，再假清高啊，不是說不再踏進公所一步？不是說絕不向鎮長低頭？今天還不是來了？」眼看吳守義走遠，高文元立刻在鎮長室大肆冷嘲熱諷，並拿起手機，打給剛才佯稱未能接通的鎮長，向他吹噓一番。

李政達和吳守義的恩怨，要追溯到兩人同在代表會擔任代表開始。當時，兩人同時選上，都是年輕一輩的代表，表現傑出，難分軒輊，卻因分屬不同派系，各扶其主，齟齬日深，導致漸行漸遠。

六年前李政達轉換跑道，改選鎮長高票當選，吳守義也問鼎代表會主席成功，最近地方盛傳吳守義大力杯葛公所預算，是要李政達難有作爲，企圖弱化他角逐縣長的能量，並希望藉此打響知名度，轉戰縣議員，兩人瑜亮情結更加難以化解。

爲了避免鎮公所指摘他一邊砍預算、一邊要資源，吳守義連任主席成功後，已一年多未曾踏進公所一步，更不曾向公所要預算、討補助或關說人事。如今，爲了逝去的表弟志榮、爲了志榮的遺孀阿霞，也爲了姑姑及姑丈，只好豁出去，不顧自己所訂的原則，前往公所向鎮長請託。

幾天後，阿霞果眞接獲鎮公所通知，要她前往清潔隊報到。

約定的時間一到，阿霞騎著婆婆爲她新買的中古機車，前往距離公所約五公里、位處濁水溪畔的清潔隊部，向隊長鄭豐廷報到，鄭豐廷交代課員分發裝備給她，並要班長帶她熟悉環境，隨即要她出勤見習。

阿霞接獲的第一項任務，是隨垃圾車前往外環道收垃圾，中午休息過後，再到偏遠地區收取。可能是第一天上班，是隊上的菜鳥，出勤時只有她站在垃圾車後踏板，其餘兩名隊員和司機都擠進駕駛艙。偏遠地區山路顛簸，阿霞被震得好幾次差點跌落車外，經過公墓區更是嚇得直發抖。

好不容易抵達清運的地點淨國寺，司機及駕駛艙的兩名隊員招呼阿霞往客堂去走。原來，寺方人員感念清潔隊每週兩次前來收垃圾，每次都會在客堂準備點心和飲料供他們食用。阿霞因有點暈車，胃口不佳，一口都沒吃，走出客堂，轉往垃圾車停靠處。寺方的小沙彌已在清理垃圾，阿霞見狀，立即上前和他們一起整理。

小沙彌第一次遇有大人協助，顯得特別興奮，並且對眼前這位皮膚白皙、出落有致的年輕姐姐感到好奇，不斷地問她各種問題。

「姐姐，妳叫什麼名字？」年紀最小的小沙彌妙元問道。

「我叫蔡素霞，叫我阿霞就可以了。」

「姐姐今年幾歲？」妙空也跟著發問。

「妳猜？」

「十八歲。」妙空說。

「謝謝你喔，不對，但也差不多啦，哈哈。」阿霞心虛地說。

「姐姐，妳爲什麼要擔任清潔隊員呀？」妙修問道。

「爲什麼要擔任清潔隊員？我想想……啊，對了，因爲要保護地球。」對於能想出這答案，阿霞顯得有點得意。

「擔任清潔隊員要具備什麼資格？」另一位沙彌妙悟問道。

「什麼資格？我再想想……吔，你們問的問題都好難喔。」阿霞不知如何回答，只好狀似生氣地說，好讓這些小沙彌不再出難題問她。

「我知道，我知道，要像姐姐一樣漂亮。」妙元搶著替阿霞回答，惹得眾師兄紛紛出聲：「你亂講，你亂講。」

「吔，不可以欺負小師弟喔。」眼看眾人一再嘲笑妙元，阿霞趕緊護著他說。

「姐姐，妳當清潔隊員多久了？」妙修再度問道。

「對呀，爲什麼以前都沒看過妳？」阿霞還未來得及回答，妙元就接著問。

「我是第一天上班吔。」阿霞說。

「第一天上班？我的老天爺，那妳會垃圾分類嗎？」妙元再度發問。

「垃圾分類？誰不會啊！」阿霞說。

「姐姐怎麼沒有跟其他隊員一起用齋飯？是不是覺得不好吃？」妙元還想再問，卻被妙悟的問題打斷。

「沒有啦，怎麼會不好吃，是姐姐有點暈車，吃不下。」阿霞回說。

「我就覺得不好吃。」妙悟說。

「喔，你說師父煮的齋飯不好吃？我要告訴師父。」妙元說。

「你敢！」妙悟爲阻止妙元，作勢要打他。

「好啦，好啦，不要鬧了，大家趕快把垃圾丟到車上。」阿霞邊說邊拉開妙悟，眾沙彌天眞的模樣讓她笑得開懷，這是她自從志榮過世後，第一次感到開心，也是第一次發自內心眞正笑了出來。

一直都未出聲的妙賢，這時突然問阿霞：「姐姐是不是站在垃圾車後方，所以才暈車？」阿霞對這位看起來頗爲文靜的小沙彌第一次開口，就料中她暈車的原因感到好奇，問他：「你怎麼知道啊？」

妙賢回說：「因爲他們都是這樣對待新來的人。」

阿霞聽了吐了吐舌頭：「是喔。」便不敢再繼續說下去，以免被其他隊員聽到。

爲了滿足小沙彌的好奇心，阿霞一一回答他們的問題，因眾聲喧譁，引起寺方師父慧德法師的注意。

慧德法師追隨淨國寺開山方丈投入弘法教化逾二十載，協助普利群倫、光大佛教事業，並積極推動善心濟貧、急難救助等工作，廣獲佛教界及寺方人員敬重。

循著喧鬧聲，法師信步走到這群小沙彌前。見著師父駕臨，小沙彌無不收拾笑意，打躬作揖，頂禮向法師問好。法師合掌回禮後，問眼前這位穿著清潔隊制服的女眾：「以前從未見過，是否新來？」

阿霞回答：「是。」並恭謹地向法師自我介紹叫蔡素霞，今天第一天到清潔隊上班。

法師眼看阿霞蛾眉皓齒、秀外慧中、氣宇不凡，他日應有一番作爲，卻愁眉深鎖、情淒意切，心裡似乎充滿愁苦，不由得生起惻隱之心，但又礙於素昧平生，不便多置一詞，僅告訴她途經公墓，若未坐進駕駛艙，只管唸阿彌陀佛聖號，可幫助她消除害怕，末了還不忘叮囑，有空可多到淨國寺走走，隨即離去。

阿霞對法師的慈柔留下深刻印象，卻又訝異師父如何知道她跌跌撞撞經過公墓區，嚇得渾身發抖才抵達淨國寺？儘管心中充滿疑問，法師已轉身離去，也不好勉強再問，只好回過神來，和小沙彌繼續清理垃圾，完成她第一天擔任清潔隊員的任務。

五

接連幾天上班，阿霞除了掃街、打掃公廁、隨垃圾車外出收取垃圾等例行工作外，也曾跟隊上人員到指定地點稽查垃圾分類是否確實、設置「禁止隨意傾倒廢棄物」警告招牌、拆除違規張貼及懸掛的廣告物，以及協助民眾清運大型垃圾等，晨興夜寐、沐雨櫛風，儘管辛苦，卻充實而滿足。尤其是她最期待每週兩次前往淨國寺收取垃圾，和小沙彌一起工作、一起歡笑，並盼望能再次親睹慧德法師的尊容，甚至有機會向他請益。

這天，又是收取偏遠地區垃圾的日子，阿霞早早就等在垃圾車旁，希望能儘快出發，前往淨國寺和小沙彌見面。

好不容易抵達淨國寺，卻不見小沙彌的身影，讓阿霞好生失望。原來，淨國寺正舉辦彌陀聖誕佛七法會，寺方人員還未將垃圾集中好，阿霞只好跟著其他隊員前往客堂休息，途中發現小沙彌在距客堂不遠的佛堂上課，主講的正是慧德法師，趕緊湊上前去，在佛堂後方坐了下來，仔細聆聽慧德法師的開示。

慧德法師正在講述「妙法蓮華經」，他舉兩個例子形容「妙法」的奧妙。第一個例子是：

過年期間，一般家庭或廟宇都要寫對聯，有一位沙彌就寫「如意吉祥」、「智慧如海」，被一位路過的村民看見，因很歡喜，就不停地唸：「智慧如海、智慧如海……」一直這麼唸著，沒想到沙彌聽了很厭煩，就說：「我看你是業力如海。」

大過年的被沙彌這麼一說，村民立刻大發脾氣，說：「我看你寫這個字，寫得龍飛鳳舞這麼好，我忍不住唸不停口，你倒說我是業力如海，你怎麼罵我？你怎麼看我是業力如海？」說著說著甚至氣得要和他打架。

沙彌見狀就說：「你先不要著急，我說你業力如海，你不但不應該發脾氣，還應該謝謝我才對！」

「豈有此理！你說我業力如海，還要我謝謝你？沒有這個道理！」

「你知道什麼叫業？業力是你所行所造的，前生所造的，今生所應該受的。業分善業、惡業，我並沒有說你是惡業如海，假如我說你善業如海，那怎麼樣？」

村民聽了眼睛睜著大大的，沒有話講了，就說：「那——沒問題！」

聽沙彌這樣解釋，村民立刻反怒爲喜，還向他道歉。

說完這個故事，慧德法師向台下的沙彌表示，你看，就這麼妙！這位沙彌沒有說清楚一個字，村民就發脾氣了；後來添上一個字——善業如海，村民那麼大的脾氣即刻就沒有了，你說奇怪不奇怪？人心很奇怪的，一字之差，他就一怒一喜，業力就是這樣子。

接著，慧德法師又說第二個例子：

有一位沙彌，看見一位居士手拿著一捲起來的紙，就問他：「這是什麼？」

居士回答：「我賣你的契紙！」

沙彌聽了也不免發脾氣，說：「你有什麼資格賣我？」

「我當然有這個權力，有這個特權。我賣你，你還會很歡喜的；你要是不歡喜，我還不會賣呢！我賣你，有人買你，你一定會歡喜的！」

沙彌聽了更火，說：「豈有此理！你賣我，有人買我，我還會歡喜？」

「你知道我把你賣給誰了？」

「賣給誰了？」

「我把你賣給釋迦牟尼佛，永遠做佛的弟子。」

沙彌這時眼睜睜地看著居士，說不出一句話來。

這時，居士又說：「可不可以？你高興不高興？」

沙彌才回答：「可以，可以！」

慧德法師說，你們不要以爲這是在講笑話，你們想一想，把他賣了，他還高興，這也是妙法！

課程結束，小沙彌發現阿霞也在佛堂後方聽課，立刻湧上前去，圍著阿霞你一言我一語地說起妙法。

「姐姐，師父說妙法就是『女少』就妙，妳看，女少兩個字加起來就是妙字。」妙元邊說邊在自己的手掌寫起字來給阿霞看。

「喔？姐姐也是女的，是不是不見了、少了，才叫做妙？」阿霞故意問妙元。

「妙元，你不要亂說，師父不是這樣講的。」妙空指著妙元糾正說。

「師父是說妙法就是妙，眾生就是妙，佛也是妙，天地間所有一切，沒有一樣不是妙的，什麼都是妙法，而且還說一切眾生皆能成佛。」妙空說。

「對呀，師父是講一切眾生皆能成佛，才不是『女少』是妙。」妙賢也接腔說。

「還有呀，師父還說，脾氣嘴巴不好，心地再好，也不能算好人。」妙悟說。

「喔，是嗎？師父是這樣說的嗎？」阿霞問道。

「是呀，師父還說『一切惡事，虛妄爲本』，所以叫我們要『知足常樂，能忍自安』。」妙修說。「還有呀，師父還教我們要『不計眾苦，少欲知足』，『常懷慈忍，和顏愛語』。」妙賢也補充說道。

這時，妙空說，師父教他們的原句是：

一切惡事，虛妄爲本
知足常樂，能忍自安
不計眾苦，少欲知足
常懷慈忍，和顏愛語

短短幾句話，卻深深觸動阿霞的心弦，讓她頗有感觸。她記得有次公公在家裡看電視，不知是哪位師父說，一切惡事，都是從虛妄所生，所以應該遠離虛妄，積累功德，即能杜絕一切惡事的根本。而且，快樂不是擁有得多，而是埋怨計較得少，能忍讓就能做大事，能知足就能成就人。人生在世，貴在知足常樂；生活當中，福在能忍自安。日常生活不論遇到多麼大的困難，吃多麼大的苦，都從不計較，也從不後退，任勞任怨，忍受一切難忍之事而心不動搖。

阿霞心想，這些話和慧德法師對小沙彌的開示，有許多相似之處，但要多大的修行功夫才能達成啊？

疑惑還未解，慧德法師已出現在她面前，說：「短短幾天和妳已第二次見面，可見與妳有緣。」

「感恩師父。剛才在佛堂聽師父講課，覺得獲益良多，希望還有機會能聽師父開示。」

「歡迎，歡迎。有空多到淨國寺走走。」

「謝謝師父。」

「不過，眾生的生活難免起伏波折，也難免會有一些變化，如果遇到問題，希望妳能記住『逆增上緣』。」

「逆增上緣？」

「對，逆增上緣。」

「請問師父，這句話是什麼意思？」

「逆增上緣，是你想要往前走，有人扯你後腿；想往上爬，有人壓迫你、歧視你，使得你失去信心。你已經跌倒，不但不扶你起來，反而再踹你兩腳，在這種情況下是很痛苦的。可是，如果你有善根，阻力愈大，意志力愈強，愈是不斷地改進自己、成長自己往前走，最後問題解決了，對我們反而是最好的，這就是逆增上緣，最好的福緣。」

阿霞聽了一知半解，趕緊再問法師：「師父的意思是，就算受委屈，也要原諒對方？」

「不只原諒，還要感恩。」

「感恩？」

「就算受委屈，也要說謝謝或對不起。」

「啊？都受委屈了，還要說謝謝或對不起？是這樣子嗎？」

「是的，是這樣沒錯。記住這句話，並盡量朝這個方向去努力，它會有很大的力量。」法師說完，旋即離去。

原本恭謹的小沙彌見師父離開，又開始活蹦亂跳起來，拉著阿霞朝垃圾集散處走去，要一起合力清運寺方的垃圾。

六

回到家，阿霞仍在思索慧德法師的話，「就算受委屈，也要說謝謝或對不起，太難了吧？這會有什麼力量？只有像法師這種道行的人才做得到吧？」

法師還說，生活難免起伏波折，也難免會有變化，但她被牢牢地困在集集，困在全鎮人口僅一萬多的鄉下，困在清潔隊，困在孩子與志榮的家裡，只在四姊往生時回台北送她最後一程，除此之外她不曾踏出集集一步，生活能有什麼變化？會有什麼起伏波折？

忙了一整天的阿霞，邊思索師父的話，邊替懷慈洗澡、哄睡覺，心裡一大堆疑問還未獲得解答，便累得進入夢鄉。

隔天，她仍依照正常時間到清潔隊上班，遠遠就看見隊長等在門口。阿霞向隊長問好，要進隊部，卻被隊長攔住，要她歸還裝備，立刻到鎮長室報到。隊長說，鎮長室的工友福伯生病住院，鎮長室缺人，要派她支援，等福伯出院再回清潔隊。

接獲指派，阿霞向隊部歸還反光背心、工作帽、手套、口罩及安全鞋，隨即發動機車，前往鎮公所報到。

生平從未到過鎮長室的阿霞，問了樓層及方位，怯生生地走到鎮長室門口。敲門告知來意，接待她的自稱是鎮長秘書，隨即通報鎮長，請阿霞入內。

一踏進鎮長室，阿霞立刻被擺在辦公桌旁的一只落地大花瓶所吸引，後來她才知道這只花瓶是江西景德鎮的名家燒製，高約一百二十公分，以金色為底，上飾水草花紋，花瓶中間繪有姜太公釣魚圖，底部則以朱筆寫上年號及作者的名字「遠長」，看來應是出自工藝美術大師之手，價值恐怕也不菲。

鎮長仍在講電話，無暇招呼她。阿霞趁著空檔，打量起眼前這即將工作一段時日的環境。偌大的辦公室還有茶几與沙發，辦公桌後面另有兩個大書櫃，擺滿洋酒和茶葉，就是沒有書。櫃子旁是另一道門，從門縫可見裡面擺有床、棉被、衣櫃和衛浴間，簡直就像豪華套房，應是鎮長休息室。

阿霞心想，鎮長一個人在這麼大的辦公室上班、休息，幾位秘書卻擠在侷促的空間為他處理大小事務，顯得極為不搭，且他有如此豪華的辦公室，卻還經常向鎮民喊窮，眞是令人費解。

講完電話，鎮長抬頭看了阿霞一眼，說：「我辦公室缺工友，妳來幫忙。妳的工作許秘書會交代妳。」

阿霞謝過鎮長，走到和鎮長室僅一牆之隔的秘書辦公室。這裡的冷氣和鎮長室一樣都開得極強，不過，因秘書室有四位工作人員和一位司機，冷氣的強度和鎮長室比較起來還算好，但肯定仍比政府宣導室內冷氣不得低於二十六度要低上許多。

許秘書見阿霞走來，主動招呼她說，鎮長室的工友福伯已服務二十多年，昨天因猛爆性肝炎住院，才會請清潔隊長推薦人來支援，希望阿霞能好好做。

許秘書名如韻，是鎮長的心腹，鎮長的行程及一切行政庶務，都由她打理。六年前李政達首度當選鎮長，只帶兩位核心人物到公所任職，其中一位就是許如韻，另一位則是主秘高文元。

依照編制，主秘是公所第二號人物，辦公室就在鎮長室隔壁，鎮長室的秘書也聽命於主秘。這三人是鎮長派的中樞神經，凡事都由他們三人商量決定，再分頭發號施令給公所其他主管或外圍組織如農會、水利會、婦女會等幹部，與代表會主席吳守義領軍的代表會系統對壘，不時捉對廝殺。

接著，許秘書向阿霞介紹鎮長室的環境及人員，並交代阿霞日常工作，除了打掃鎮長室、主秘室及秘書室外，還要幫他們倒茶水、送公文及跑腿，如買便當、寄信等，且必須比鎮長早上班、晚下班，以免鎮長有事差遣找不到人。

這工作份量其實已超越福伯。年事已高的福伯，除了打掃、送公文外，包括鎮長在內的所有人員，都不曾叫他倒茶水或買便當。阿霞一來，卻多出這些工作。她因初來乍到，根本不知福伯以前的工作內容，對許秘書的交代，只有照單全收。

瞭解工作項目後，阿霞接獲的第一項任務，是將鎮長已批示的公文，逐一送回各課室。由於她對公所環境全然陌生，許秘書要鎮長司機吳俊民陪她走一趟，順便介紹給各課室人員認識。

抱起一大疊公文，阿霞在吳俊民的引領下，先往民政課走去，沒想到才一出秘書室，吳俊民就告訴她，要小心主秘和許秘書兩人。

阿霞不知箇中緣由，一臉狐疑，外號小吳的吳俊民趕緊壓低音量告訴她：「要妳來鎮長室代理福伯，是主秘的意思，他知道妳是吳守義介紹來的，要把妳綁在鎮長室，給代表會難堪。」

小吳並說：「剛才許秘書交代妳許多工作，其實都沒要福伯做，小心她可能會和主秘整妳。」

阿霞露出驚訝的表情問道：「整我？爲什麼？」

小吳說：「妳不知道代表會跟鎮長鬥得很凶嗎？以前代表會砍公所預算，都不太敢向鎮長推薦人事，妳是第一個，而且還是主席的親戚，不把妳叫來鎮長室，讓代表會看看什麼叫拿人手軟，要叫誰來？」

阿霞聽完，頓時眼冒金星，她只是單純想要一份工作，怎麼會捲入如此複雜的地方派系惡鬥？

小吳還說：「代表會定期大會就要開始，偏偏福伯又在這個時候生病。昨天我聽主秘說，這是天大的好機會，要把妳調來鎮長室如何如何。總之妳要小心，罩子放亮一點。」

這番話讓阿霞感到一股涼意襲來，從背脊直竄腦門，凍得她心頭直打冷顫。

她回想小時候曾到父親蔡元逵的辦公室，比鎮長室還大，那時也有好幾位秘書及工友替父親服務。如今，時移勢易，她成爲服務其他首長的工友，還莫名捲入地方派系惡鬥的漩渦，難道這就是慧德法師所言，生活難免起伏波折，也難免會有變化？如果是，這起伏來得也太劇烈，變化也大到令她不知如何是好。

懷著忐忑不安的心情送完公文，已接近中午休息時間。回到鎮長室，許秘書要她再跑一趟，送邀請函到代表會給主席吳守義，回程再順便幫他們買便當。

阿霞一聽，立刻想起小吳的忠告，認爲許秘書此舉恐怕不懷好意，目的是要她到代表會讓所有代表知道，主席介紹的人正在鎮長室上班……想到這裡，就覺得對不起志榮的表哥，但又不得不去，只好硬著頭皮接過邀請函，往公所旁的代表會走去。

到了代表會，她覺得無顏見表哥，並未把邀請函送到主席室，只請門口的替代役男簽收。替代役男一邊登記，一邊唸著邀請函主旨：「鄉土燈會開幕典禮，邀請代表會主席出席，還有鄉土燈會演唱會……吔，這明年農曆過年的活動吔，還有六、七個月，現在就送來，會不會太早了點？」

阿霞心有同感，卻也莫可奈何，只能一味苦笑，等對方簽收，隨即離開，到市區買便當回公所，面對她起伏波折的人生。

七

第二天，阿霞起個大早到鎮公所，賣力將鎮長室徹底打掃一遍，並且爲所有人添加熱開水，等他們上班即有溫熱的開水可以飲用。

鎮長室的工作人員逐一到班，發現辦公室比以前整潔明亮，無不感到開心，尤其是每個人桌上的杯子都已倒滿熱開水，更是讚不絕口。

沒想到主秘打開杯子，發現是白開水，隔著辦公室大聲斥責：「我不喝白開水，我只喝烏龍茶，凍頂烏龍茶，知道嗎？快去給我泡來！」

阿霞還未來得及反應，許秘書也跟著開砲。她用尖銳的聲音說：「我只喝咖啡，黑咖啡，不加糖及奶精。Please，拜託！」

阿霞趕忙賠不是，一再向身旁的許秘書說對不起，會立刻泡黑咖啡給她，接著再到主秘室向主秘說對不起，會馬上泡烏龍茶來。

過沒多久，鎮長抵達辦公室，發現透明的茶杯裝有熱開水，喜出望外地說：「怎麼會有熱開水？每天早上就該來一杯，可以幫助消化及排毒。」說完拿起杯子一飲而盡。

跟著鎮長進辦公室的司機小吳，眼看阿霞在茶水間裡手忙腳亂，問明原委，立刻協助她準備黑咖啡及烏龍茶，同時提醒阿霞，鎮長只喝普洱茶，要她切記，千萬不要搞錯。

泡好咖啡及烏龍茶，阿霞分別端給許秘書及主秘，並再次向他們說對不起。許秘書接過咖啡，沒再多說什麼，主秘則連正眼也不瞧她一眼，兀自在座位上蹺起二郎腿，語帶不屑地說：「連茶都泡不好，這種人也敢推薦給我？」讓阿霞備感委屈，眼淚不禁潸然而下。

她不願讓主秘看到一臉軟弱，除了一再說對不起，還鼓起勇氣表示：「謝謝主秘提醒，我會更加努力。」講完立刻別過身子，奪門而出，躲到茶水間嚶聲哭泣，心想乾脆不要做了，只不過是臨時工、是清潔隊、是工友，爲什麼要受這種侮辱，甚至還替表哥惹來麻煩。但若就此不幹，她又能去哪裡？這樣一來不是更丟表哥的臉？反正已經沒有退路了，與其被動受侮辱，不如主動迎上去正面接招，或許還能拚出一條生路。

想到這裡，阿霞忽然憶起慧德法師的開示「逆增上緣」，這不就是嗎？法師還說「就算受委屈，也要說對不起」，這不就是嗎？這不全然應驗了嗎？慧德法師匠心獨運，慧眼獨具，幾天前已預示她將面臨的遭遇，並示下應對之策，「是我生性駑鈍，未能開悟，才會惹來這場波折。」

自言自語完後，阿霞拿出衛生紙，拭去臉上的淚水，像是突然頓悟般豁然開朗起來，抓起紙筆，衝出茶水間，逐一詢問鎮長室每一位工作人員，早上最想喝什麼飲料？冷熱？加冰少冰或去冰？口味輕重？加糖少糖或無糖？

小吳見狀，在一旁幫腔：「看來阿霞要開鎮長飲料店了。」惹得眾人一陣訕笑。阿霞卻仍聚精會神一一記錄，連許秘書及主秘也不再為難她，要她依照今日分別給他們黑咖啡及凍頂烏龍茶，以及為鎮長準備普洱茶即可。

週休假期結束，阿霞比平常更早到鎮長室，為每個人準備飲料。黑咖啡、凍頂烏龍茶、普洱茶一一就緒，並且放在電磁爐上保溫。接著是魏江海秘書的拿鐵咖啡、不加糖。專員劉雯婷及總務江祥忠雖然謙辭，阿霞仍為他們準備熱開水。小吳最麻煩，說他便秘，要蔬果汁，不加糖和冰塊，阿霞前一天就為他準備擁有豐富纖維的集集特產火龍果，外加奇異果、鳳梨、藍莓、蘋果和胡蘿蔔，用向婆婆借來的果汁機高速攪拌，倒進小吳的杯子，淋上些許蜂蜜，擺進冰箱冷藏。

負責鎮長室總務的江祥忠繼阿霞之後到辦公室，見著阿霞仍為他備妥熱開水，急忙向她道謝，說她其實可以不必這樣，並指福伯也沒這麼做。阿霞回說她知道，只是舉手之勞，不礙事。

不久，魏江海、劉雯婷相繼抵達辦公室，同樣熱切地向阿霞道謝。之後，許秘書及主秘也先後到班，只見兩人拿起杯子啜飲黑咖啡及烏龍茶，並未多置一詞，這才讓阿霞稍稍放心。

又過一陣子，鎮長在小吳的陪同下步入辦公室。一放下公事包，鎮長發現透明的玻璃杯仍裝滿熱開水，一旁的紫砂壺也已注滿普洱茶，打開蓋碗，一股陳味芳香撲鼻而來。他喝了一口，茶湯略感苦澀，停留於喉舌間，卻可感受到穿透牙縫、沁滲齒齦的獨特香氣，由舌根產生甘津送回舌面，滋味醇厚，甘露生津，令人神清氣爽，津液四溢，滿口芳香，如泉湧般持久不散不渴，這是他喝普洱茶最渴望感受的「回韻」。

平常都是他自己沖泡，今日這茶是誰的傑作？趕緊叫許秘書來一問究竟，許如韻答稱是阿霞，鎮長幾乎不敢相信，這女孩那麼年輕，怎能泡出如此高雅沁心、芳香遠勝幽蘭清菊之上的品茗？鎮長相信許秘書不會騙他，看來這茶應是出自阿霞之手無誤，讓他第一次對阿霞留下深刻印象。

還沉浸在茶香裡，秘書室卻傳來小吳的尖叫聲，鎮長好奇地走到秘書室，只見小吳手裡拿著一杯飲料，不停地嘟囔：「哇塞，比我媽弄的還好喝。」再嚐一口後又說：「眞是好喝的不得了。」

鎮長出入都由小吳開車接送，早把他當成自己的弟弟，小吳對鎮長也少了那份敬畏感，說話總是沒大沒小。

眼看鎮長走進秘書室，小吳立刻向他說：「鎮長，這蔬果汁天下第一好喝，你一定要叫阿霞請她婆婆也幫你準備一杯。」

江祥忠不解小吳爲何說那是阿霞的婆婆所做，趕緊向鎭長及小吳說：「蔬果汁是阿霞準備的，早上我到辦公室，親眼看到她在茶水間裡現做的。」

「啊？阿霞做的？怎麼可能？」小吳納悶地問道。接著又兀自細數：「阿霞剛來的第一天我陪她去送公文，她說家事大多由婆婆一手包辦，因爲她不太會煮飯及燒菜，連果汁機都不太會用，連女兒的副食品要喝果汁，都由婆婆代勞。」

邊說邊走進茶水間，果然看到果汁機及茶具，一旁還散落尚未收拾的果皮、茶葉及咖啡渣，應是阿霞遺留的沒錯，因爲許秘書一到辦公室，就要阿霞送公文到各課室，還未來得及整理。

退出茶水間，小吳向鎭長及眾人嚷嚷：「奇怪，她明明說不會做家事，怎麼打出的蔬果汁這麼好喝？」

鎭長也附和：「她泡的普洱茶也不錯。」

眾人跟著小吳七嘴八舌，阿霞剛好回到秘書室，見鎭長也在，一溜煙地往茶水間躲去，不料卻被小吳叫住，問她：「阿霞，妳不是說不會做家事，也不會用果汁機，怎麼打出來的蔬果汁還不錯喝？」

「我婆婆教我的，水果及胡蘿蔔也是婆婆教我挑的。」阿霞一臉正經地回答。

「妳有學過泡茶嗎？」鎮長也好奇地問。

「是這兩天請我公公教的，他平常也有喝茶。」阿霞說。

「學兩天就會？」小吳疑惑地問道。

阿霞以爲搞砸了，泡給鎮長的普洱茶不到位，急得快哭出來。她回想週休假期這兩天，從白天到黑夜不停地反覆練習不下五、六十次，直到公公都說她認眞過頭才罷手，豈料仍過不了鎮長這一關，趕緊回小吳：「我練習了好幾次，如果不行，我再給鎮長泡一次。」

鎮長聽了隨即表示：「不用，我沒說不好喝，嗯……泡得是不錯啦。」一席話像是沙漠中的甘露，及時讓阿霞得到救贖。

接著，鎮長向小吳說：「你要喝蔬果汁，請你老婆幫你準備，不要再叫阿霞做了。」

小吳立刻回答：「是！長官！」邊說還邊兩腿靠攏，舉起右手、五指併攏，舉至右眉梢向鎮長行禮，表示一定遵從。末了還加了一句：「我是鬧她的，原本以爲她問假的，一定做不到，誰知她是認眞的，以後不敢了。」

八

阿霞到鎮長室擔任工友邁入第二個星期，鎮民代表會定期會正式開議。會期只有十二天，但因府會關係緊張，對鎮長而言，這十二天就有如十二年般長久。

這次的定期會將議決公所下年度預算，由吳守義領軍的代表會，早就磨刀霍霍準備大刀砍向鎮公所。

由於鎮長及主秘在代表會備詢，許秘書、魏秘書及小吳等人也前往代表會待命，準備隨時和代表斡旋。鎮長室這幾天顯得冷清許多，趁著人少，阿霞將鎮長室的冷氣調高到二十六度。中午鎮長等人回來休息，並未發現異狀，習慣披著外套睡午覺的許秘書，這天午睡同樣蓋著外套，睡到一半滑落掉到地上，也未覺得冷。

下午鎮長等人又到代表會備詢，離開時許秘書交代阿霞，要她趁鎮長不在，好好打掃辦公室及休息室。

等鎮長一行人離開，阿霞即先從鎮長辦公室打掃起。爲清理辦公桌旁的大花瓶，她先以雞毛撢子輕拂瓶身，再以抹布擦拭，想要擦去瓶身的陳年污垢，卻一眼瞥見瓶口出現一道三角形裂痕。阿霞不敢置信，定睛一瞧，確定是裂痕，還可見用快乾膠接合的痕跡，手一摸，破裂的一小塊三角形陶瓷就這樣掉了下來。

阿霞自認非她弄壞，拾起這一小塊陶瓷放在鎮長辦公桌，準備等鎮長回來向他報告，之後，即繼續打掃其他角落。

不巧，代表會又和公所槓上，會議開到晚間七點多才結束，鎮長等人從代表會直接離開，並未回辦公室，阿霞等不到向鎮長報告，獲小吳通知鎮長等人已經下班，收拾完也跟著離開鎮長室。

沒想到小吳載鎮長回家途中，鎮長發現裝錢及信用卡的皮包忘在辦公室，急忙要小吳掉頭回公所。抵達時，鎮長遣小吳留在車上等他，他拿了皮包就來。

一進鎮長室，所有人均已下班，鎮長摸黑打開燈，一眼就看見桌上的三角形陶瓷碎片，再轉頭看旁邊的落地陶瓷大花瓶，瓶口出現三角形破損，兩者的形狀吻合，心想這好好的一只花瓶怎麼會弄壞？一時怒不可遏，打電話給許秘書，要她務必查明是誰打破這花瓶。

許秘書馬上懷疑是阿霞所為。她回想下午到代表會前，曾交代阿霞打掃辦公室，只有她可能接觸這花瓶，「不是她弄壞的是誰？明天一定要阿霞給個交代。」

隔天上班，阿霞忙著替所有人準備茶水及咖啡，早已忘了要先報告花瓶破損之事。許秘書一到辦公室，立刻找阿霞興師問罪，質問她爲何打破花瓶？爲何不馬上報告？害得鎮長發現責怪下來，把她痛罵一頓，「是不是這樣妳才甘心？」讓阿霞百口莫辯。

稍後，主秘抵達辦公室，得知阿霞闖禍，心想這正是開除她的大好機會。

原來，鎮長等人昨天在代表會被狠狠修理，主秘認爲吳守義根本未顧念關說阿霞到公所上班的情分，放任代表們狠刪公所預算，氣得想對阿霞開刀，沒想到他還未出手，阿霞就先自己闖禍。

主秘湊到許秘書旁，跟著對阿霞百般責難，指這花瓶是鎮長就任第二年，隨縣長率領集集著名的添興窯和水里鄉蛇窯等業者，到大陸江西景德鎮市參訪陶瓷產業，以「窯擺集集」工作室特製的台灣柴燒金彩茶壺與對方互贈而來，珍貴得不得了，「竟然被妳打破，妳賠得起嗎？」

阿霞自認花瓶非她打破，卻不知從何說起，又聽主秘罵得難聽，鼻頭一酸，眼淚就要掉下來。

「妳上班才沒幾天，就嚴重破壞公物，我看非得開除妳不可。」主秘終於說出他心裡的盤算。短短幾句話對阿霞而言簡直如晴天霹靂。她搖搖頭，想對主秘說她沒有打破花瓶，請不要開除她，卻因眼淚不聽使喚地一直滑落，讓她一句話也說不出口。

隨後，鎮長抵達辦公室，看到這一幕也嚇了一跳。只見主秘繼續說：「許秘書，我看妳打電話給清潔隊長，叫他今天就幫阿霞辦離職手續，然後再派一個人過來支援。」

「等一下。」鎭長開口了，問說：「是不是因爲打破花瓶？」

「是呀，這麼珍貴的禮物就這樣毀了，當然要把漫不經心打破它的人開除。」主秘說。

「這花瓶不是阿霞打破的啦。」小吳趕緊替阿霞澄清。

「怎麼不是她打破的？昨天只有她清理花瓶，不是她是誰？」主秘仍一口咬定是阿霞，不願輕易放過她。

「是福伯啦。」小吳說。

「福伯？他不是在醫院？」許秘書問道。

「他昨天下午出院，晚上打電話給我，要我向鎭長報告他已返家，剛好我和鎭長回公所，離開時鎭長說要到家裡看他。鎭長有問花瓶瓶口怎麼會破裂，福伯坦承是他不小心弄破的，因爲怕被罵，才用快乾膠接合。」小吳一口氣說完原委，顯得上氣不接下氣，就怕阿霞眞的被攆走。

「福伯說打破好幾年了，後來擦拭時都會特別注意。」鎭長說。

「對呀，阿霞才剛來不久，不知道瓶口有破損接合，用力一擦，就掉下來了。」小吳邊說還模擬阿霞擦拭花瓶的動作，誇張到連鎭長都笑了起來。

「叫窯擺集集的老闆阿強來補補看，補得起來就補，補不起來就叫他挑一組柴燒作品來換，這幾年柴燒正流行，換擺台灣柴燒也不錯。」鎮長說。

「那……要開除福伯嗎？」小吳意在言外地問道。

「你老人痴呆喔，福伯來二十幾年了，不小心弄破花瓶就要開除喔？」鎮長說。

眼看開除阿霞的計謀無法得逞，主秘暫時也不想把場面弄僵，對阿霞說：「事情總算眞相大白，以後有事要先報告，不要悶不吭聲的，害得妳差點就被開除。」

阿霞還是擠不出任何一句話來，只是猛點頭。一旁的小吳趕緊替她解圍：「阿霞知道了，快去送公文，去去去。」一場原本打算開除阿霞的風波才暫告平息。

不過，主秘並不想就此放過阿霞。

想起昨天在代表會遭代表們群起砲轟，指他把持鎮長，是地下闇黑鎮長等，就恨不得能當場開除阿霞，好讓吳守義後悔莫及。

離開辦公室前往代表會備詢前，他突心生一計，把剛從財政課領取的餐費代墊款三萬二千多元，抽出五千元打上記號，丟到辦公室的垃圾桶。他算準阿霞每天都會整理辦公室，看到這筆錢如果心生貪念，占爲己有，屆時再以此理由開除她不遲。

依計行事後，主秘和鎮長一行人再度開拔至代表會。中午返回公所休息，這筆錢還在，他心想沒有人不愛錢，晚點阿霞就會清理辦公室的垃圾桶，錢若不見，就是她離開鎮公所，給吳守義難堪的時候。

下午再至代表會備詢。會議一開始，有代表指稱，公所知法犯法，冷氣未按規定調在二十六度以上，根本是只許州官放火，不許百姓點燈，質詢完，便和幾位代表與媒體記者一起前往鎮公所，要突擊檢查各課室的冷氣溫度，讓公所措手不及。

九

眼看代表們前往公所突擊檢查，鎭長及主秘等備詢官員，原想一同返回公所陪同受檢，但遭主席制止，也不能通報公所其他人員，只能在代表會乾著急，主秘更是如坐針氈，深怕丟在垃圾桶的五千元會被人趁亂摸走。

代表及媒體記者第一站檢測的是鎭長室。只見多位代表手拿著溫度計，欲實地測量鎭長室的冷氣溫度，結果都在二十六度至二十七度左右。代表們不死心，直往鎭長休息室最深處走去，也只測得二十六度。有媒體記者到主秘室測量，仍是二十六度，多次測量結果都一樣，只好放棄，轉往其他課室繼續檢查。

沒多久，鎭長室冷氣溫度受測過關的消息，紛紛在各媒體即時新聞出現，記者還不忘強調集集鎭長李政達有意競選南投縣長，確實心口合一，不只向民眾宣導冷氣溫度宜調在二十六度以上，自己的辦公室冷氣也如實設在二十六度，不像競爭對手立委許毓民喊著要節約能源，服務處冷氣卻開在二十一度。

這消息著實讓鎭長大爲振奮，他想兩年後更上層樓，與參選縣長態勢明朗的許毓民對陣，問鼎南投縣長，原就不希望被負面新聞或假新聞打敗，沒想到如今還多出對他有利的新聞，使他成了言行合一的正人君子，對他的形象肯定是大有加分。

主秘的心情可沒像鎮長這般輕鬆。即時新聞明明寫著受測過關的還包括主秘室，這雖是好消息，卻也代表媒體記者和代表會代表曾大陣仗到他的辦公室，他丟在垃圾桶的五千元是否安在？

坐立難安一整個下午，好不容易挨到代表會結束今日議程，主秘三步併兩步飛快回到辦公室，發現垃圾桶的五千元已不翼而飛，垃圾卻還在，不像是阿霞清理時拿走，頓時讓他心慌不已。他暗自忖度，若是阿霞偷走，剛好正中下懷，唯有開除一途，問題是原先設想只有阿霞一人會進他辦公室，如今卻有那麼多人來過，如何證明是她拿走？如果不是阿霞所爲，那是何人？眞的是代表、記者或另有他人？五千元雖不是什麼大錢，在鄉下卻很好用，若眞被其他人暗損，那才叫有苦難言。

還在思索錢的去向，阿霞已到辦公室，向他報告剛才要清理垃圾桶，發現裡面有五千元，已整理好裝進信封，接著拿出信封袋給他。主秘接過來一看，五千元沒錯，記號也在。

面對阿霞如此誠實，口才一向便給的主秘，一時也爲之語塞，不知該說些什麼，只好胡謅一番，瞎指這錢肯定是自己長腳跑到垃圾桶，害他找了好久。主秘說得無心，阿霞也聽得無意，才免於一場尷尬。

主秘還有一事不解，問阿霞：「辦公室的冷氣是妳調高的？」

阿霞以為又闖禍，低著頭怯生生地回答：「是……對、對不起，沒事先經過您和鎮長同意。」

「為什麼要調高？是吳守義告訴妳的？」

「沒有，不是。」阿霞急著辯解。

「那是為什麼？」主秘再問。

「因為公所向民眾宣導，冷氣溫度要設在二十六度以上，我想我們自己應該要先這樣做，所以才趁著您們都到代表會，辦公室人少，將溫度調高……」

「真的是這樣嗎？」

「是，真的是這樣，因為……」

「好了，知道了，妳去忙吧。」主秘打斷阿霞的談話，心裡卻暗自竊喜，如果今天不是她這麼做，鎮長肯定要出大包，被代表會和媒體釘死。

阿霞才走出主秘室，鎮長接著進來，問主秘是誰調高冷氣溫度，幫了他大忙？

主秘不想和吳守義妥協，也不想就此饒過阿霞，撒了謊，把功勞歸給自己，說是他交代留守的江祥忠調高冷氣溫度，才安然通過代表會和媒體的突擊檢查。

鎮長不疑有他，謝過主秘，同時要他代向江祥忠道謝，之後，還交代主秘，通令全鎮公所冷氣一律調高至二十六度，說完即要趕赴下一個行程。

不過，主秘還有事和鎮長商量，問道：「福伯打電話來，說他再過一個禮拜就可以回來上班，阿霞是留還是不留？」

「就讓她回清潔隊上班好了。」

「可是清潔隊已經超編多人，代表會又把超編的人事預算都刪掉，就算她回清潔隊，也沒有經費可以付她薪水。」

「用臨時工的身分不行嗎？我們還有臨時工的專案經費不是嗎？」

「阿霞是吳守義介紹的，這個吳守義根本不守江湖道義，要塞人到公所，還要刪公所的預算，不開除阿霞給他來個下馬威，他還以爲你是軟腳蝦。」

「可是大家都是鄉親，我聽農會總幹事說，阿霞的先生才剛過世不久，她的婆婆吳秋萍也拜託總幹事，要我多照顧她，就算不給吳守義面子，也要給農會總幹事面子吧？」

「不然這樣好了，我們來舉辦考試，只要是進來清潔隊未滿一年的臨時人員，或是想到清潔隊上班的人都要參加。」

「舉辦考試？以前有辦過嗎？」

「應該是沒有。可是很多公所的清潔隊都有舉辦。」

「這樣喔……眞的要辦嗎？」

「最近因爲經濟不景氣，想到清潔隊上班的人很多，到處透過人來關說，我們舉辦考試，也可抵擋外界關說的壓力。」

「那阿霞也要參加考試嗎？」

「當然啦，考試過關，就讓她進來，不過關就走人，所有人都一樣，這樣我們也好做人。」

「嗯……好吧，就照你的方法去做。你想何時舉辦考試？」

「代表會的議程這個星期結束，一結束就舉行，我們就對外說，爲尊重代表會決議，必須縮減公所臨時人員，把砍人的責任推給代表會。」

「好吧，就交給你和鄭豐廷來辦，但務必要辦得公平。」

「沒問題，我來處理。」主秘說完還舉起右手，像是宣誓般地向鎭長保證，一定辦好考試。

鎭長離開後，高文元立刻打電話給鄭豐廷，要他到辦公室商議考試細節。

隔天，鄭豐廷在公所官網及清潔隊公布考試訊息，預定五天後舉行清潔隊臨時人員甄選，採「體能測驗」與「資源回收分類技能測驗」，預計錄取五人，另備取五人。

考試簡章特別說明，是應代表會要求公所撙節預算舉辦本次甄試，必須參加考試才能決定去留的清潔隊人員，看了無不怨聲載道，卻也莫可奈何，爲了保住飯碗，只能抓緊時間準備。但人在鎮長室的阿霞，卻對考試訊息一無所知，一樣每天早出晚歸，盡心盡力做好工友的工作。

直到考試前一天，阿霞到鎮長辦公室收取公文，剛好鎮長也在，問她考試準備得如何？阿霞一臉茫然，渾然不知明天回清潔隊要考試，還天眞地以爲福伯明天歸隊，她就可以回清潔隊上班。

鎮長看她完全不知考試的訊息，打電話問主秘，主秘推說以爲清潔隊有通知她，再問清潔隊長，鄭豐廷說以爲鎮長室會告訴她，結果，所有預定參加甄選的人都知道明天考試，也都在積極準備，只有阿霞一人不知。

在鎮長室服務期間，阿霞廣受公所大多數同仁喜愛，也頗得鎮長歡心，認爲她工作認眞、品行端正、操守良好，表現盡善盡美，尤其是主動調高冷氣溫度一事，讓他免於遭受代表會及媒體責難，最令他激賞，但主秘卻瞞著他，說是他交代江祥忠調高冷氣溫度，還好前天他向江祥忠道謝，才知道眞相，讓他對阿霞頗感歉疚。

十

到鎮長室服務雖只有短短不到一個月，鎮長對阿霞明天即將歸建，心裡其實有點不捨，不過，因主秘和許秘書並不喜歡她，還經常聯手欺壓她，放手讓她回清潔隊，或許對她才是好事。然而，橫阻在眼前的是，她竟不知明天要參加甄試，更不用說已做好準備。

眼看阿霞一臉疑惑，鎮長告訴她：「清潔隊明天要辦理臨時人員甄選，考試分兩個項目，分別是體能測驗和資源回收分類技能檢定。」

爲了詳細說明考試細節，鎮長還找出公文逐條唸給阿霞聽：「體能測驗要揹沙包折返跑六十公尺，男生的沙包十五公斤，滿分爲九秒，女生十公斤，滿分爲十點九秒。妳可以嗎？」

「……」阿霞全無概念，沒有答話。

「另外一項資源回收分類技能檢定，二十五秒內要將可回收與不可回收混合的各式回收物，正確分類至標示的回收桶，最後統計正確的回收數量，換算成分數，兩項測驗比重各占百分之四十。」說完，鎮長問阿霞：「記得嗎？」

阿霞點點頭，表示記得。

鎮長再問：「有信心嗎？」

阿霞沒答腔，不想被看扁的決心油然而生，過了一會兒說：「謝謝鎮長提醒，我會好好準備。」

鎮長接著說：「沒事的話我請許秘書讓妳早點下班，回去好好準備。」

阿霞抱起公文回答：「謝謝鎮長。」說完就要離開鎮長室。

這時，鎮長又說：「可以幫我到便利商店買杯咖啡嗎？」

咖啡？阿霞心想鎮長從不喝咖啡，今天怎麼突然想喝？心裡雖然納悶，鎮長既已交代，只好趕快去買。

買完咖啡回來，鎮長問她：「妳知道這紙咖啡杯可以回收嗎？」

阿霞從未想過這問題，以爲咖啡杯是紙製品，當然可以回收，回答鎮長可以。鎮長也不給答案，只說要她有空查一下，隨即離開辦公室，趕赴下一個行程。

眼看鎮長離開，阿霞趕緊到各課室送公文。回到鎮長室，許秘書說鎮長不會再進來，要她整理好即可下班，並謝謝她這段時間到鎮長室支援。

阿霞聞言也向許如韻表示感謝，之後，即到鎮長辦公室打掃，發現幫鎮長買的咖啡仍然原封不動，放在桌上一口也沒喝。

「奇怪，不喝還買？」阿霞心裡嘀咕完，想起鎮長的問話，這咖啡杯如何回收？便將注意力轉移到杯子上，心想這紙咖啡杯難道不可以回收？還是它不算紙類，不能和紙製品混在一起回收？

帶著疑問整理好鎮長室，其他人都已下班，阿霞也即將告別這工作近一個月的辦公室。離開前，她拿出手機，比對剛到鎮長室上班時拍的照片，把各項清潔用具都歸回原來的位置，以免福伯明天上班找不到。

回到家，婆婆問她：「今天是怎麼了，這麼早就下班？」

「那有早？都五點多了，是她平常都太晚下班，鎮長是叫她當工友，又不是當總統。」阿霞的公公說。

「因爲明天清潔隊要考試，鎮長讓我提早回來準備。」阿霞回說。

「考試？考什麼試？」婆婆問道。

「體能測驗和資源回收。」阿霞說。

「打掃就打掃，丟垃圾就丟垃圾，誰不會？考什麼試？」公公狀似不屑地說。

「你不知道啦，現在每個公所的清潔隊都要考試才能進去。」婆婆說。

「那怎麼辦？妳會嗎？」公公問阿霞。

「妳剛才說考什麼？體能測驗還有什麼？」阿霞還沒回答公公的問題，婆婆就緊接著問道。

「資源回收分類。」阿霞說。

「那還不簡單，找慈濟的師兄師姐幫忙，他們有資源回收站，專門在做垃圾分類，問他們就對了。」婆婆說。

「不是還有體能測驗？」公公問道。

「管他什麼體能測驗，現在練明天也不會馬上好，趕緊來練習垃圾分類比較重要啦。」婆婆說完，拿起電話打給經常和她聯繫的師姐王秋鳳，希望能請慈濟的師兄姐幫阿霞惡補，好讓她順利通過明天的考試。

阿霞的婆婆吳秋萍與慈濟結緣，始於志榮往生辦理後事期間。當時，慈濟得知消息，主動到志榮家關懷，並替志榮助念，直到後事辦完，見吳秋萍與先生陳瑞義情緒一直無法平復，還多次前往陪伴，後來吳秋萍也成爲慈濟會員。

得知慈濟提倡資源回收，吳秋萍已習慣將可回收的物品交給慈濟環保志工，如今，阿霞要考資源回收分類，她料定問慈濟最快也最準，所以才請師兄師姐前來幫忙。

約定的時間一到，慈濟師兄姐紛紛抵達，並帶來多項回收物，要幫阿霞講解。王秋鳳先向吳秋萍及阿霞說明，慈濟在台灣的環保志工已超過七萬名，今晚來的只是小小一部分，他們都在南投各地的資源回收場擔任志工好長一段時間，有問題問他們就對了。

接著，慈濟師兄姐及環保志工，拿出可回收與不可回收混合的各式物件，一一向阿霞解說。志工先是取出一疊電子發票，問阿霞可不可以回收？阿霞認爲電子發票是廢紙類，應該可以回收，點頭稱是，立即遭志工糾正，指電子發票是不可回收物，應交給垃圾車清除。

一旁的慈濟師兄補充說，不只電子發票不可以回收，銀行自動櫃員機的明細表、信用卡收據、傳眞用紙，甚至是樂透彩券等，都是屬於熱感應紙，有的還含有雙酚A，與人體接觸可能會干擾內分泌或壓抑男性荷爾蒙，所以不可將它們與一般紙類一起回收，否則恐會使回收紙也含有雙酚A，進而危害人體健康。

阿霞對這答案頗感意外，沒想到日常生活經常會接觸的熱感應紙是不可回收物，對於這看似毫不起眼的垃圾分類竟隱含如此多的學問，也打從心裡感到佩服。

慈濟志工再問，布偶娃娃可否回收？阿霞認爲是布做的，應該可以，結果又錯。

慈濟師兄說，不只布偶娃娃不可以回收，絨毛玩具也不可回收，其他還包括貼身衣物，如襪子、鞋類及內衣褲等，因衛生考量，通通不可以回收。

慈濟志工補充說，我們用的皮帶、腰帶、地毯等等，也都是屬於不可回收物；可回收的布製品主要是上衣、褲子、裙子、洋裝、外套及西裝等，回收前須先清洗乾淨，打包後交由清潔隊資源回收車回收，或投入有許可字號的舊衣回收箱。

由於不可回收的布製品種類繁多，阿霞拿出筆記本一一寫下，以備晚點再次複習。

之後，慈濟師姐拿出已經用完的小瓦斯罐，問阿霞可不可以回收？阿霞認爲是廢鐵類，答稱可以，師姐點頭稱是，也恭喜阿霞答對。但她補充說，如果是大的瓦斯鋼瓶，因屬壓力容器，且用後仍可能殘留瓦斯，並不在清潔隊的回收範圍，應該交由瓦斯行回收，以免發生危險。

講解完畢，王秋鳳問阿霞有沒有問題？阿霞想起鎮長問她紙咖啡杯能否回收，她還沒找到答案，於是趕緊發問。

慈濟師兄答稱：「外帶咖啡杯的隔溫紙套印有百分之百回收，但其實只有紙套可以回收，咖啡紙杯的回收就比較複雜。」

他表示：「包括咖啡紙杯、牛奶紙盒、便當紙盒、泡麵杯等具有防水功能的紙類製品，因內部有一層由薄蠟或塑膠提煉的防水薄膜，皆稱爲『紙容器類』，正確投到標示有『紙容器類』的回收桶才能眞正被回收。」

阿霞聽完問道：「據我所知紙容器的回收桶並不多，如果沒有呢？」

慈濟師兄：「如果沒有而將它與紙類混在一起，交給『一般廢紙』處理業者，因無法完整將其中的塑膠膜等雜質打散，剩餘的雜質會再度排放成爲垃圾，對環境造成二度傷害。」他接著說：「對於這類紙製品，最好還是盡量丟到『紙容器』回收系統，如果眞的沒有『紙容器』回收桶，交給清潔隊也可以，還有一種作法是將它丟入『一般垃圾』，以避免回收的紙杯繞了一圈，最後還是成爲垃圾，反而對環境造成更大負擔。」

聽完慈濟師兄講解，阿霞驚嘆地說：「原來這咖啡紙杯的回收還藏有這些學問，眞是不簡單。」

十一

慈濟人走後，阿霞仍不斷複習垃圾分類直到深夜，隔天晚起，考試時間到了，才匆匆趕抵清潔隊，立即被眼前的排隊人潮嚇一跳。

儘管清潔隊五天前才公布考試訊息，仍有三十多人報考，加上在清潔隊任職未滿一年、也須參加考試的八位臨時人員，總計有四十二人前來參加甄試，要角逐五位正取人員、五位備取人員，考試後將有超過四分之三的人遭到淘汰，競爭可謂相當激烈。

阿霞前往報到處報到，工作人員核對身分無誤，交給她一張「023」的號碼布及四只別針，要她別在胸前。

正在別號碼布，剛好幾位也須參加考試的清潔隊員走來，和阿霞多日不見，短暫打過招呼後，即不斷抱怨代表會甚至咒罵起主席吳守義，害他們必須參加考試，還可能因此丟掉工作。阿霞聽了頗為尷尬，低著頭別好號碼布趕緊離開，踩著婆婆為她準備的新鞋，和幾位考生在清潔隊前廣場熱身，準備即將登場的體能測驗。

考試時間一到，擔任主考官的主秘高文元，在負責試務的清潔隊長鄭豐廷陪同下，和監考人員民政課、財政課、農經課、觀光課、工務課、人事室及政風室等主管，魚貫走出清潔隊辦公室，坐上監考檯，由高文元致詞歡迎所有應試人員，致詞完隨即宣布考試開始。

首先登場的是體能測驗，四十二位考生分成八組，每組五至六人同時受測，男生揹十五公斤、女生揹十公斤沙包，從起跑點往前跑三十公尺，通過折返點再往回跑，全程六十公尺。

阿霞被分在第五組，和其他三位男生、一位女生一起受測。在她之前有多位考生通過折返點或終點前衝刺跌跤，看得她心驚膽顫，深怕自己也會跌倒，站上起跑線時不停地緊張發抖，擺在腳跟前的沙包更宛如千斤萬擔，幾乎壓得她喘不過氣。

起跑的哨音響起，阿霞拎起沙包往前跨步，一開始步伐顯得凌亂，等跑約十公尺，才奮力地往前衝。

可能是婆婆新買的布鞋抓地力不錯，也可能是阿霞記取前面考生跌倒的教訓，在折返點轉彎與即將抵達終點前，仍按照節奏前進，並未使勁衝刺，最後順利跑完全程，成績十四秒五○，換算成分數暫居第十五名，等全部考生考完，排名落居二十四名，要擠進前十名正取或備取名單，得在資源回收分類及首長抽測項目有優異表現才行。

阿霞這組的體能測驗才結束沒多久，鎮長和小吳帶著約五十杯咖啡抵達，要慰勞監考及試務人員，之後便坐上監考檯，觀看考試進行。

緊接著登場的是資源回收分類技能檢定，四十二位考生同樣分成八組進行，未輪到的考生須至清潔隊辦公室等候，阿霞趁等待的空檔拿出筆記本，再次複習垃圾分類項目。

這項檢定每次有五至六位考生同時受測，須在二十五秒內將裝在收納箱裡可回收與不可回收的物件，投至正確的回收箱，依投放的位置是否準確計分。

輪到阿霞上場，只見一只大收納箱裝有各式廢棄物，前面則有五只小型的收納箱，上面分別貼有「廢紙類」、「紙容器」、「廢鐵、鋁類」、「廢塑膠類」及「不可回收類（垃圾）」字條。

考試開始，阿霞一一將各類回收物投到正確的回收箱，最容易使考生混淆的廢紙類及紙容器類，阿霞都一一過關，正確地將鋁箔包及紙餐盒投到紙容器的回收箱，月曆、瓦楞紙、書籍及購物紙袋等，則投到廢紙類。

其中有一疊熱感應紙發票，阿霞準確地將它投到「不可回收類（垃圾）」的箱子，引起現場監考人員一陣驚呼，因爲考試進行至此，沒有人投對，阿霞是第一人。

接下來還有保鮮膜、原子筆、塑膠玩具及球鞋等，阿霞也正確地將它投到「不可回收類（垃圾）」箱。考試結束，在資源回收分類項目，阿霞獲得滿分，總排名躍升至第九名，只要首長抽測這關能保持一定水準，至少可取得備取資格，甚至擠進前五名，獲得正式錄取。

資源回收分類測驗結束，試務人員要所有考生集合，因有考生自認成績不佳提前離去，只剩三十八人留下來繼續考試，之後，主考官宣布首長抽測開始，由鎮長李政達主持。

李政達接過麥克風表示，監考檯上有監考及試務人員喝完的咖啡杯，這些咖啡杯應如何回收？請考生開始進行。

爲了避免考生爭先恐後至監考檯搶咖啡杯，這項測驗特別規定不限定時間，而是著重回收的過程與是否準確，由監考人員評分。

鎮長的指令一下達，多數考生仍不顧一切往前衝，拿取咖啡杯就開始進行分類、回收。阿霞則牢記慈濟師兄的叮嚀，須先倒空容器內的殘餘物，用水略爲沖洗再回收。

取得咖啡杯後，她先打開蓋子，將剩餘的咖啡倒在洗手檯，同時用水清洗蓋子及咖啡杯，再將塑膠蓋投至「廢塑膠類」的箱子，隔溫紙套投至「廢紙類」，紙咖啡杯則投入「紙容器」箱，完成鎮長抽測項目。

等待成績揭曉的空檔，阿霞想起紙咖啡杯如何回收，不正是鎮長昨天問她的問題，難道是鎮長洩題給她，要暗助她？想到這裡，心裡不由得緊張起來，萬一不幸落榜，豈不是辜負鎮長的好意，以及公公和婆婆的期盼？

看著腳下穿的新鞋等待放榜，阿霞除了打從心裡謝謝鎮長，也衷心感謝婆婆設想周到，幫她準備這雙抓地力特佳的新鞋，讓她不致在體能測驗時像清潔隊同事沈宜蓉那樣，因跌倒受傷提前放棄考試，也等於宣告必須離開清潔隊。

過了大約十分鐘，主考官宣布成績，阿霞在首長抽測項目同樣拿到滿分，總排名躍升至第六名，前五名正取人員有三位是清潔隊同事，二位新進考生，五位備取人員包括阿霞，也有三位是現職清潔隊員，總計八位參加甄試的清潔隊同事，共有六人擠進前十名，兩名遭到汰除。

對於取得第六名的成績，阿霞雖感欣慰，卻也不免失望，若非體能測驗感覺沙包太重，一開始跑得不順，否則應能擠進正取名單才是。

正在懊惱之際，高文元又上台宣布，經人事室查核，排名第二的考生因未設籍集集鎮滿四個月，不符報考資格，當場被取消錄取，由其他考生依序遞補，阿霞因此擠進第五名正取名單。這突來的喜訊讓阿霞雀躍萬分，另一位掉在十一名的清潔隊同事，也因此擠進第十名備取名單，當場興奮得落淚，只有因受傷提前退出考試的沈宜蓉，必須在月底離開清潔隊，其餘獲得正取的原清潔隊人員則可繼續上班，絲毫不受影響，備取人員也可工作至年底，等待是否有新的職缺出現或有人離職，再依序遞補。

這場考試改變了清潔隊原有的生態，八位清潔隊員只有四人工作不受影響，其他三人工作至年底，能不能繼續留在清潔隊上班，還要看命運之神是否眷顧。已經在清潔隊任職十個多月的沈宜蓉，則從下個月起丟了工作，這樣的改變，也使阿霞在清潔隊的命運起了變化。

十二

離開將近一個月再度回到清潔隊，眼前的環境變得有點陌生，阿霞向隊部領取個人裝備，副隊長楊順偉提醒她凡事小心，阿霞原以爲是叮嚀她工作小心，事後印證，才發現是要她對人小心。

考試結束才過一天，隊上就傳出她是吳守義的親戚，爲了她要來，鎮公所不得不破例舉辦考試，硬是擠掉其他清潔隊員。正巧獲得第四名、下個月就要來報到的江俊賢，又是代表會副主席所推薦，原本被鎮公所牢牢擋在門外，也因這次考試擠進清潔隊，等於代表會的勢力已跨進鎮公所。

面對清潔隊同事的冷言冷語，阿霞並不在意，她記取慧德法師的開示「逆增上緣」，以及「就算受委屈，也要說對不起」，這些金句良言，曾支撐她度過在鎮長室工作的難關，相信也能幫助她度過在清潔隊遭遇的一切困難。

回到清潔隊的第一天，阿霞被分派到集集車站打掃，同行的還有沈宜蓉及何芊芋，兩人年紀比阿霞稍長，先後經鎮長秘書許如韻介紹進清潔隊工作，因愛打扮結爲好朋友，經常一個鼻孔出氣。

沈宜蓉再過幾天就得離開清潔隊，打掃時漫不經心，還不時有意無意將垃圾往阿霞掃過的區域丟，何芊芋為了要替沈宜蓉出氣，也多次對阿霞嗆聲，說沈宜蓉是鎮長秘書許如韻的親戚，許秘書一定會替她雪恨，要阿霞走著瞧。

面對沈宜蓉及何芊芋的不友善，阿霞始終不發一語。在清潔隊已十多年、待人和善的班長李英要她們打掃廁所，她倆也不從，李英只好和阿霞包辦整間廁所的清潔工作，之後，再往西打掃遊客較多、也較易髒亂的民生路，放任沈宜蓉及何芊芋兩人在遊客較少的民權路胡亂打掃一通。

晚間收垃圾，阿霞被分派到司機徐順昆的垃圾車，和李英一起隨車收集第二區路線垃圾，跟在他們後面的是資源回收車，兩部車從起點民生路與八張街口開始，沿著金鋒超市、特有生物保育中心一路收至玉映巷，再返回清潔隊。

因垃圾量不多，且外包的民間大型垃圾轉運車，明天才會前來清運公所垃圾車收集的垃圾至焚化爐，徐順昆將車子停妥後先一步離開，阿霞和李英回辦公室準備簽退，發現收集第一區路線垃圾的隊員比她們早結束，都已下班。

李英收拾好個人物品，關妥二樓辦公室燈光，向阿霞打過招呼隨即離開，只剩阿霞在一樓辦公室關燈，也準備下班。

這時，電話響起，是一位老太太，口氣急切地說，老公將她收藏的金飾及私房錢兩百多萬元現金，誤當成垃圾丟進垃圾袋，給垃圾車載走，希望清潔隊能幫她找回，話才一落下，就在電話那頭哭了起來。

阿霞趕緊勸老太太別哭，說垃圾都還在車上，沒被運到焚化爐燒掉，請老太太放心。老太太說要到清潔隊尋找，請阿霞等她，阿霞一口便答應了下來。

重新打開辦公室電燈，阿霞趕緊查徐順昆的電話，希望他能折返清潔隊，啓動垃圾車倒出塡壓在尾斗的垃圾，供老太太尋找，無奈行動電話無人接聽，打到家裡，家人說他尚未返家。再打給其他司機，聽到是阿霞，有人直接掛斷電話，有人說已下班，明天才願幫忙。想請班長李英協助，電話未接通，阿霞只好打給副隊長楊順偉，他人在台中上課，十點才下課，也無濟於事。

還在忙著打電話討救兵，老太太和老先生已經騎著摩托車抵達。老太太叫徐美英，一見到阿霞，立刻跪了下來，說這些錢是她和先生王周的棺材本，金飾是從結婚就保留到現在，爲了孫子出生，拿出一部分到銀樓熔解，打造成手鍊，要送給孫子當彌月禮，沒想到王周老糊塗，把它當成垃圾丟掉，請阿霞一定要幫忙。

阿霞扶起老太太，安慰他們一定會幫忙，請老太太不要急，並問她家住哪裡，好知道金飾及鉅款是被哪部垃圾車載走，以及可能壓塡的位置。

老太太說他們住媽祖宮旁，阿霞一查，是第一區收集路線，垃圾車司機叫黃志銘，正是剛才掛她電話之人，看來要請他幫忙已無指望。

失望之餘，徐順昆正好回電，阿霞說明原委，請他幫忙。徐順昆說孫子發燒，正帶他前往竹山秀傳醫院，無法趕回，如果眞無人協助，他可透過電話教阿霞操作垃圾車，以及倒出尾斗的垃圾。

看來也只能如此。阿霞依照徐順昆指引，到司機休息室取出鑰匙，和老太太及老先生走到停車場，找到黃志銘開的垃圾車，爬進駕駛坐，摸索老半天才找到鑰匙孔，插進鑰匙發動引擎，瞬間發出低沉的隆隆聲，接著仍依照徐順昆指示，想升起尾斗倒出垃圾，試了幾次都未成功，反倒是垃圾車音樂〈少女的祈禱〉被誤開，怎麼都關不掉，把她急出一身汗來。

好不容易升起尾斗、關掉音樂、倒出垃圾，一股惡臭立即撲鼻而來，阿霞跑回辦公室取出口罩、手套給老先生及老太太戴上，三個人在黑夜中搜尋王周誤丟的金飾及鉅款。過程中徐美英一直碎唸王周。王周自知理虧，全程眉頭深鎖，不發一語，默默地拿著手電筒找尋被他丟棄的黑色垃圾袋。

大約過了二十分鐘，終於傳來好消息。阿霞發現一只被壓得支離破碎的黑色垃圾袋，和老先生形容的極爲相似，從破損的缺口可見被壓得扁扁的舊報紙，打開一看，果然發現好幾疊現鈔及用透明塑膠袋裝的金飾，交給老太太後，老太太邊清點邊喜極而泣，還不斷喃喃自語說感謝菩薩保佑。

陪老太太和老先生回辦公室清理現鈔及金飾，老太太確認金額無誤，金飾也全都找了回來，抽出幾張鈔票要謝謝阿霞，被她拒絕，說這是她該做的。

阿霞請老先生和老太太到盥洗室梳洗，一個人返回垃圾車旁，將倒出的垃圾一一丟回車上。正在傷腦筋這麼多垃圾如何清理之際，只見有車子開進清潔隊，她以爲是同事，也沒留意。

未久，老太太和老先生帶著一位中年男子走近垃圾車，老太太向阿霞說：「這我兒子啦，在台中上班，我打電話給他，他就趕回來了，還好已經找到，眞是謝謝妳。」

老太太和老先生的兒子看來約三、四十歲，穿戴整齊，白色的襯衫燙得筆直，搭配黑色的西裝褲及皮鞋，像極了上班族或公教人員，金邊眼鏡後面藏著一雙大眼睛，顯得炯炯有神，令人不敢直視。

老太太向阿霞介紹她兒子叫王自強，剛打好的黃金手鍊，就是要送給他剛出世的兒子、也是他們的長孫，卻差點被他阿公弄丟。

王自強扶著老太太，客氣地向阿霞頻頻稱謝。阿霞連忙回答：「不要客氣，這是我們應該做的。」

雖然說「我們」，但除了徐順昆透過電話引導她如何操作垃圾車外，其他隊員都因各有理由未能返回幫忙，這「我們」兩字，說得她心虛不已。

看著滿地的垃圾，王自強率先會意過來，捲起袖子，頂著惡臭，一一將垃圾丟回垃圾車，老先生和老太太也跟著一起丟，阿霞見狀趕緊表示：「王先生，這會弄髒你的皮鞋和襯衫，這裡我來就好，你快點帶老先生及老太太回去。」

王自強仍賣力地清理垃圾，老先生及老太太也是，阿霞攔不住，只好由他們去，並且從清潔隊拿出打掃工具，一起清理自垃圾車倒出來的垃圾，直到將近午夜才清理完。

十三

隔天上班，細細碎碎的垃圾仍遺留在黃志銘駕駛的垃圾車旁，伴隨著腐臭味，讓他大為光火，看到阿霞進清潔隊，不由分說便是一陣痛罵。阿霞覺得委屈，想向他說明原委，心裡卻浮現慧德法師的開示「就算受委屈，也要說對不起」，心念一轉，心想算了，說清楚又能如何？於是收起被高分貝斥責的怒氣，轉向黃志銘對不起。

說也奇怪，這對不起三個字，竟有如烈火碰上寒冰，黃志銘的怒氣頓時消退不少，音量也大為降低，只說要阿霞等一下有空把垃圾清理乾淨，便跑回司機休息室和其他司機一起泡茶聊天，不再繼續咆哮。

阿霞的無名火也全告消失，不只如此，還覺得渾身通暢舒坦，如果剛才堅持要把話說清楚，可能現在還跟黃志銘理論，甚至吵得面紅耳赤也說不定。

「一切惡事，虛妄為本；知足常樂，能忍自安。」她再次憶起慧德法師的開示，想著今早的情形不正是如此嗎？能忍自安，多麼有智慧的一句話！法師還說要「不計眾苦，少欲知足；常懷慈忍，和顏愛語」。「嗯，不計眾苦，我現在就去打掃垃圾。」說著便往置物櫃走去，取出打掃用具，前往停車場清理昨晚遺留的垃圾。

李英也跟著過來，向阿霞表示：「昨晚我有回電，辦公室都無人接聽。」

「可能是我們在停車場找東西，沒聽到。」

「我想也是。喔，對了，今早沈宜蓉及何芊芋一直向隊長告狀，說怎麼可以讓外人在清潔隊逗留那麼久，而且還把垃圾散落得到處都是，還建議隊長要處分妳。」

「處分我？」

「是呀，就一直說辦公室被弄得髒兮兮的，慫恿隊長一定要記妳過。」

「我現在就來清理。」

「嗯，我幫妳。總之妳小心一點。」

「我知道了。謝謝班長。」

「今天上午我們班要到集集國小附近掃街，我幫妳換到范筱鳳那班，不要和沈宜蓉及何芊芋一起出勤。她們對妳擠掉沈宜蓉還懷恨在心，這幾天妳就盡量避開她們。」

「好，謝謝妳。」

「不過，下午范筱鳳那班要負責收偏遠地區的垃圾，會晚點下班，妳可以嗎？」

「偏遠地區？包括淨國寺嗎？」

「包括喔。」

「可以，可以，我可以。謝謝班長。」

聽見又可以到淨國寺和那批可愛的小沙彌見面，阿霞整個人不覺興奮了起來，說不定還可見到慧德法師，甚至聽他開示，就更加開心不已。

清理好散落在垃圾車旁的垃圾，阿霞在范筱鳳班長的帶領下，到武昌宮附近掃街，沿著八張街往環山街一路掃去，突然接獲隊部通知，說有民眾通報，在清水溪畔發現一隻死掉的小狗。副隊長請正帶隊在附近掃街的范筱鳳處理，范筱鳳發現阿霞距離小狗的位置最近，打電話要阿霞前去現場查看。

阿霞依照范筱鳳的描述，走到清水溪畔，卻不見狗狗蹤影。不久，范筱鳳也趕來，和阿霞分頭搜尋，直到聽見狗狗微弱的嗚嗚哭叫聲，才發現小狗的蹤影，原來是剛出生不久的幼犬，用布團包起來，棄置在溪旁的石頭上奄奄一息。

正要伸手摸小狗，卻被正好開著垃圾車趕來的司機黃志銘大聲喝阻，叫她不要動，嚇得阿霞把伸出去的手，趕緊給縮了回來。

黃志銘是清潔隊的司機，已服務逾二十年，平常除了開垃圾車外，也負責駕駛抓斗車，與何芊芋是鄰居，自然和沈宜蓉及何芊芋較爲親近。

看到阿霞要摸小狗，黃志銘說：「這狗看來還沒死，死了才歸清潔隊管，活的是農經課的事，大家都不要碰牠。」講完立刻打電話回報隊部，再打給農經課，說發現流浪犬，要他們派員前來處理。

等了大約二十分鐘，仍不見農經課的人。阿霞不忍小狗氣息微弱地躺在地上呻吟，拜託黃志銘讓她照顧小狗，黃志銘見阿霞一臉憂慮，也不好再阻擋，告訴她：「死了妳負責。」便放任阿霞抱起小狗，又是撫慰、又是親切地呼喚這羸弱不堪的小生命。

總算等到農經課的人前來。帶隊的是課長謝仲興，一下車便對黃志銘喧嚷：「又騙我們來替死狗收屍嗎？清除動物屍體明明是你們清潔隊的事。」

黃志銘不甘示弱回嗆：「課長，這小狗明明還沒死，是流浪犬，而且還是生病的流浪犬，不是你們農經課的事，是誰的事？」

「吔，上次清潔隊要我們抓回去，喔，應該說是抬回去的流浪犬，沒多久就死了，叫你們來清除也不來，我看這隻也快掛了，你們就把牠當成屍體清理掉算了……」

「不行，不可以，狗狗明明還在呼吸，怎麼可以……」阿霞說。

「對呀，你看連我們清潔隊的菜鳥都知道這是農經課的事，你可別賴給我們。」黃志銘打斷阿霞的談話說道。

「好呀，那我就晚點再收，看牠會不會先掛了。」謝仲興滿臉不屑地說。

雙方仍僵持不下，正在附近的特有生物研究保育中心研究員陳宗昇，循著聲音走來，發現阿霞抱在懷裡的小狗似有異狀，未經診斷前，與牠接觸應特別小心，大老遠就要阿霞把小狗放下。

「喂，少年仔，我們在執行公務，你這是妨害公務喔。」黃志銘說。

「你誤會了，我是看小狗似乎生病，或許會傳染給人，才要這位小姐把小狗放下來。」陳宗昇說。

「傳染給人？禽流感喔？」黃志銘邊說邊倒退三步，狀似深怕被這小狗給傳染。

「你也拜託一點，什麼禽流感，是小狗又不是小鳥。我看是狂犬病吧。」謝仲興語帶嘲諷地說。

「狂犬病？如果感染狂犬病會怎樣？」黃志銘問。

「當然是起肖啊，不然怎麼叫狂犬病。」謝仲興說。

「這隻狗的症狀看來不像狂犬病，狂犬病會呈現狂躁及痲痺，這狗不狂躁也不像痲痺。」陳宗昇說。

「那是什麼病？會不會傳染？」黃志銘再問。

「還不知道，最好趕快送牠到獸醫那裡檢查。」陳宗昇說。

「聽到沒？課長，趕快送牠到獸醫那裡去吧。」黃志銘拉高分貝說。

「你開什麼玩笑，我們的車子是捕捉流浪犬用的，又不是救護車。」謝仲興說。

「課長，難道你要見死不救嗎？」黃志銘說。

「我們是農經課，農經課你懂嗎？主管農林漁牧生產、農業推廣、野生動物保護……」謝仲興當場唸起農經課的職掌，還沒唸完就被黃志銘打斷。

「你是在唸經喔！」

「唸你的頭啦！」

「快點啦，再拖下去小狗就要沒命了。」

「喔，你承認了喔，沒命了不就是你們清潔隊的事。」

「吔，小狗也是生命吔，快點送牠去獸醫那裡啦！」

「你到底要我說幾次啦，我們又不是消防隊，也不是清潔隊。送狗去看獸醫這事，絕對不是我們農經課的業務，再見。」謝仲興說完，要跟隨他前來的課員收隊，一行人隨即上車離去。

「你、你，喔，你很故意吔。」黃志銘大聲在車後咒罵，仍留不住謝仲興等人。

「小姐，妳把狗放下來，趕快到溪裡清洗，以免傳染。」等謝仲興離開，陳宗昇立即轉身向阿霞說。

「有這麼嚴重嗎？」黃志銘問道。

「我看妳還是趕快把手洗一洗，以免眞的被傳染。」一旁的范筱鳳說。

「那狗狗怎麼辦？」阿霞問道。

「抱到我的車載去家畜診所給獸醫看，不然怎麼辦。」黃志銘雙手一攤說。

「好，我洗完手就來。」阿霞說。

「這下子垃圾車眞的要變成救護車了。」黃志銘自言自語說完，接著問陳宗昇：「喂，少年仔，還沒問你混哪裡、叫什麼名字。」

「我叫陳宗昇，在農委會特有生物保育中心上班。」陳宗昇邊說邊翻出掛在脖子上的識別證，向黃志銘等人自我介紹，說完即向眾人道別，表示他還有工作。

十四

洗完手，阿霞戴上手套抱小狗上車，往家畜診所出發。經獸醫檢查，發現小狗的眼睛還沒開，應是剛出生不久。獸醫嘗試替牠餵奶，小狗仍不會吸吮，只好改用針筒，把泡好的寵物專用代奶粉滴在牠嘴裡，等牠舔完再滴，六C.C.就餵了大約十分鐘。小狗看起來極為虛弱，研判應是早產。餵完奶，獸醫嘗試再餵牠葡萄糖，小狗也舔了一些，這才讓阿霞稍微寬心。

等小狗稍稍恢復，獸醫放下餵食工作，向阿霞說，他懷疑狗媽媽可能因感染某種疾病，懷胎未滿六十三天即生產，並說狗媽媽通常一次會生好幾隻小狗，主人應該是認為小狗早產存活不易，才會將牠棄置清水溪，附近或許還有其他小狗也說不定。

阿霞憂心母狗的情況，問獸醫：「狗媽媽生什麼病？會傳染嗎？」

獸醫回說：「從小狗的情況看來，我懷疑母狗感染的疾病可能會傳染給人，妳照顧小狗要特別小心。」

這話和陳宗昇稍早的提醒不謀而合，讓她不禁擔心起來，家裡有年幼的懷慈，下午還要到淨國寺和小沙彌見面，如果把疾病傳染給他們就不好了。

等獸醫替牠餵食及檢查完，小狗已不若先前氣若游絲，但要把小狗帶到哪裡安置？卻讓阿霞傷透腦筋。

黃志銘已和農經課長吵開，要再請農經課處理已萬不可能，且黃志銘已經說了，他不喜歡動物，不可能請他收養，家裡有懷慈，不適合養寵物，公婆也未必喜歡，該怎麼辦？

「清潔隊可以收留牠嗎？」阿霞心想這可能是唯一的方法，問黃志銘。

「那妳要去跟隊長講，我可不敢。」

「我們可不可以先把狗狗抱回隊部？」

「吔，妳很麻煩吔……好啦好啦，不帶回隊部難道放牠到野外死翹翹喔。」

從獸醫手中接回小狗返抵清潔隊，阿霞找來紙箱及舊衣服，替小狗組成臨時的狗窩安置。之後，要向隊長請求狗狗留在清潔隊，但隊長不在，轉向副隊長提出，副隊長不敢貿然答應，指須經隊長同意，隊長尚未返回隊部前，只應允她可暫時收留。

直到中午休息時間仍不見隊長，阿霞用完便當，隨即趕往上午發現小狗的清水溪畔，找尋其他可能被棄置的小狗。大約找了半個多小時，只發現兩起類似包著狗狗的布團，裡面還有一些黏膜，卻不見小狗的蹤影。阿霞把布團裝進垃圾袋，騎機車返回市區購買狗狗食物，恰巧在商店遇到陳宗昇。

「這麼巧，來買東西？」陳宗昇問阿霞。
「買狗狗喝的奶粉。」阿霞回說。
「狗狗還好嗎？現在在哪裡？」
「給獸醫看過了，說是早產。獸醫還說狗媽媽可能感染疾病才會早產，有替小狗餵食及檢查，情況好一點了，目前在清潔隊。」
「感染疾病？有說是什麼病嗎？」
「沒有吔，只說有可能。」
「如果是感染疾病才流產的話，妳也要小心，可能會傳染。」
「沒那麼嚴重吧？我現在不是好好的！」
「人畜傳染的情形是不常見啦，但我最近發現一些案例……」
「一些案例？什麼案例？情況嚴重嗎？」
「還在調查中，請妳還是要小心一點。」
「好，我知道了，謝謝你。」說完，阿霞對陳宗昇的研究領域感到好奇，問他：「你在特有生物保育中心是研究哪方面的？」
「哺乳類動物。」

「喔，所以今天早上你到清水溪是爲了做研究？」

「嗯。」

「我就說嘛，哪有人不上班在清水溪閒晃，而且太陽又那麼大。」

「因爲最近有一些動物送到我們中心的急救站，發現可能感染某種疾病，有動物就是在清水溪發現的，所以才到那裡調查。」

「原來是這樣。」

「如果妳最近有不舒服，看醫生時記得告訴他，妳接觸過生病的狗狗，以及狗狗的症狀，好讓醫生可以準確診斷出病源。」

「不會啦，你看我這麼健康，沒事的。我要回去上班了，再見。」阿霞雖然說得輕鬆，心裡卻忐忑不安。

回到清潔隊，只見多位同事圍在狗窩旁看阿霞帶回來的小狗，徐順昆向眾人表示：「這是柴犬，日文的意思是『灌木叢狗』，也就是很能巧妙穿過雜木幫助打獵的狗。」

一旁有隊員附和：「要不是牠還小，我們這麼靠近看牠，一定會被牠狂叫，因爲柴犬的警戒心及攻擊性很強。」

沈宜蓉聽了說：「那剛好可以替我們看守隊部，免得晚上有人偷偷摸摸帶人進來作亂。」

這話明顯是衝著昨晚讓王老先生及徐老太太在隊部清理遺失物，不小心弄髒辦公室的阿霞，儘管阿霞就在門口，也不管她的感受。

「妳們嘛幫幫忙，這隻狗是阿霞救回來的，何況昨晚她是爲了幫歐吉桑及歐巴桑找東西，怎麼是放人進來作亂？」受何芊芋影響，原本並不怎喜歡阿霞的黃志銘，上午見識到阿霞愛護動物的眞性情，首度替阿霞幫腔。

「黃志銘，你到底站在哪一邊！」何芊芋大聲尖叫說。

「亂帶人進來，萬一丟掉東西怎麼辦？」沈宜蓉也對著黃志銘說。

黃志銘仍想替阿霞辯駁，正好隊長返回隊部，見眾人聚在辦公室，問道：「你們圍在這裡幹什麼？還不趕快準備出去打掃。」

「這裡有一隻狗，早上民眾通報的……」副隊長見隊長詢問，代表眾人回答。

「狗？怎麼不交給農經課，帶回清潔隊幹什麼？」隊長繼續問道。

「因爲狗狗早產，農經課不收。」阿霞趕緊回答。

「是妳帶回來的？」隊長問阿霞。

「是。」阿霞回說。

「就那個農經課長謝仲興呀，他說這狗生病了，早晚會掛掉，掛了就歸我們清潔隊管，不關他們農經課的事。」黃志銘補充說道。

「這個謝仲興喔！」隊長狀似氣憤地說。

「對呀，我看他最囂張啦，還說不然叫我們隊長去找他輸贏。」黃志銘打算採激將法，故意刺激隊長說。

「找我輸贏？伊嘛卡差不多咧，他算哪根蔥。」隊長說。

「隊長，我們一定要把狗留下來，然後跟鎮長說，農經課都不收流浪狗，還要我們清潔隊替他收。」何芊芋想留下小狗，也在一旁搧風點火。

「是呀，隊長，你看這小狗這麼可憐，生出來就沒有狗媽媽照顧，如果不收留牠，可能會死掉吔。」沈宜蓉也加入收留小狗的行列。

「順偉，你覺得呢？」拗不過眾人請求，隊長轉頭詢問副隊長。

「我們清潔隊在這麼偏僻的地方，有隻狗替我們看守也不錯，何況這隻狗還是什麼獵犬？」副隊長說。

「柴犬啦，會抓小動物的獵犬。」徐順昆說。

「好吧，既然副隊長都這麼說了，就把牠留下來。」隊長說。

「太好了，太好了，謝謝隊長。」沈宜蓉及何芊芋高興得直歡呼。

「但我把話說在前頭，這裡是辦公室，一定要維持整潔，不准讓狗狗到處亂跑、亂叫。」

「Yes, sir.」沈宜蓉及何芊芋說。

十五

隊長同意小狗可以留下後便往二樓辦公室走去。沈宜蓉見隊長走遠，摸著小狗問道：「我們趕快來替狗狗取名，要叫什麼好呢？」

眾人左思右想，沈宜蓉卻迫不及待提議：「這狗是阿霞帶回來的，就叫牠阿霞好了。」

徐順昆不滿沈宜蓉想藉此羞辱阿霞，氣憤地說：「喂，這樣子太過分喔。」

同樣在清潔隊服務超過二十年的徐順昆，比黃志銘更資深，除了駕駛垃圾車，也會開挖土機及推土機，家裡兼營檳榔批發生意，由妻子打理，他經常向友人說自己只負責吃，隨身都帶著好幾包檳榔嚼個不停。

何芊芊眼看徐順昆生起氣來，且替狗狗取名「阿霞」似乎有點超過，趕緊出面打圓場：「不然要叫牠什麼？徐順昆你取一個。」

徐順昆這才收起怒容，說：「叫來福好了，為我們清潔隊每個人都帶來福氣。」

何芊芊率先表示同意：「贊成，就叫來福。」其他人也紛紛表示贊同。阿霞見眾人喜歡來福這名字，便隨眾人之意，未表示異議，來福就成為清潔隊狗狗的名字。

午休時間結束，眾人紛紛出勤，阿霞因忙著照顧小狗，錯過前往偏遠地區收取垃圾的出發時間，班長范筱鳳也未察覺，以爲阿霞下午就要歸建李英那班，直到李英帶領何芊芋及沈宜蓉準備出發，才發現阿霞還在隊部，趕緊招呼她一起出勤，前往台灣水資源館附近打掃。

阿霞並非故意錯過前往淨國寺收取垃圾，但不必前去確實讓她鬆一口氣，以免自己真的被小狗感染，把病菌傳染給小沙彌。

抵達台灣水資源館，阿霞和李英一組，往林尾橋的方向打掃，何芊芋及沈宜蓉往攔河堰的方向清掃。路上大多是落葉，垃圾不多，但天氣炎熱，曬得讓人發昏，掃街的速度也慢了下來。

休息時，何芊芋及沈宜蓉過來和阿霞她們會合，沈宜蓉告訴李英：「剛才鎮長室的許秘書打電話給我，要我下個月開始到市場管理所上班，誰稀罕在清潔隊啊！」

何芊芋也附和：「對呀，沈宜蓉是許秘書的表妹，怎麼可能沒工作，她才不在乎能不能在清潔隊掃垃圾咧。」

李英聞言表示：「那眞要恭喜妳了。」

沈宜蓉得意地向李英及阿霞說：「嗯。以後記得到市場來打掃。」

短暫休息過後，沈宜蓉及何芊芋繼續往攔河堰的方向打掃，沒多久便聽到她們兩人大喊救命，李英和阿霞趕過去發現，沈宜蓉手指著地上一隻已經死亡的狗狗，嚇得與何芊芋兩人抱在一起猛發抖。

阿霞走近一看，狗狗已明顯死亡，下體還可見生產完的惡露，身上並有許多蒼蠅盤旋，有的還飛到沈宜蓉及何芊芋身上。

她想起中午和陳宗昇的談話，深怕狗狗死亡和陳宗昇研究的案例有關，趕緊叫沈宜蓉及何芊芋離狗遠一點，以免被飛舞的蒼蠅傳染到細菌。沈、何兩人這次倒是乖乖聽阿霞的話，立即閃到李英及阿霞的後面。

阿霞向李英說明陳宗昇的警告，想打電話請陳宗昇過來檢查，才發現沒留電話，於是打給特有生物保育中心，請他們聯繫陳宗昇前來。

李英見狗狗已經死亡，也打電話回清潔隊，請隊部派垃圾車趕來清理。

過了大約三十分鐘，徐順昆開著垃圾車抵達，發現死亡的狗狗爲一般土狗，看似流浪犬，而非受人豢養的家犬或寵物。

沒多久陳宗昇也騎著機車趕到，停好車取出口罩、手套逐一戴上，往狗狗的屍體走去，詳細檢查後採取些許檢體，把屍體打包，告訴阿霞等人，要把狗狗帶回保育中心研究。

徐順昆心想如此一來可以省去收屍的麻煩，叫陳宗昇趕快帶走，即開著垃圾車離去。

陳宗昇還在收拾狗狗的屍體，沈宜蓉已嚷著要跟李英調換掃街路線，說完火速離開現場，也沒徵得李英同意，就跑到李英和阿霞原來掃街的區域，沒想到才一晃眼，又聽見兩人的慘叫聲。

阿霞及李英趕過去，發現又一隻小狗死亡。還留在原地包裹狗狗屍體的陳宗昇，聽見叫聲也趕了過來，再度對狗狗的屍體展開檢查，然後一併綑綁帶回保育中心。

臨走前阿霞問陳宗昇，狗狗爲何會接連死亡？陳宗昇說和他最近接獲的案例大同小異，可能都是細菌感染導致流產，且擔心是人畜共通的傳染病，等化驗結果出爐才能確定。在眞正原因尚未明朗前，請阿霞和狗狗接觸要特別小心。

陳宗昇載狗狗屍體離開後，沈宜蓉及何芊芋已不敢再掃街，吵著要李英讓她們回隊部。李英眼看她倆嚇出一身冷汗，只好答應。在她們離開後，李英和阿霞繼續掃街，不時還提醒阿霞，要留意是否有狗狗生病路倒或死亡，所幸至下班前都未再發現。

回到隊部，阿霞趕緊前去探望來福，發現牠的情況又有改善。餵牠奶粉後，徐順昆說可以把牠帶回家照料，阿霞即把中午買的奶粉及獸醫開的藥拿給徐順昆，隨即下班回家。

一個星期後，來福已無大礙，也長大許多，模樣煞是可愛，很受清潔隊員寵愛。阿霞可沒這般幸運，晚餐過後，全身更覺倦怠，頭痛、肌肉痠痛伴隨腹痛、關節痛，而且還發冷、出汗，感覺像是得了流感，實在撐不下去，趕緊到診所就醫，同時記住陳宗昇的話，告訴醫生前幾天接觸狗狗的事。

醫生聽完未表示意見，開藥給阿霞即結束看診。回到家，阿霞依照醫生指示服藥，情況卻未明顯改善，整晚仍反覆發燒。隔天撐著病體到清潔隊，仍感到極不舒服。李英看她病懨懨的，要她回家休息。阿霞怕耽誤工作，堅持要上班，副隊長於是改派她留守隊部接電話，才讓她有機會稍喘口氣。

擔心自己被狗狗傳染，阿霞打電話給陳宗昇說明病情，不久，陳宗昇到清潔隊看她，邊檢查邊說：「狗狗死亡的原因已經查出來了，是受到『犬布氏桿菌病』感染。」

阿霞從未聽過這病，加上身體仍極不舒服，並未接腔。

陳宗昇繼續表示：「布氏桿菌病爲人畜共通傳染病，會由口、呼吸道、皮膚、黏膜等途徑感染，是高度危險的傳染病，如果傳染給人會引起發燒、頭痛、肌肉痠痛、惡寒、肝炎及骨髓炎等。妳有這些症狀嗎？」

阿霞點點頭說：「除了不知道有沒有肝炎及骨髓炎外，其他的症狀好像都有。」

「有看醫生嗎？」

「昨晚去診所看過醫生了，也吃了藥，感覺不太有效。」

「有跟醫生說妳前幾天接觸狗狗的事嗎？」

「有，可是醫生好像覺得這跟我的病不一定有關。」

「也是啦，台灣一九八九年就宣布撲滅布氏桿菌病，二〇一一年雖有五位民眾感染，但都是境外移入。妳又沒出國，要醫生往這方面聯想，確實有點爲難。」

「這病有危險嗎？會致人於死嗎？」

「妳先不用擔心，是不是感染這病還不能確定。」

聽完，阿霞陷入沉思，半晌說不出一句話來。

十六

檢查完，陳宗昇拿出筆記本，在上面寫了幾個字，說道：「布氏桿菌病雖然是第四類法定傳染病，但人對人的感染極爲少見，要注意的是若未得到良好治療，轉爲慢性，就要面對長期且難忍的疼痛，還可能出現關節炎等併發症，最嚴重的是喪失勞動能力、女性流產或不孕。」

阿霞聽了有點吃驚，問說：「感染這病死亡率高嗎？」

「大約是百分之二，所以請不用過度擔心，要擔心的是轉爲慢性後，甚至可能導致多個器官或臟器系統、骨骼或關節等病變，如果有細菌性心內膜炎未及時治療，才會有生命危險。」

「要做什麼檢查才能知道是不是被這病所傳染？」

「我很懷疑集集這個地方會有醫生願意幫妳做布氏桿菌病檢驗，就算是大醫院都不一定會幫病人做。」

阿霞又再度陷入沉默。

陳宗昇接著表示：「要確診是否感染這個病須靠細菌分離培養，我有幫狗狗採集檢體檢驗，如果妳想知道是不是得了這個病，我可以幫妳抽血檢查。」

阿霞趕緊問：「像狗狗一樣抽血、採檢體嗎？」她想起陳宗昇對死去的狗狗採取檢體的模樣，不待他回答，便使勁地搖頭：「我看還是不要好了。」

「不然我可以開藥單給妳，如果診所開的藥沒效，妳可以請醫生改開這個藥。」說完，撕下剛才在筆記本寫字的那頁，是藥名及用量，說：「這是抗生素，妳不用擔心，但要耐心服用至少六週，有時甚至必須治療幾個月，否則病灶若未完全解除，就有復發的可能。」

接過藥單，阿霞心想六週未免也太長了吧，何況眼前這位陳宗昇，只知道他的專長是研究哺乳類動物，「我是人又不是動物，他替人治病行嗎？」

可能是看穿阿霞的疑慮，陳宗昇接著說：「妳放心，我擔任過幾年醫生……」

阿霞立刻衝口而出問：「你是醫生？」

「是呀，但我還是比較喜歡動物，所以才又讀動物學研究所，我有醫生執照，只是很多年沒替人看病就是了。」

阿霞驚訝陳宗昇竟能放棄人人稱羨的醫生行業，跑到這鄉下來研究哺乳類動物，不由得對他另眼相看，也後悔剛才沒答應讓他抽血檢查。

臨走前陳宗昇交代阿霞：「一定要按時服藥，好讓體內的抗生素濃度保持衡定，才能一舉殲滅細菌，而且一定要將整個療程的抗生素服用完，不要以爲好了就不再吃，否則恐會有細菌殺不死的後遺症。」

眼看陳宗昇收拾隨身物品就要離開，阿霞趕緊再問：「要怎樣才不會感染布氏桿菌病？」

「主要是不生飲動物奶、奶酪或冰淇淋等食物，和寵物接觸一般都不會受感染。如果有機會接觸動物的血液、胎盤或黏膜，就要注意，一定要戴手套及其他防護工具。」

阿霞仍有疑慮，再問他：「如果我眞的感染這病，要如何避免傳染給其他人？尤其是我家有小貝比，小朋友容易感染嗎？」

「人對人的感染眞的極爲少見，但可經母乳傳給嬰兒，另外，器官移植及性行爲也都有可能傳染。如果妳眞的得了這病，也不用太擔心會傳染給其他人，若妳還是不放心，可以勤洗手及隨時戴口罩。」陳宗昇說完，再次叮囑阿霞不用太過緊張，隨即離去。

中午休息過後，隊員紛紛返回清潔隊，阿霞得了傳染病會傳染給人的說法，早已不脛而走，有人說她罹患嚴重急性呼吸道症候群（SARS），有人說她與狗狗接觸得了狂犬病，也有人說她得了流感、禽流感、傷寒甚至瘧疾等，隊員個個躲她遠遠的，並且紛紛要求隊長命她返家自行隔離，阿霞迫於無奈，只好先行返家，把自己鎖在二樓房間，足不出戶。

眼看阿霞離開，有隊員提議辦公室要大消毒，有人說要把來福趕走，也有人要隊長開除阿霞，以免她把病傳染給大家。眾人你一言我一語，愈說愈激動。隊長於是決定，辦公室交給李英那班消毒，來福則交由徐順昆帶給獸醫檢查。至於阿霞的去留，他必須向鎮長報告才能決定。說完，要大家開始執勤，他即前往鎮公所向鎮長報告此事。

鎮長聽完鄭豐廷說明，要主秘及人事室主任一起到辦公室商量。鄭豐廷認爲阿霞經考試錄取，不宜輕率開除；人事室主任也同意，否則恐有違法之虞；主秘則說人命關天，如果不把她趕出清潔隊，要是傳染給其他人誰負責？

許秘書仗著是鎮長的心腹愛將，不請自來，也進入鎮長辦公室，高聲說她在清潔隊上班的表妹沈宜蓉剛才打電話給她，指清潔隊每個人都怕得要死，一定要阿霞離職，就算沒辦法開除她，也可逼她自己辭職。

聽完眾人的意見，鎮長問阿霞到底得了什麼病？卻沒人答得出來。爲此，他面露不悅地說：「你們連阿霞得什麼病都不知道，就要開除人家，甚至逼她辭職，我們是公家單位，可以這樣子搞嗎？」

接著，鎮長從抽屜取出一封信，是高等法院台中分院法官寫給他的，指他父母不小心把二百多萬元現金及一包金飾誤丟到垃圾車，被載回清潔隊，是阿霞陪他們連夜找回現金及金飾，他母親拿出五千元要答謝阿霞，她也不收，「人家特地寫信來道謝，說阿霞是集集鎮清潔隊之光，是人性的光輝，建議我們好好表揚，你們卻要我開除她，有沒有搞錯！」

眼看鎮長說得激動，高文元及許如韻也不敢再造次，何況，阿霞到底得了什麼病也沒人知道，逼阿霞辭職這事，就此被擱置了下來。

不只如此，鎮長還說要去探望阿霞，請鄭豐廷聯絡衛生所主任陸之豪一同前往。

抵達時，阿霞的公婆已在家陪伴她。陸之豪詳細替阿霞檢查後，發現她的病或許與特有生物保育中心正在研究的案例有關，建議鎮長可找保育中心研究員陳宗昇前來，並說他以前也當過醫生。鎮長聽了要鄭豐廷聯繫，不久，陳宗昇出現，才知道阿霞住在這裡。

陳宗昇對阿霞的病情原就有幾分掌握，與陸之豪短暫會商後，決定由衛生所替阿霞抽血化驗，看是否真的感染布氏桿菌病。此外，陳宗昇還向鎮長等人說明，這病不太會傳染給其他人，請鎮長及家屬放心。

衛生所與特有生物保育中心都非集集鎮公所管轄，但在鎮長李政達指示所屬積極溝通、密切往來及充分尊重下，這兩個分別隸屬南投縣政府衛生局與行政院農委會的單位，一直以來都和公所保持良好互動，也經常相互支援。

離開阿霞家，鄭豐廷直接返回清潔隊，張貼公告向大家說明處理阿霞的原則，包括要阿霞在家自主管理一個星期，不用進隊部，等化驗結果出爐再決定後續處理方式，以及阿霞協助民眾找回鉅款，特記大功一次獎勵。

公告張貼在布告欄，留在隊部消毒的沈宜蓉及何芊芋立即趨前察看，並且同時大喊：「不公平！」隊長不但不予理會，還告誡她倆這是鎮長的決定，要她們不得再有異議。

幾乎就在同一時間，徐順昆抱著來福回到隊部，告訴隊長，經檢查來福並未感染傳染病，「牠還是集集鎮清潔隊的鎮隊之狗。」說完興沖沖抱牠回狗窩，並幫牠餵食。

其他隊員陸續回到隊部，看到隊長的公告，有人替阿霞叫好，也有人擔心會被她傳染；李英則慶幸阿霞躲過人禍這一劫，希望化驗結果也能躲過傳染病這一關。

十七

幾天後衛生所的化驗報告出爐，阿霞確診罹患布氏桿菌病。衛生所建議她繼續服用陳宗昇開的藥，並且依規定在一週內向衛生福利部疾病管制署通報，之後還前往清潔隊與阿霞家，詢問每一位與她接觸過的人，除非有直接接觸病例體液或分泌物，否則並不需特別隔離，也無須檢疫，讓阿霞及清潔隊員鬆一口氣。

隔天，阿霞終於恢復上班。她起個大早到清潔隊，第一件事就是前去探視來福。只見狗狗又長大許多，活蹦亂跳地對她汪汪大叫，似在歡迎她重新回到工作崗位。

一上班，阿霞立刻被指派掃街及收取垃圾的任務。上午她在李英帶領下，前往林尾里一帶掃街。不同的是，沈宜蓉已離開清潔隊，轉往市場管理所擔任臨時人員。加入李英這班的是經考試錄取的新血江俊賢，還不到三十歲，原來在台中上班，工作並不穩定，經代表會副主席介紹參加清潔隊考試獲得錄取，才加入清潔隊沒多久，今天與阿霞一起掃街。何芊芋則和李英一組。

經過一處民宅，只見到處都是菸蒂、垃圾及檳榔渣，阿霞不禁皺起眉頭，自言自語道：

「這是誰住的地方，怎麼到處都是垃圾，真沒公德心。」

晚上隨垃圾車出勤，阿霞被分配收集第一區路線垃圾，司機是徐順昆，搭檔則是李英。跟隨在垃圾車後面的是資源回收車，由江俊賢及何芊芋隨車。

沿途收取垃圾還算順利，沒想到才一轉角，忽然聽見江俊賢大喊：「不可以這樣子丟垃圾！」阿霞回頭往江俊賢所在的資源回收車望去，原來是有民眾將資源回收物包括紙容器、塑膠袋、保麗龍、燈泡及廚餘等，全部裝在一個袋子，直接往車上丟，被江俊賢制止，但丟的人已不知去向。

阿霞跳上資源回收車，打開袋子，取出廚餘及垃圾，下車往開在前頭的垃圾車走去，將垃圾及廚餘分別丟在尾斗及廚餘桶。剛完成，又有一包混著資源回收物及垃圾的袋子丟到垃圾車，阿霞趕緊叫住丟垃圾的年輕人，要他記得垃圾分類，沒想到卻被惡狠狠罵了一頓，說垃圾分類是你們掃垃圾的人該做的，否則國家出錢養你們幹什麼。

阿霞原想忍氣吞聲，幫他把資源回收物及垃圾分開就算了，沒想到年輕人卻朝著她吐檳榔汁，還大聲罵她是豬、是廢物，難怪會在這種地方工作……聽得江俊賢很火大，跑到垃圾車來要找年輕人理論，兩個人幾乎就要打起來，所幸被其他民眾勸住。

一位民眾告訴仍愣在原地的阿霞，那人是黑道，前面那幢房子就是他們開的賭場，裡面都是不三不四的人，要她別跟這種人計較，否則怕會吃虧。

看著民眾所指的房子，正是上午掃街發現滿地都是菸蒂和垃圾的地方。阿霞心想民眾所言極是，別跟他們計較，心念一轉，拿出衛生紙，彎下腰想擦去被吐在腳上的檳榔汁，卻一眼瞥見江俊賢跟著年輕人衝進那屋子。

阿霞趕緊向李英報告，也跟著進到屋子。一進門，立刻被滿屋子的煙霧嗆得直咳嗽，眼睛也被熏得幾乎張不開。她定了定神，睜開雙眼，發現江俊賢正被三、四名彪形大漢架住，還未來得及開口要他們放人，一位手臂露出刺青、狀似老大的中年男子，從後門出現，對著阿霞嚷嚷：「咦，眞是稀客，警察三不五時就來要好處，現在連撿垃圾的也來了。」

「不好意思，這位是我們新來的隊員，拜託你們放了他。」阿霞向這位中年男子請求。

「放了他可以呀，那妳告訴我，你們無緣無故闖進來幹什麼？」

「我們只是想請你們不要亂丟垃圾，而且……」

「而且？而且什麼？要紅包嗎？」

「啊，什麼紅包？」

「不要給我裝肖維，你們公家機關每一個人進來，不是要免費玩兩把就是要紅包，妳不要紅包，是要免費玩兩把嗎？」

「玩兩把？我不會。」

「那妳要什麼？」

「請你們不要亂丟垃圾，而且要垃圾分類。」阿霞說得理直氣壯。

「垃圾分類？垃圾就垃圾還要分類？喔！恁爸呷這膩大漢，從來就不曾有人敢叫恁爸垃圾分類，妳是頭一位！眞好大膽妳。」

「大仔，這兩位青暝牛不知死活，先甲弄幾拳再說。」丟垃圾的年輕人站在中年男子前方，氣燄囂張，還不停地摩拳擦掌，似想趁機狠揍江俊賢與阿霞。

「嘜啦，大仔，你看這兩個人不像是來鬧場，也不像是來討紅包，而且外面的垃圾車還在那邊唱歌，應該是眞的要來收垃圾啦。」另一位在老大跟前的小弟說。

「妳要我垃圾分類，怎麼分類？妳嘛講看嘜。」老大試探地問阿霞。

「一般來說，垃圾可以分成三類，一是資源垃圾，二是廚餘，三才是一般垃圾。」阿霞正經八百地回答，看得在場黑道小弟都忍不住笑了出來。

阿霞不以爲意，要繼續介紹資源垃圾可分成哪幾類時，徐順昆及李英在管區警員的帶領下，也進到屋裡。

綽號黑龍的老大見警察進門，不改先前的氣燄：「恁老師咧，你來衝啥。」

一旁的彪形大漢見警察進來，趕緊放開江俊賢，脫困的他立刻躲到阿霞後面。

「我接到清潔隊的電話，說有人被你們押進來。」警員說。

「哪有押，是清潔隊自己進來要教我們垃圾分類。」黑龍的小弟說。

「教你們垃圾分類？」警員疑惑地問道。

「是啦，警察大哥，我是在教他們垃圾分類，以及不能亂丟垃圾。」阿霞說。

「眞的是這樣嗎？」警員問阿霞。

「眞的是這樣。」阿霞回說。

「如果是這樣，那沒事了，你們繼續去收垃圾吧。」警員說完，示意他們快點離開，這才讓阿霞等清潔隊員脫困。

步出屋外，徐順昆對著阿霞及江俊賢表示：「你們眞是不知死活，剛才那個黑龍是天道盟的老大，在中部地區喊水會結凍。你們誰不去惹，偏偏去招惹他。唉唷，以後經過這裡要特別小心啦。」

仍在屋裡的警員則向黑龍嗆明：「他們只是來收垃圾，不要再爲難人家。」

黑龍聽了回嗆：「你是管區我才信你，我以爲他們也跟戴帽子的一樣，都是要來揩油，才嚐他們一下，沒想到那個女的還眞趣味，竟然要教我垃圾分類，恁老師咧。」

送走管區警員，黑龍吩咐所有小弟：「以後大家不可以再往屋外丟垃圾及吐檳榔汁，所有垃圾都要分類……」

話還未說完，就有小弟打斷他說：「大仔，你是說眞的還是假的？垃圾分類？」

黑龍聽完大聲嚷著：「當然嘛是講眞的，我講也到嘛做也到。誰要是不服，你甲我試款嘜！」

仍有小弟不以爲然，問說：「大仔，我看你是被這位清潔隊小姐煞到吧？我們是黑道吔，有黑道在做垃圾分類嗎？」

黑龍聞言斥責小弟：「你給我恬恬！就是你，給我到里長超市買幾個垃圾桶回來，從現在開始，我們就要做垃圾分類。」

十八

過兩天，垃圾車再度來到黑龍地盤。阿霞交代江俊賢待在車上整理回收物，千萬不要下車，以免又遭黑道小弟挑釁。

即將抵達黑龍的場子，阿霞也跳上垃圾車，吊在尾斗，沒想到才一上車，就看見黑龍親自率領幾位小弟等在那裡。

「躲也不是辦法。」阿霞心想她又沒做錯事，幹嘛要躲？該躲的是黑龍他們吧？於是跳下車，不料，黑龍卻立刻出手，把阿霞嚇一大跳，眼睛瞇成一線，幾乎看不見對方。

還沒回過神，就聽見黑龍說：「妳要垃圾分類，來，給妳。」

阿霞眞不敢相信聽到什麼，把瞇成一條線的眼睛微微張開，只見黑龍左手遞出一大包黑色塑膠袋，右手指著袋子說：「裡面是妳要的資源回收。」

接過袋子，阿霞打開一看，全是便當盒及飲料杯等紙容器，分類得恰到好處，壯起膽來向黑龍說，這些全是資源垃圾，要交給後面的資源回收車，講完還引領他往後方的車子走去。

江俊賢見狀，不明所以，趕緊躲到車斗最深處，不讓黑龍看見，沒想到阿霞卻一直喊他名字，他只好探出頭來。

看見江俊賢，阿霞立刻向他解釋：「這是黑龍先生分類的資源回收物，你幫他檢查看看。」

黑龍聽了嗆說：「恁老師咧，還要檢查喔。」

阿霞：「當然要檢查呀，如果沒有做好分類，可是會造成能源消耗，還有影響回收效率，或是造成機械耗損……」

眼看阿霞又要開始叨唸，黑龍趕緊打斷她：「好啦好啦！以後我們會做垃圾分類就是了，拜託妳不要再唸經了好嗎？恁老師咧。」說完，隨即率領小弟離去。

有小弟不解，問黑龍：「爲何要聽清潔隊的話做垃圾分類？」

黑龍還未回答，就有其他小弟插嘴：「我看是老大愛上那位撿垃圾的……」

黑龍聽了也未生氣，自顧自地叨唸：「恁娘卡好咧，有些事情你們不懂啦。」過了一會兒才對一班小弟嘟囔：「你們想想看，撿垃圾的會進到人家的場子嗎？管區還跟著進來？不給他試一下，怎麼知道他們在玩什麼？」

小弟聞言說：「對喔，還是大仔想得周到，要垃圾分類，我們就來給他垃圾分類，看誰玩誰。」

仍在沿路收取垃圾的阿霞，等黑龍率眾小弟離開，才放下心中大石，直呼好險，但她認爲，如果連黑道都願意垃圾分類，這地球肯定是有救了。

自此，阿霞每次跟著垃圾車進到黑龍的地盤，就會特別留意他的手下是否做好垃圾分類，有幾次發現沒分類好，還會直奔黑龍的場子找他告狀，搞得黑龍及手下不勝其擾。

拗不過阿霞的執著，原本只是玩票應付的垃圾分類，最終成了黑道堂口的日常。黑龍及一幫徒眾也終於認清，阿霞第一次闖進場子，或許不是爲垃圾分類而來，卻能堅持到底，而非另有所圖，也不得不對她感到佩服。

阿霞心寬念純，擇善固執，不只不屈從黑道，還專注於清潔隊的工作。不知不覺時序已進入秋天，濁水溪畔的菅芒花隨著冷風搖曳，鏡花水影，陪伴她度過許多日出黃昏。

看著眼前這片隨風起伏的菅芒花，阿霞忍不住停下腳步，駐足凝望，腦海浮現學生時代曾以二胡演奏鄧雨賢作曲、許丙丁作詞的〈菅芒花〉，其中一段歌詞寫道：

白文文，出世在寒門，無美貌，無青春，啥人來溫存？世間情一場幻夢，船過水無痕，多情金姑來來去去，伴阮過黃昏。

「這不正是自己的心情寫照？」阿霞心裡嘀咕：「許丙丁筆下是『多情金姑來來去去，伴阮過黃昏』，阮卻是『無情垃圾來來去去，虛度阮青春』。」

想到這裡，明明該是淒美又苦澀，她卻忍俊不禁笑了起來，直到李英喊她的名字，要她出勤，才回神過來。

下午的勤務是到有「阿嬤臭豆腐」及「魚羹王」等美食雲集的民生路一帶掃街。掃了大約兩個多小時，阿霞在集民街遠遠就聽見小孩的哭聲，循著聲音找去，正在哇哇大哭的是淨國寺的小沙彌妙元。

阿霞趕忙跑過去，只見他腳下散落一地物品，兩手直揉眼睛，嚎啕大哭不止。見到阿霞，像見到親人似的，哭得更是大聲，任阿霞怎麼勸都勸不住。

過了好一會兒哭聲稍微止息，阿霞問他：「怎麼了？發生什麼事？爲什麼在這裡哭？」

妙元哭後身體不停地抽搐，說：「師父告訴我們每一個人都是佛，都可以成佛，要我們恭敬每一個人，可是剛才我向一群小朋友說你是佛，我要拜你，卻被他們揍，還說我是瘋和尚。」說完又哭了起來。

阿霞連忙安慰妙元，又是呼呼又是惜惜，折騰一番才安撫住他。見他終於不哭，阿霞問道：「師父眞的是這樣教你們的嗎？」

「是。師父說一切眾生，皆有佛性，皆堪作佛，不管信不信佛，將來都可以成佛，所以要我們禮敬每一個人，就是禮敬諸佛。」妙元說。

「既然你對他們恭敬，他們爲什麼要打你？」阿霞再問。

「我也不知道，我說『你是佛，我要拜你』，他們就生氣打我，還踢我。」妙元回說。

「原來是誤會了。」阿霞心想，妙元的本意可能遭其他小朋友曲解，以爲要拜他們，是在詛咒或嘲弄他們，才會出手打人，於是對妙元說：「小朋友可能是誤會你了，認爲他們還沒死，你就要拜他，不吉利，或是以爲你拜他是在嘲笑他，才會打你。不哭了，乖喔。」

妙元不解地問：「他們每個人以後都是佛，都可以成佛，我是尊敬他們，怎麼會是嘲笑他們？」

阿霞：「姐姐知道你是尊敬他們，是小朋友誤會你了，沒關係，不哭了喔。」。

妙元回答：「是。」隨即彎腰撿拾散落一地的物品。

阿霞也幫忙撿，還不忘問他：「有沒有受傷？哪裡還痛嗎？」

妙元回說：「沒有。」仍是兀自地撿拾新購的民生用品。

阿霞一邊幫忙整理沾了泥塵的物品，一邊問他：「你怎麼一個人來市區？師父或師兄呢？」

「師父和其他師兄先回淨國寺了，我要等妙賢師兄下課，和他一起回去。」

「妙賢讀哪個學校？」

「集集國小。」

「那應該下課了，你和妙賢師兄約在哪裡？」

妙元突然指著前方：「師兄來了。」

阿霞轉頭一看，穿著僧衣上學的妙賢，正揹著大書包走來，見到她趕忙恭敬地問姐姐好。妙元見到妙賢，又把剛才的遭遇說了一遍，妙賢聽了一再安慰他：「師父也教我們要忍辱，你怎麼就忍不住？」聽得阿霞好心疼。

怕他們回寺晚了，阿霞趕緊催促兩位小沙彌：「好了，時間不早了，你們趕快回去，免得師父擔心。」

兩位小沙彌異口同聲答道：「是。」

不料，妙元才跨出一小步，就發現右腳癱軟，幾乎動不了，靠近膝蓋的地方疼痛難耐，發出一聲唉唷，就蹲了下來。

阿霞和妙賢見狀，趕緊趨前攙扶，並同時問他：「怎麼了？」

妙元：「不知道，膝蓋的地方有點痛，沒辦法使力。」

阿霞聽完彎下腰替他檢查。妙元小心翼翼地撩起僧褲，阿霞發現他右腳膝蓋下方多處瘀青，還滲出血水，幾乎就要露出脛骨。光看就覺得痛，心想這孩子是怎麼忍的？一陣酸楚湧了上來，眼淚差點就要奪眶而出。

眼看妙元傷得不輕，可能無法走回距市區六公里遠的淨國寺，阿霞向妙元及妙賢表示：「你們在這裡等姐姐，姐姐回清潔隊騎機車來載你們回去。」

妙元及妙賢雖想推辭，但妙元腳傷恐無法走遠，於是答應阿霞。阿霞向李英報備後，急忙騎著 oBike 回清潔隊，帶著隊部的醫藥箱，換騎機車前來，替妙元敷藥，再載這兩位小沙彌返回淨國寺。

十九

妙賢在集集國小讀書，平常上下學從淨國寺走到學校，單趟就得花一個半小時。若有師父或師兄到鎮上，與妙賢感情甚篤的妙元，總會吵著跟，再等妙賢放學一起相偕返寺。今天有阿霞騎機車載他們，回到寺裡的時間比平常早約一個小時。

阿霞停好機車，讓妙賢先下車，再扶妙元下車。兩位小沙彌發現師父及師兄仍在上課，提議要帶阿霞參觀淨國寺。阿霞看了一下手錶，時間仍早，便答應隨他們前往。

妙賢扶著妙元先帶阿霞到佛陀舍利塔參觀，再到設有二百零八座銅製的轉經輪，由妙賢陪同阿霞右繞逐一轉動，完成時剛好繞佛塔一圈。回到原點，妙元神祕兮兮地說要帶阿霞參觀祕密基地，阿霞不疑有他，跟著妙元及妙賢往大殿的方向走去。

沿途只見寺景風光明媚，環境清幽，朝山道兩旁樟樹成蔭。抵達大殿，主體建築結構巧妙、氣勢宏偉，正暗自讚歎，妙元突要阿霞附耳過來，小聲地告訴她：「姐姐，我帶妳去『天堂』。」

阿霞乍聽嚇了一跳：「天堂？姐姐還不想死吔！」

妙元回說：「不是那個『天堂』啦，是我們淨國寺的『天堂』，學佛的祕密基地。」

阿霞不解祕密何在，問道：「學佛的祕密基地？在哪裡？」

妙元和妙賢隨即帶阿霞繞過大殿供奉的釋迦牟尼佛塑像，穿過門廊，後面有一道門，打開門順著狹窄的階梯拾級而上。樓上別有洞天，除了存放經書，還擺放課桌椅，大約可容納十幾個人，像是一間小型教室。

抵達後，妙元說：「這裡就是『天堂』。」

阿霞再問：「『天堂』？哪裡像呀？」

妙元：「這裡是我們學佛的祕密基地，學會了，就可以進天堂。」

妙賢也補充道：「師父在這裡教我們許多事，最重要的是『學習如何當菩薩、當佛』。」

阿霞問：「當菩薩、當佛不是要靠修行？怎麼學習？」

妙元神祕地說：「姐姐妳聽。」

阿霞問：「聽什麼？」

妙賢：「有人在祈求。」

阿霞：「祈求？」

妙元：「對呀，就是有人在樓下大殿祈求，只要他們不是在心裡默念，而是有發出聲音，我們在這裡大概都能聽得到。」

阿霞不信，豎耳傾聽，果然聽見微弱的嗡嗡聲，再仔細一聽，竟是祈求的聲音，應該是從樓下大殿傳來，大意是祈求佛祖保佑信士某某某身體健康、平安等等，讓她大為驚訝。

就在阿霞仍對祈求聲如何上傳教室感到疑惑，妙賢和妙元的大師兄妙仁，也出現在「天堂」，把從未和妙仁謀面的阿霞嚇了一跳。

妙仁身為大師兄，不必在垃圾車抵達時幫忙清運垃圾，因此與阿霞從未謀面，但早就聽慣眾師弟提及會幫他們一起清理垃圾的姐姐，如今總算有緣得見。

妙元見到妙仁，高興地表示：「大師兄，這位就是清潔隊漂亮的姐姐，她叫阿霞。」

妙仁聞言，趕緊向阿霞問候阿彌陀佛，之後，轉身對妙元及妙賢說：「提前返寺也不知道找師父學習，反而到處閒逛，眞是不知道愛惜光陰。」

眼看妙元及妙賢受大師兄指責，阿霞趕緊出面替他們緩頰：「是我要他們帶我到處參觀的啦，不好意思，耽誤他們學習了。」

妙仁見阿霞有意袒護兩位小師弟，也不再為難他們，說：「你們看，阿霞姐姐這麼護著你們，你們到底介紹給姐姐看了哪些地方？」

妙元聽出大師兄的語氣已不再責難，興高采烈地表示：「天堂！才剛帶姐姐到天堂來。」

妙元所說的「天堂」，就是他們目前所處、供奉釋迦牟尼佛正殿上方的簡易教室。

妙仁問兩位小師弟：「你們向姐姐介紹這裡爲什麼叫天堂了嗎？」

妙元及妙賢同時答稱：「還沒有。」

妙仁於是向阿霞說明「天堂」的由來：「有聽師父講過，當初興建大殿時，爲了避免僧眾誦經或談話的聲音，在空曠的大殿來回反射，互相干擾，於是將大殿的上方設計成倒喇叭狀。」

阿霞好奇地問：「倒喇叭狀？好特別喔，爲什麼要這樣設計？」

妙仁回：「爲了吸收聲波呀，而且還在最高點的地方開了一個小洞，讓聲波傳出去，興建完成後，大殿的音量果然比其他地方都要低。」

阿霞驚訝地表示：「喔！原來還有這樣的功能。」

妙仁說：「後來有師父發現，這個小洞經常可聽見參拜人祈求的聲音，師父們於是商量決定，在祈求的地方加裝隱形麥克風，並在小洞的周圍隔成一間教室，教導弟子如何當佛菩薩，課程的名稱就叫做『如果我是佛』。」

阿霞：「如果我是佛？聽起來好有趣喔。」

妙仁：「這堂課的目地是當你面對凡人的祈求，如何才能讓他們遂心滿願，並藉此反求諸己，如何向佛祖祈求才會獲得庇佑。」

妙元忙著接腔：「對呀，上課時師父會叫我們輪流到那個小洞旁仔細聽，並要我們假裝是佛菩薩，聽到有人祈求，要如何滿足他們的願望。」

阿霞問妙元：「那你都如何幫他們？」

妙元回：「有次我聽到一位先生祈求保佑賺大錢，就告訴師父，如果我是佛，就變出很多錢給他。」

妙賢接著說：「我也聽到一位太太祈求中大獎，得到很多錢，就告訴師父，給她中獎號碼，讓她中大獎。」

阿霞問：「後來呢？師父怎麼說？」

妙元：「師父就問我，如果這位先生是壞人呢？我說，那就不保佑他賺大錢，連小錢都不給他。」

妙賢也表示：「我也告訴師父，如果這位太太是壞人，就不保佑她中大獎。」

阿霞再問：「結果呢？師父有再說什麼嗎？」

妙元：「師父就問我，好人跟壞人由誰決定？我說當然是由他們自己決定。師父就說，如果這個人有時候剛好做好事，是好人，有時候又做壞事，是壞人，那怎麼辦？我說那給他賺一半的錢就好。」

阿霞問妙賢：「你呢？你要如何保佑這位太太？」

妙賢：「和妙元一樣，給她中一半的獎金就好，如果她壞事做得比好事多，就不給她中，而且還要讓她一直虧錢。」

阿霞好奇這堂課的教化意義到底有多深遠，於是再問：「還有呢？還有遇過別的祈求嗎？」

妙元：「有。聽過一位媽媽祈求佛祖讓她的小孩考上好學校。」

阿霞問：「那你怎麼回答？」

妙元：「如果那位小孩有好好讀書，就滿足這位媽媽的願望，讓他考上好學校。」

妙賢也說：「我遇到的是祈求孩子身體健康，開車平安。」

阿霞問：「結果呢？」

妙賢：「如果她的孩子好好照顧自己身體，就保佑他健康；開車遵守交通規則，就保佑他平安。如果愛抽菸、喝酒、打架甚至吸毒，就不保佑他身體健康；開車愛超速、愛闖紅燈，也不保佑他平安。」

阿霞問：「照你們說的情形看來，這些人來求佛祖，還是要先把自己做好？」

妙仁：「沒錯，師父這堂課的眞正用意，是要我們這些弟子反觀自省，反求諸己。『如果我是佛』，會想保佑什麼樣的人？自己是否應該先成爲這樣的人？以藉此明白『向內求』的道理。」

二十

和小沙彌在淨國寺參觀，第一次聽聞「向內求」，讓阿霞大感詫異，原來信神拜佛不是要向外求，而是向內求，於是問妙仁：「向內求，怎麼求？」

妙仁答：「簡單來說，向內求既不是求心安，也不是求幸福，而是求成長。所以說，向內求的第一步是內觀，觀我們人格的優點和不足；第二步是改善，尤其是對人格不足之處；第三步則是利他，健全自己的人格之後爲他人、爲社會創造價值。」

阿霞聽了心裡仍有疑惑，問道：「既然向內求已涵蓋成長、利他，爲何還須拜佛？」

妙仁說：「拜佛是爲了使我們更慈悲，時時提醒自己心中有佛，有善念，用心學習佛陀的慈悲。」

阿霞再問：「那求錢財的人，要如何向內求才求得到？」

妙仁說：「師父曾教導我們，德爲本，財爲末，又說世間享千金之產者，定是千金之人物，就是告訴我們，生財的大道其實就是修身做人的道理，所以有人向佛祖祈求賺大錢、發大財，倒不如自己修身積福、明白做人的道理。」

妙賢也補充說：「對呀，向神明、向佛菩薩求財之前，應學會向內求，自己先修身養性，錢財自然跟著來。」

阿霞問：「除了錢財，其他的是否也該向內求？」

妙仁：「沒錯，你求孩子考上好學校，可以不督促孩子好好念書，就能憑空考上好學校嗎？求身體健康，不好好愛護身體、休養生息，反而任意糟蹋身體，你說這身體會好嗎？凡此種種，都離不開向內求。」

經過妙仁一再解說，阿霞已去除心中大半疑慮，但對妙元稱其他小朋友是佛，卻遭毆打一事仍有不解，問妙仁：「妙元今天在市區稱其他小朋友是佛，要禮敬他們，卻不被接受，還被打。眞的人人都是佛，都可以成佛嗎？」

妙仁聽聞妙元被打，趕緊問：「妙元被打？嚴不嚴重？」

妙元回說：「姐姐已經幫我擦過藥了，不嚴重，也不痛了。」

阿霞接著問道：「出手打人的也是佛，也可以成佛嗎？」

妙仁：「佛陀常說『一切眾生本來是佛』，這一點不假。你是佛，他是佛，我也是佛，個個都是佛，只因爲迷失自性才變成凡夫。凡夫的佛性沒變，所以佛菩薩看到我們凡夫，依舊當作眞佛看待，平等恭敬一切眾生，我們卻把諸佛菩薩看成凡夫，輕慢自大而不自知。」

阿霞聽了再問：「那我們該如何對待一切眾生？」

妙仁：「因爲眾生就是佛，你對眾生好，就是對佛好；你對眾生不好，就是對佛不好。所以你若看一切眾生都是佛，眾生見到你也是佛；你若見眾生都是魔王，眾生看見你也是魔王。你眼睛看人家是什麼樣子，人家也就看你是什麼樣子。」

阿霞：「眞的很有道理吔。」

妙仁又說：「妳看，來祈求的人如果一味做壞事、欺壓人，簡直像魔王一樣，你說佛會保佑他嗎？又如果有人受盡欺淩，卻還是一再做好事，就算他不來向佛祈求，諸佛菩薩也一樣會保佑他。」

阿霞聽了猛點頭，對妙仁的說法大表贊同。這時，妙仁問她：「有沒有興趣聽大殿圓頂小洞的祈求聲？」

妙元及妙賢聞言，異口同聲表示：「姐姐也要學當佛菩薩。」說完兩人一前一後，又是拉又是推地把阿霞請到小洞口，要她附耳聆聽。

剛好大殿有人參拜，阿霞只聽出祈求的是男眾，聲音很小，聽得並不眞確。

妙元及妙賢見阿霞皺起眉頭，似乎聽不清楚，也湊了過來，聚精會神要幫她聽出參拜者的心願。

「信士……台東縣……祈求佛祖……去除……疾病，保佑阿霞身體健康……」圓頂小洞傳來斷斷續續的祈求聲，很難聽出全部句子，但「阿霞」兩個字卻眞眞確確地從小洞傳到樓上教室。

「姐姐，有人在幫妳祈求身體健康吔！」妙元及妙賢眼睛瞪著大大的，幾乎同時說道。

阿霞也聽見這段祈求聲，她認爲這男眾的聲音不像是公公，因爲除了公公之外，誰會替她向佛祖祈求保佑身體健康？於是向妙元及妙賢表示：「我這是菜市場名字啦，叫阿霞的又不只我一個人，應該是替別的阿霞祈求的。」

她雖然說得輕鬆，卻有一股衝動，想跑下樓看這位替「阿霞」祈求身體健康的男眾，究竟是何方神聖？

不過，寺方爲防止在「天堂」上課的學員認出大殿的祈求者，特別將連結大殿與天堂的樓梯設計得又窄又長，出入樓梯兩端各設有一道門，連接大殿的門打開後，還須穿過一道門廊，才能到達佛像的前方，不論是外人要進到二樓教室，或是教室裡的人要前往大殿，都非易事。

想歸想，阿霞深知妙元形容此處是「祕密基地」的眞正含義，應是包含須嚴守祈求者的祕密之意，所以並未眞的衝下樓，反而顧左右而言他，問妙元及妙賢：「這位參拜者祈求『阿霞』身體健康，如果我是佛，要保佑她嗎？」

妙元搶著回答：「這位祈求者應該向內求，告訴『阿霞』照顧好自己的身體，並且積德修福，身體自然健康。」

阿霞又問：「如果這位『阿霞』生病了呢？我是說，如果她感染疾病的話怎麼辦？」

這次換妙賢搶先回答：「那就去看醫生，然後按時吃藥啊。」

短短一句「按時吃藥」，卻宛如鬧鐘般適時提醒阿霞，吃藥的時間到了。

自從確診感染布氏桿菌病，服用陳宗昇開的藥方已超過六週，除了偶爾仍感疲憊、多汗之外，自認身體已無異狀，但衛生所主任仍建議她繼續服藥，以免未能根治而復發，演變成慢性病。

阿霞向妙仁等人說明她必須服藥，即告別「天堂」，要前往機車的行李箱取藥。

妙仁聞言告訴她，「天堂」的另一端有道門直接通往大殿外，說完和妙賢及妙元引領她下樓。走出「天堂」，阿霞發現這段背山面的朝山道，兩旁供奉多尊菩薩，包括文殊菩薩、韋馱菩薩、伽藍菩薩、大勢至菩薩、普賢菩薩、觀世音菩薩、地藏王菩薩及彌勒菩薩等，個個法相莊嚴，讓阿霞忍不住停下腳步多看幾眼。

妙仁、妙賢及妙元陪著阿霞參觀這些菩薩塑像，妙仁並爲她解說每一尊菩薩的事蹟，還說這些塑像皆是出自名雕刻師之手。

走到觀世音菩薩座前，發現陳宗昇正在仔細端詳菩薩神像。阿霞看到他驚訝地問：「陳宗昇，你怎麼也在這裡？」

陳宗昇回頭一看是阿霞，大感意外，回說：「我剛去了趟內蒙古，行前曾來這裡許願，希望此行一切順利，回來之後就到這裡來拜拜還願。」

「內蒙古？你去內蒙古剛回來？」

「是呀，去參加研討會。之前妳感染的布氏桿菌病，很早就在內蒙古地區發現，這次台灣也有病例發生，就應邀去那裡去作交流。」

「原來是這樣呀，是我害了你。」

「哪裡是？是我們這裡死了幾隻小狗及山羊，我研究完發表在國際期刊，他們看到了就請我去作經驗分享。」

「有收穫嗎？」

「當然有。他們的醫學院爲了這個病很早就成立專門的研究機構，還研製出特效藥。我幫妳帶了一些回來，就放在車上，等一下拿給妳。」

「我吃你開的藥還不夠嗎？」

「之前開給妳的藥吃完應該就可以不用再吃了。」

「你剛才說特效藥，是中藥嗎？」

「應該稱作蒙藥。」

「蒙藥？好特別的名稱喔。」

「這個藥是使用蒙古高原及青藏高原純天然草藥和礦物及動物製成，獨特療效在於可克服西藥無法進入細胞內治療布氏桿菌病的缺點，可以達到完全控制病源，讓它不再蔓延及復發。」

「眞有那麼神奇？」

「我也是這次去才知道，那邊的學者介紹的，要我帶一些回來給病人治療看看。」

二十一

在淨國寺巧遇阿霞，為瞭解她是否已完全復原，陳宗昇問她：「妳現在還會經常覺得疲累、無力或多汗嗎？」

阿霞答道：「多多少少還是會有，但不是經常啦，有時候就覺得很睏、很沒力，動不動就流汗，所以衛生所的陸主任才要我繼續吃藥。」

「我帶回來的蒙藥可以增強免疫力，希望可以讓妳在一到兩個月內恢復體質，走出倦怠、多汗的陰影，儘速恢復正常生活。」

一旁的妙元看出陳宗昇和阿霞是舊識，在他說完蒙藥的療效後，問陳宗昇：「哥哥剛才是不是有向佛祖祈求，要保佑阿霞姐姐的病趕快好起來？」

陳宗昇被這突如其來一問，竟支吾其詞起來，半天答不到正題，一再說他是來還願的，同時也祈求佛祖保佑大家身體健康平安，並非特別針對哪一人。

妙仁眼看妙元的問題令陳宗昇尷尬，趕緊制止他：「每一個人向佛祖祈求的心願都應該被保密，妙元，你不要再問了。」

豈料，妙元卻繼續追問：「哥哥是不是喜歡阿霞姐姐呀？」

妙仁趕緊打圓場：「師弟，不得胡說。」

沒想到妙賢也站了出來，指著陳宗昇：「喔，談戀愛喔！」當場使陳宗昇不知所措，也把阿霞羞得滿臉通紅，說她已經結婚，還有一位女兒，要妙賢及妙元別再胡鬧，接著便以天色已晚，要趕回清潔隊簽退爲由告別眾人，連蒙藥都沒拿就匆匆離開淨國寺。

回到清潔隊，收妥個人用品，阿霞隨即下班離開，走出隊部，太陽仍未完全隱去，卻下起雨來。阿霞沒意識到這斜陽微雨正迎面灑在她身上，只是一股腦兒地想，她的愛已全部在志榮身上，隨著志榮去世，早就跟著被完全埋葬。

機車穿過集集隧道，開闊的天空映入眼簾，斜陽山後，只剩微雨，阿霞這才驚覺下雨，想停車穿雨衣，又覺雨勢不大作罷，看著眼前紛飛的細雨，腦海想起一段詩詞：

去年春恨卻來時，落花人獨立，微雨燕雙飛。

琵琶弦上說相思，當時明月在，曾照彩雲歸。

阿霞心想，如果彩雲是志榮，「當時明月，曾照彩雲」，是多麼綺麗，如今卻成了李白筆下

「影滅彩雲斷，遺聲落西秦」，欲和志榮同乘鳳凰仙去，卻人去樓空，落花寂寂，獨留她一人面對這微雨濛濛，憔悴緬懷過去和志榮種種的美好，直到令人心碎……

隔天上班，李英見著阿霞，告訴她陳宗昇剛才來過，有包裹要給她。阿霞接過一看，是蒙藥，以及一條紅色的羊絨圍巾，還附上一張紙條，寫著蒙藥的用法。

阿霞收下蒙藥，掏出二千元和圍巾一起打包，利用中午休息時間，騎車至特有生物保育中心，交給收發室，將它退還給陳宗昇。

回到隊部，遇見穿著制服的慈濟師姐前來收功德款，阿霞原本就想奉獻一己心力，沒想到卻聽見何芊芋向這名師姐告狀：「妳不要找她收功德款啦，她又沒有先生及兒子，只有一位女兒，以後要依靠誰？當然是新台幣呀，所以好吝嗇喔，都不曾看她掏出錢來……」

阿霞聽了心裡萬般難過，卻不想辯駁，等師姐走出辦公室，才追了出去，向師姐說她也想盡一分力量，每個月替公公、婆婆、女兒、死去的先生和她自己各捐一百元功德款，接著伸手進口袋掏錢，才發現所帶的二千元已充作陳宗昇買蒙藥的錢，連同圍巾給退了回去。

身上沒半毛錢，阿霞露出尷尬的神情，向師姐表示：「很抱歉，錢剛好用完，可不可以晚上再送到師姐家？不知師姐住哪裡？」

師姐聞言答道：「沒關係，妳有這個心已經很難得。不用急，下次我來收功德款再一起給也可以。」

阿霞久聞慈濟證嚴法師一再向眾人開示，孝順及行善不能等，急著要交功德款，再次向師姐表示：「或是妳們近日有辦活動，我也可以去找妳，再把錢交給妳。」

慈濟師姐聽了說：「妳很發心，眞是要謝謝妳，也很感恩妳。我們明天在集集國小剛好有一場資源回收活動，妳是清潔隊員，是專業人士，如果能來指導我們，是最好不過了。」

阿霞趕緊表示：「指導不敢當，我能夠考上清潔隊，還要謝謝慈濟師兄師姐幫忙，如果有機會參加慈濟的資源回收活動，那才是我的榮幸。」

從此，阿霞不但是集集鎭公所清潔隊員，也是慈濟環保志工，連同其他超過七萬名環保志工，天天力行環保，守護地球。

不同的是，到慈濟擔任環保志工，大多數人的臉上都掛著微笑，看似發自內心的眞誠，但在清潔隊外出收取垃圾，卻經常面對民眾的冷言冷語，說垃圾很臭，收垃圾的人臉更臭、嘴巴也臭等，聽得隊員都很難受，許多老隊員爲環境奮鬥了大半輩子，卻因有些人講話比較直，就被人咒罵。

尤有甚者，有些民眾不但不作垃圾分類，還亂丟垃圾，山巔水涯到處可見垃圾的蹤影，或把住家垃圾扔到公共場合的垃圾桶，讓清潔隊員疲於奔命；還有民眾把危險物品如碎玻璃、燈泡、陶瓷類餐具、花瓶、針筒、縫衣針、大頭針或具腐蝕性的化學清潔劑等，直接裝在垃圾袋交給清潔隊，因此弄傷隊員的事件更是時有所聞。

不過，讓阿霞他們這些清潔隊員心暖的民眾也不少，最常聽見的就是「謝謝」、「辛苦了」等鼓勵；天氣漸漸寒冷，也有民眾會奉上熱茶或熱咖啡，讓他們在日曬雨淋、天寒地凍及忍受髒臭之餘，還能感受人心的溫暖。

有老資格的隊員說，若遇颱風來襲或公所舉辦活動，清潔隊得有人留守，其他人也得隨時準備支援，工作到深夜已司空見慣。阿霞聽了只覺得幸運，上班至今尚未遇到此種情形，但也早有心理準備，為了台灣的環境更好，隨時要向老前輩看齊。

下午出勤前，隊長召集大家宣布一項支援勤務，大意是某非洲友邦元首即將來台訪問，外交部決定將軍禮歡迎儀式及國宴，移師南投日月潭舉行，並由我國總統陪同友邦元首遊湖及參訪九族文化村。為此，縣府環保局已頒布指令，要縣內部分鄉鎮清潔隊派人、車支援打掃勤務。集集鎮公所清潔隊獲指派出動垃圾車一部、司機一員及清潔隊員兩名，在指定時間向環保局開設的調度中心報到。

支援勤務長達四天三夜，必須外宿，不得返家，隊員聽了都希望不要被指派到。

接著，隊長宣布，派徐順昆及他所保管的垃圾車，以及李英和阿霞支援這項勤務，且為使友邦元首留下好印象，徐順昆所駕駛的垃圾車即起不再出勤，進廠保養之餘，還得重新鈑金烤漆，李英及阿霞也獲得全新的裝備，要以嶄新的姿態迎接這項任務。

報到時間將屆，徐順昆開著光亮亮的垃圾車，載著阿霞及李英，前往縣府環保局在魚池國中成立的調度中心報到。抵達時，已有其他鄉鎮的垃圾車及清潔隊員到達。阿霞等人完成報到，始知將蒞臨日月潭的外國元首，爲我非洲友邦史瓦帝尼國王阿布都拉三世。

支援的清潔隊全部報到完成後，縣府環保局集合大家進行勤前教育，說明軍禮歡迎儀式明天將在日月潭水社碼頭附近停車場舉行，今天上午打掃的區域以水社碼頭及停車場爲主，等清潔隊打掃完，場地就要由安全人員接手，請全體清潔隊員務必把握時間，儘快打掃乾淨。

勤前教育結束，環保局官員帶領全體清潔隊員前往水社碼頭一帶打掃，在眾人齊心協力下，附近區域很快就煥然一新，尤其是軍禮歡迎及鳴放禮砲等場地，更是逐一完成除草、修剪花木、清理水溝及打掃工作，經縣府環保局人員檢查後，交由安全人員進駐接管。

二十二

中午短暫休息過後，各鄉鎮前來支援的清潔隊被分成四個小隊，分別前往友邦元首預定下榻與舉行國宴的涵碧樓酒店、我國總統住宿及史國國王預定舉行答宴的日月行館、聽取簡報的日月潭國家風景區管理處、我國總統陪同友邦元首遊湖預定停留的拉魯島、玄光寺、慈恩塔等區域打掃。

集集鎮和水里鄉公所清潔隊被編在同一小隊，負責涵碧樓及日月行館附近的打掃工作。

出發時間一到，阿霞和李英坐上徐順昆駕駛的垃圾車，往涵碧樓酒店前進，沿途只見大批軍憲警人員紛紛開拔至日月潭，徐順昆見狀表示：「妳們看，我們是第一批抵達的支援人員，比軍憲警都早，代表我們的重要。」

阿霞和李英聽不出所以然，不約而同問：「哪裡重要？」

徐順昆說：「這代表我們是開路先鋒啊，就像我當工兵的時候，主力部隊還沒來，工兵就要先到，替他們掃除地雷、開路及架橋，妳看我們掃地像不像掃雷？除草及修剪花木像不像開路架橋？嘿嘿嘿。」說完還不由自主笑了起來。

阿霞及李英也跟著笑了出來，但未接腔。

徐順昆看似仍意猶未盡，繼續說道：「還有呀，妳們看工作手冊，活動結束後所有單位的人都撤了，爲什麼我們要留到最後？就是爲了復原呀。」

「……」阿霞和李英仍是無語。

徐順昆說：「以前我當兵演習，晚上住在學校，隔天清晨部隊離開，問學校的小朋友，竟沒有人知道前一晚有大批阿兵哥住在那裡。這就是復原得好，才不會影響當地人的生活。」

徐順昆說完，車子途經水社碼頭，阿霞看見一群身穿潛水衣的人正跳進日月潭，問徐順昆這些人在幹嘛？徐順昆說，他們應該是海軍陸戰隊兩棲偵搜大隊的蛙人，潛進碼頭水域可能是爲了進行水面下的安全檢查工作。

阿霞又指著停車場附近一群人，拿著一根細長的鐵棒到處翻動，問徐順昆這些人又在做什麼？徐順昆說他們也是在做安全檢查，以細長的鐵棒到處翻動，是爲了探察有沒有爆裂物，包括垃圾桶都不放過，檢查完還要貼上封條，代表沒人動過，才能確保安全。

抵達涵碧樓酒店，又看見另一群人領著警犬，正在執行防爆偵蒐任務，以往這些只能在電視新聞看到的畫面，如今卻眞實地在阿霞她們面前上演，讓她大感驚奇。

徐順昆停好車，阿霞及李英拿出打掃工具，也要展開她們的任務。

秋天的日月潭別有一番風情，寂靜的湖面像是披了一層白紗，時而盤旋奔騰，時而輕柔搖擺，煙波浩渺，自古吸引許多騷人墨客吟詠讚嘆，面對此情此景，阿霞不禁想起有首詩寫道：

空山新雨後，天氣晚來秋。
明月松間照，清泉石上流。

秋景美不勝收，她卻只能拿著竹掃把和畚箕，在這迷漫的山水景色中打掃，不禁感嘆自己的渺小無用。

爲了排解心中鬱抑，她邊打掃邊哼起歌來，唱著小時候爸媽最愛聽的〈小城故事〉及〈秋蟬〉等多首歌曲，心裡難免也會想起遠在美國的父母及姊弟，不解她和志榮結婚前曾寫信告訴爸媽，卻未獲得任何回音，讓她傷心好一段時間。

還沉陷在過往的回憶，忽聞李英叫她，將阿霞一把拉回現實，原來是打掃時間結束，李英招呼她搭車，一起返回魚池國中，再前往附近的住宿地點。

依照縣府環保局規劃，明天清晨七點之前，他們就得到涵碧樓酒店附近的日月潭教師會館就位，待命隨時清理垃圾，直到國宴散會才能結束勤務，返回住宿處。

正想早點休息，婆婆打電話來，說懷慈發高燒，到診所拿藥仍不見起色，問阿霞能否找陳宗昇幫忙。阿霞一聽急壞了，怕女兒被她傳染布氏桿菌病，趕緊打電話給陳宗昇，請他幫女兒診斷。

過了兩個多小時，婆婆再度打電話給阿霞，告訴她陳宗昇已經來過，檢查完說懷慈可能得了流感，與布氏桿菌病無關，幫她調整用藥後出了一身汗，體溫已降下來，要她不用擔心，阿霞聽了才稍微放心，並傳簡訊向陳宗昇道謝。

隔天清晨天還未破曉，阿霞跟著李英及徐順昆前往涵碧樓酒店附近的教師會館，沿途只見軍憲警人員忙著部署；經過水社碼頭附近停車場，更可見陸軍禮砲連已備妥禮砲，要迎接友邦元首；軍禮歡迎地點的受禮台也已搭建完成，要供兩國元首檢閱三軍樂儀隊。

抵達教師會館，阿霞心念女兒病情，打電話給婆婆，婆婆說陳宗昇正在樓上幫懷慈檢查，要阿霞不要太麻煩人家。阿霞回答好，心裡卻覺得奇怪，她又沒要陳宗昇再次來看懷慈，他怎麼會來？於是立刻傳簡訊給他，除了表示感謝，也想一探究竟。

沒多久陳宗昇回簡訊說，今早他要前往玉山作研究，一去就是五天，不放心懷慈，行前特地繞過來幫她檢查，並指懷慈的病已無大礙，阿霞看了才終於放心。

取出打掃工具，今早的任務是到涵碧樓酒店附近的中興路打掃，時值秋天，落葉紛飛，沒多久就掃滿一畚箕，剛好看到路旁有垃圾桶，正想把落葉倒進去，卻發現垃圾桶的開口並未如徐順昆所言，貼有安檢完的封條，心裡覺得納悶，軍禮歡迎儀式十點半就要開始，爲何這路上的垃圾桶仍未安檢？

走近垃圾桶一看，只見裡面有包黑色垃圾袋，阿霞不敢貿然打開，想叫李英前來察看，卻見李英也在另一只垃圾桶前，正要把落葉倒進去，阿霞趕緊叫她住手，往李英的方向跑去，發現垃圾桶內也有一包黑色塑膠袋，和她看到的幾乎一模一樣，卻不像裝著垃圾，驚覺事有蹊蹺，向李英表示，應該叫徐順昆來一探究竟。

正在垃圾車上打盹的徐順昆，接到阿霞的電話，三步併兩步跑到中興路，服戰鬥工兵役的他一看垃圾桶沒貼封條，也覺得不可思議，再走進一看，垃圾桶還是全新的，更覺奇怪，問阿霞及李英：「昨天下午妳們在這附近打掃，有看到一樣的垃圾桶嗎？」

阿霞望了望李英，兩人都搖頭表示沒有印象。

李英想了一會兒又補充說：「我想起來了，昨天下午這條路確實沒有垃圾桶，因爲我和阿霞把垃圾集中後，都倒在自備的垃圾袋，沿路並沒有垃圾桶。」

徐順昆：「那就怪了。」

阿霞：「是不是環保局新買的？連垃圾桶都要換新的，才表示對友邦元首的誠意？」

徐順昆：「也有可能，公家機關最愛做表面工夫了。」

李英聞言向徐順昆吐槽：「你不也是公家機關的人？只會說別人。」

徐順昆：「那不一樣，我們是苦幹實幹的清潔隊員，又不是當官的。」說完，拿起手機打給調度中心，接電話的官員表示，並未新購垃圾桶放在中興路，讓徐順昆更加起疑。

掛斷電話，徐順昆從垃圾桶的開口往裡瞧，只有一包黑色的垃圾袋，形狀頗爲整齊，和一般人棄置垃圾的樣貌都不同，再仔細端詳，赫然發現有電線纏繞其中，趕緊跑到另一只垃圾桶察看，情形也一樣，頓時讓他臉色大變，驚覺可能是爆裂物。

剛好一部警車巡邏經過，徐順昆趕緊上前攔阻，說明情況後，警員立刻向上級回報。沒多久，一大群警察及便衣人員都趕了過來，還有專人問徐順昆、阿霞及李英，誰最先發現？何時發現？有沒有移動等等，之後，並請他們三人坐上警車，前往軍警在水社碼頭附近聯合開設的前進指揮所詳細訊問。

抵達前進指揮所，阿霞他們三人被帶到四樓一間辦公室，從窗戶望出去，就是軍禮歡迎會場，正好看到工作人員忙著鋪紅地毯，三軍樂儀隊也已到場，有人在整理儀容，有人在調整樂器，再往前看，陸軍禮砲連的士官兵也正在演練鳴放禮砲的各項動作。

二十三

阿霞等人發現爆裂物，被帶往前進指揮所沒多久，一位身穿便服的中年男子走進辦公室，旁邊還跟了兩位便衣人員、一位警官及兩位警員。帶頭的中年男子向阿霞他們自我介紹說，他姓嚴，是國安局特勤中心組長，兩位便衣人員是特勤中心參謀，剛才他們發現的不明物品，經警方初步勘驗，已證實是含有黑色火藥的爆裂物，接下來便由警員重覆問他們在現場已有人問過的問題，並作成筆錄。

訊問過程中，參謀及警官的無線對講機不時傳來最新消息，雖然片斷、零碎，仍可聽出總統陪同友邦元首搭乘空軍一號專機，已從松山機場起飛。警員在中興路沿途擴大搜查，共發現五個可疑垃圾桶，桶內各有一包爆裂物，以及有警員回報，已調閱路口和附近飯店的監視器等。

訊問完畢，警員要阿霞他們三人在筆錄上簽名。這時，阿霞瞧見自己的「警察刑事紀錄」也附在其中，雖然沒有記載任何前科，心裡仍不免嘀咕：「難道警察認爲爆裂物是我們放的？」

徐順昆也有同樣的疑問，看到自己俗稱的「前科紀錄」，還眞列有一些前科，向警員抱怨說，他們是發現爆裂物的人，不是嫌犯，搞到現在好像他們是犯人一樣。

嚴組長聽到徐順昆的埋怨，趕忙過來打圓場，指警察是依照正常程序辦案，在還沒抓到嫌犯前，每個人都可能被懷疑，要徐順昆等人不要放在心上。

話才剛說完，嚴組長的電話響起，只見他畢恭畢敬地與對方交談，談話中還不時夾雜著「報告」、「是」、「長官」等語，阿霞他們聽了，直覺對方的來頭一定不小。

講完電話，嚴組長轉身向一旁的參謀表示，局長指示「睦蘭專案」照常進行，要他把這項指令傳達給所有單位，同時交代另一位參謀，全區再做一次安全檢查，請所有軍憲警調即刻行動，務必要在一個小時內完成。

任務交代完畢，嚴組長請工作人員端來三杯熱茶給阿霞他們，並指監視器發現昨晚八點多有一輛垃圾車經過中興路，沿途放垃圾桶下來，懷疑這些人就是歹徒。警察目前正以車追人，相信不久就能抓到嫌犯。

徐順昆聞言：「八點多？那時我們早就收隊了，除非是民間的垃圾車。」

嚴組長說：「不是民間的垃圾車，是埔里鎮公所清潔隊的，就是這樣才能瞞過安全人員，放他們進來。」

徐順昆還想再問，嚴組長接著表示：「埔里鎮公所並未報案有垃圾車失竊，昨晚開上山的垃圾車目前還停在埔里鎮清潔隊原地，警察已趕往採集指紋，有可能是被偷開出來，犯案後再停回原處，或是有其他原因，都還要再調查。」

這時，參謀的對講機傳來空軍一號已飛抵台中清泉崗基地，兩國總統的車隊正從台中出發前來的訊息。

從指揮所看出去，軍禮歡迎場地已布置就緒，觀禮人員也已紛紛抵達，包括高級文武官員、駐台使節，以及特別邀請的南投當地士紳。阿霞發現，集集鎮長李政達也在其中，和縣長及其他鄉鎮長等人聚在一起，等候兩國元首蒞臨。

看完筆錄簽完名，阿霞和李英他們原欲離開，不料，一旁的警官說，發現爆裂物的訊息已被媒體知悉，除了有記者趕到中興路採訪，還有大批記者聚在指揮所樓下，要採訪發現爆裂物的人，嚇得從未接受媒體訪問的阿霞他們三人不知如何是好。

嚴組長見狀，向阿霞他們表示，要躲避媒體採訪似乎已不可能，建議他們可由警官陪同接受訪問，並且實話實說，以化解外界疑慮，但兩國總統已在前來的路上，如果這時出面受訪，可能影響軍禮歡迎的秩序，不如留到軍禮歡迎儀式結束後再下樓面對媒體。

阿霞聞言表示，要和徐順昆及李英商量決定。徐順昆說記者已殺到樓下，躲也躲不掉，但他不會說話，加上滿口爛牙，都是紅色的檳榔汁污垢，他可不能開口發言；李英也說，她不太會講話，且第一個發現爆裂物的是阿霞，如果她願意代表大家向媒體說明，要她一起出面倒還可以。

「看來也只能這樣了。」聽完徐順昆和李英的意見，阿霞心想也只能如此，於是向嚴組長表示：「那就等軍禮結束再下樓面對媒體。」

「好，謝謝你們機警發現爆裂物，還同意接受訪問，由你們向記者說明發現爆裂物的過程，會比我們說上百遍還要有說服力。」嚴組長說。

之後，他命參謀向代號「新安小組」的新聞聯絡人傳達這項訊息，請他們聯繫、安排，並請記者移駕軍禮歡迎會場。

這時，指揮所內的電視也開始插播快報，斗大的標題寫著「爆國安重大危機！軍禮會場外發現爆裂物」、「驚！恐攻指向兩國元首？日月潭發現爆裂物」、「英勇清潔隊員發現炸彈」、「警方鎖定嫌犯積極追緝」等，輪番播報這起事件，沒多久甚至連阿霞他們三人的照片都上了電視。

徐順昆看了直喊照片太醜，像嫌犯；李英說一定是隊長鄭豐廷提供的，因為他最會做媒體關係；阿霞正苦惱等會兒面對記者該怎麼說，根本無暇顧及電視報導。

還在絞盡腦汁思考，一陣砲聲響起，將她拉回現實。原來是我國總統已陪同史瓦帝尼國王阿布都拉三世抵達，陸軍禮砲連依據「軍人禮節規範」，對友邦元首鳴放二十一響禮砲，以示隆重歡迎。

電視新聞也同步切換到軍禮歡迎會場，記者還不斷旁白，此次鳴放禮砲的單位爲陸軍砲兵連，共攜行四門一〇五榴砲所擔任，鳴放禮砲每一響時隔三秒鐘，並且須與樂隊的敬禮樂章配合一致，亦即禮砲鳴放第一響，與敬禮樂章第一音符同一時間，不得有絲毫差錯。新聞還播報說禮砲沒有彈頭，僅是由「藥筒」及「黑火藥」所組成，並由軟木塞封口，所擊發產生的聲響大概僅有一百分貝左右。

鳴放禮砲及奏敬禮樂章後，奏兩國國歌，先奏史國國歌，續奏我國國歌。自儀隊敬禮至國歌奏畢，兩國元首均將右手手掌貼於胸前約心臟下方處，行扶手禮。

國歌奏畢，總統陪同史瓦帝尼國王，由上校儀隊隊長前導，徒步檢閱陸、海、空各一個連兵力所組成的三軍樂、儀隊。儀隊爲國軍的代表，隊員個個都經精挑細選、嚴格訓練並通過層層考驗之後才能勝任，從窗外望去，眞是軍容壯盛。

檢閱完畢，首先由我國總統致歡迎詞，續由史瓦帝尼國王致詞，之後，由南投縣長呈獻縣鑰給史國國王，以示歡迎。

呈獻縣鑰畢，由外交部禮賓處處長引導史瓦帝尼國王隨行團員至受禮台前，一一介紹予我國總統，再引導我方官員與駐台使節團至受禮台前，介紹予史瓦帝尼國王。

禮成，總統陪送史瓦帝尼國王至受禮台後方登車離去，整個軍禮歡迎歷時約三十分鐘，過程莊嚴而隆重。

軍禮歡迎儀式結束，總統陪同史瓦帝尼國王至日月潭國家風景區管理處聽取簡報，記者紛紛移往指揮所準備採訪阿霞他們，一整排ＳＮＧ轉播車陣仗頗爲嚇人，阿霞反覆深呼吸，仍無法排解緊張的情緒。

嚴組長問她：「準備好了嗎？」

阿霞回答：「嗯。」腦袋卻一片空白。

二十四

記者大陣仗在指揮所樓下一字排開，警官陪同阿霞他們一起下樓，冷不防就是一陣搶拍及一連串提問。阿霞已記不清楚共回答多少問題，只記得鎂光燈閃個不停。記者的問題大多和稍早安全單位問的一樣，她只是再次重覆同樣的答案，並不覺得難。

直到有記者問她，立了大功最想和誰分享？阿霞想起仍在病中的懷慈，不覺一陣酸楚，脫口而出：「最想念女兒，因爲她還在生病……」說完眼淚跟著掉了下來，記者見狀也不好再追問，聯訪才告結束。

陪同阿霞他們受訪的警官姓王，在南投縣警察局擔任督察，護送阿霞他們坐上警車離去，車行至中興路，已不見垃圾桶。王警官說，刑事局防爆隊及鑑識小組已將它們移往安全地點鑑別處理，初步調查雖有爆炸物、容器、起爆裝置及增強殺傷等裝置，製作手法卻不精良，五個引誘觸動的開關就有三個接觸不良，研判應是土製炸彈。

王警官並說，由於舉辦軍禮的關係，與維安有關的單位都派員到日月潭支援，一發現狀況，很快就能統合各單位資源，迅速查明原因，鎖定嫌犯，積極追緝。

徐順昆聽完好奇問道：「知道嫌犯的背景了嗎？爲什麼要放置爆裂物？」

王警官：「監視器已發現兩名嫌犯影像，經比對都是埔里當地的混混，只要抓到人，要查明原因並不難。」

抵達日月潭教師會館，王警官再次向阿霞他們道謝，並留給她一張名片，說有事可以找他。等王警官離去，徐順昆問李英還要繼續打掃嗎？李英表示軍禮歡迎都已結束，兩國總統連袂遊湖去了，下午再繼續吧。折騰一上午的三人，這才得空可以在垃圾車附近休息。

阿霞拿出手機，想打給幫忙照顧懷慈的阿春姐問女兒狀況，沒想到手機 LINE 及臉書幾乎塞滿留言。她快速瀏覽一番，大多是鼓勵及感謝之意，也有少數酸民極盡侮辱、謾罵之能事，誣指他們一定是自導自演，要爲總統轉移施政不佳的焦點，也有人罵他們勾結外國敵對勢力，要破壞我國的外交關係，嚇得她趕緊關閉手機。

過沒多久，徐順昆大喊：「抓到了！嫌犯抓到了！」

阿霞再度打開手機，查閱即時新聞，兩名嫌犯已在桃園機場被捕，正押解回南投縣警察局途中。新聞還寫著嫌犯任職的公司，日前才捲入南投縣政府環保局採購弊案，可能是爲了報復或引人注意，才會在兩國元首預定下榻的飯店附近放置爆裂物。

瀏覽至一半，她看到自己和徐順昆及李英的照片登在各新聞網站，有媒體以「清潔隊英雄」

稱呼他們，也有媒體形容他們是「炸彈剋星」、「南投之光」、「台灣之光」等，並指他們三人合力挽救總統的安全及聲望，同時也救回台史兩國的邦誼；也有即時新聞報導阿霞的女兒生病，她仍支援清潔勤務，並發現爆裂物，是這起事件最該獲表揚的清潔隊之花。

阿霞心裡惦記著女兒，對外界的褒貶並不在意，她深知人生是自己的，褒貶都無法改變她的生活，她仍是阿霞，仍是清潔隊員，仍是懷慈的母親，她仍然要做一位心寬念純、專注活在當下的阿霞。酸民並沒有歷經她的一切，如何評判她的所作所爲?「前腳走、後腳放」是一位慈濟師姐告訴她的，她現在就該這麼做。

想到這裡，心情頓時感到輕鬆不少，眼皮卻沉重了下來，昨晚擔憂女兒的病情，睡得並不安穩，今早天未亮就起床，還歷經爆裂物風波，只覺得頭昏眼花，就快撐不住，眞想趕快吃完便當找個地方好好睡上一覺。偏偏鎮長卻在此時找上他們，還帶了幾位地方記者前來，表示要慰勞他們，阿霞等人只好犧牲休息時間勉力配合。

鎮長前腳剛走，縣長後腳也來了，隨同縣長前來的還有縣府環保局長及好幾位縣府官員。阿霞等人收下慰勞品後，還得一一和這些官員合照。之後，立法委員、縣議會議長和議員、縣農會理事長、南投縣警察之友協會、退休教職員協會等叫得出名號的單位，都趁著軍禮歡迎儀式結束、離晚上國宴還有一段時間的空檔，到阿霞他們出勤的地點要和他們沾上邊。

好不容易和各單位的人見完面，早已過了午餐時間，阿霞扒了幾口冷掉的便當，拿出手機繼續關注爆裂物事件的最新發展。

被捕的嫌犯已供出是受人指使，警方再迅速逮捕教唆的主嫌，經初步偵訊，嫌犯坦承因不滿捲入縣府環保局採購弊案遭判刑，並宣稱之前有人開大卡車衝撞總統府，或到台北車站臥軌都沒有獲得重視，才會想在軍禮歡迎外國元首的場合把事情鬧大，希望引起更多人關注他遭司法迫害，能有人替他申冤。

新聞報導還表示，警方及國安單位一開始就排除這起事件和恐怖攻擊有關，同時建議層峰繼續所有行程，目前看來是對的，並指這起事件能迅速落幕的最主要關鍵，在於發現爆裂物的三位清潔隊員，尤其是蔡素霞的機警更居首功。

看到這裡，阿霞吐了吐舌頭，覺得自己沒那麼偉大，還是趕緊來打掃比較重要。她想起早上出勤前，調度中心交代他們和水里鄉公所清潔隊，務必在下午四點前完成涵碧樓及日月行館附近的清掃工作，之後，垃圾車及隊員都得返回教師會館待命，以免妨害交通，阻斷前來參加國宴的動線。

打掃完，阿霞和李英搭乘徐順昆的垃圾車，及時在四點前返回教師會館，這裡早已布滿安全人員及各式偵防車、防爆車、軍用卡車及大巴士等，顯得熱鬧非凡，徐順昆把垃圾車開往最角落的指定地點，有人看到垃圾車上標示「集集鎮公所清潔隊」，紛紛向他們揮手致意，或鼓掌表示感謝，阿霞他們怕引起騷動，只好在垃圾車上休息，等候吩咐隨時收垃圾。

晚餐仍由調度中心供應便當，阿霞走出駕駛艙前往洗手檯洗手，卻被急促喊她名字的聲音叫住，回頭一看，一位便衣人員問她是蔡素霞嗎？阿霞點頭稱是，對方表示總統指定他們三人出席國宴，要她及徐順昆和李英趕快換衣服，隨他前往國宴會場。

阿霞告訴對方，他們是來打掃的，身上只有這一套衣服，其他的居家服都放在旅館，也不正式，更趕不回去更換。對方聽了只說那好吧，便引領他們坐上掛著軍用車牌的綠色小轎車，往涵碧樓酒店駛去。

到了國宴會場，工作人員引導他們前往會場旁的小包廂休息。徐順昆看到包廂裡有盥洗室，趕緊進去梳洗一番，尤其希望洗掉嘴巴裡陳年的檳榔汁痕跡；李英及阿霞也忙著整理儀容，希望等會兒參加國宴不要鬧出笑話才好。

過沒多久，聽見有人敲門，李英請對方進來，是一位西裝筆挺的男子，自稱是總統的隨行醫官，下午受總統吩咐，前往集集替懷慈檢查，確認懷慈得了流感，已無大礙，讓阿霞大感驚訝，認為總統日理萬機，竟還能關照到她這樣的小人物。

醫官還表示，下午去了趟集集，發現他失聯已久的同學陳宗昇就在那裡服務，只可惜他已前往玉山做研究，希望下次還可以到集集找老同學敘舊。

阿霞聞言好奇地問醫官：「你們是哪裡的同學？」

醫官：「醫學院。」

阿霞再問：「陳宗昇爲什麼不當醫生了？」

「詳細情形我也不是很清楚，只聽說有次他被病人的家屬控告醫療疏失，打了好幾年官司，後來雖然勝訴，但他就從此消失了。」

阿霞聽了一股惻隱之心油然而生，卻不知該說些什麼。

還在替陳宗昇感到惋惜，醫官接著問：「妳和陳宗昇熟嗎？」

阿霞回說：「就工作認識……有次我得了傳染病，是他把我治好的。」

醫官聽了擊掌表示：「傳染病？哈哈，太好了，他仍然是傳染病學的專家，妳能遇到他眞是太好了！」

阿霞不明所以。醫官隨手拿出紙筆寫下聯絡電話，希望阿霞轉交給陳宗昇，並請她轉告，好多同學都在找他，希望他能和大家聯絡。

二十五

總統的隨行醫官才剛離開，又有人敲門，是工作人員，提醒國宴就要開始，請他們入席。一進入國宴會場，許多人發現阿霞他們，紛紛起立鼓掌致意，大批媒體記者也守在現場，要報導他們參加國宴的實況。

有記者在阿霞的座位旁現場連線，指一般人常誤以爲總統的宴會就是國宴，其實只有在「國是訪問」（State Visit），國家元首款待來訪友邦元首的正式宴會才叫國宴（State Banquet）。今晚因發現爆裂物的三位清潔隊英雄也受邀出席，讓這場國宴特別受人矚目，接著鏡頭便一直對著他們，讓阿霞感到好不自在。

記者在一旁繼續播報爆裂物事件的最新發展，和下午即時新聞披露的差不多，除了證實與恐攻無關，也已排除政治因素。接著，記者還把阿霞他們發現爆裂物的經過，重複說了一遍，卻離事實有段距離，尤其指阿霞差點被爆裂物炸死，是以身救國，最讓她啼笑皆非。

後來記者描述他們三人的生平，阿霞上午受訪明明只說大學主修法律，在記者嘴裡卻變成法學專家，曾參加國樂社變成國樂社社長，專長二胡變成二胡演奏獲獎無數，而且還不知從何編造出校花、才女、孝女、經常見義勇為等從不曾在她身上出現的形容詞，讓她聽了一頭霧水，幾度以為說的是別人。

對徐順昆及李英的形容也一樣誇張，把徐順昆服戰鬥工兵役講成特戰部隊高手，還指他曾參加師對抗、五百公里大行軍、山訓、雪訓、野外求生訓練，以及接受爆破及拆解炸彈等特訓，戰技高超，是最傑出的特戰隊員；李英則成了模範母親、最佳清潔隊班長、模範勞工、樂善好施、經常默默行善等。

事後他們三人說，當時聽了渾身都起雞皮疙瘩，溢美之詞不但扭曲事實，也無助釐清眞相，對他們而言更像是緊箍咒一樣，把人牢牢給框限住。

記者賣力地在一旁連線多時，國宴仍未開始，於是把話題轉移到菜色上，強調餐飲是國宴的重點之一，食材選擇除了優先考慮主賓飲食禁忌、特殊偏好外，保育類食品如魚翅、燕窩等都會避免；非洲國家不吃沒有鱗的魚，也不提供；豬肉不為回教徒接受，更早在國宴成為絕響。

為了突顯南投特有的美食文化，這場國宴自前菜冷盤開始，到最後出場的甜點及水果，就用了南投縣十三鄉鎮最少一百三十幾種農特產，融合在所有套餐裡；日月潭紅茶及咖啡也成為國宴飲品，讓南投農產躍於國家盛典的舞臺。

國宴開始，先進行飯前酒會，受邀賓客除史國訪問團全體成員外，還包括各國使節、我國政府首長及民間領袖等，賓主大約八十人左右，除了互相寒暄，還進用飯前酒，兩國元首則在會客室會晤。

宴前十分鐘，禮賓官員引導所有受邀賓客依照身分、依序晉見兩國元首，以唱名方式將受邀賓客一一介紹給兩國元首認識。阿霞他們三人也被引導至會客室，總統見到他們，特別道聲謝謝。隨後，全體與宴賓客皆入座，兩國元首在「總統進行曲」樂聲中步入國宴會場。

兩國元首就定位，先演奏史瓦帝尼王國國歌，以示崇敬與歡迎，兩國元首先後致詞，總統特別對阿霞等人機警發現爆裂物表示感謝，全體與宴人士聞言無不報以熱烈掌聲。接著，兩國元首舉杯互祝國運昌隆，宴會開始，與宴賓主一面享用佳餚、相互交談，一面欣賞優美的樂曲，整場國宴就在和樂歡愉的氣氛中進行。

當所有菜餚、餐點都上完，司儀宣布國防部示範樂隊演奏我國國歌。演奏結束，總統陪送史國國王至會場正門口握別，國宴圓滿完成。賓客一一散去，阿霞他們卻還不得閒，因為清理垃圾的勤務才要開始。

搭乘原車返回教師會館，短暫休息過後，徐順昆發動垃圾車，載著阿霞她們前往涵碧樓酒店後方等候清運垃圾，阿霞及李英則拿出打掃用具，在酒店附近打掃。

打掃完回垃圾車休息，阿霞打電話給婆婆問懷慈的情況，婆婆說電視新聞今天都在報導他們發現炸彈，並指全村的人都在稱讚她。阿霞只關心女兒的病情，問懷慈如何？婆婆說病情又有進步，才讓她放心。

掛斷電話，酒店人員拎著一包包垃圾走近垃圾車，分別往徐順昆及水里鄉公所的垃圾車丟去，接著是廚餘，一盆一盆往廚餘及堆肥桶倒，過了大約半個小時，才全部清理完畢。徐順昆發動垃圾車，跟著水里鄉公所清潔隊回到魚池國中，準備在臨時搭建的垃圾轉運站，將垃圾交予縣府環保局的大型垃圾轉運車，載往焚化爐焚燒，廚餘及堆肥則交由民間廚餘回收業者處理。

說時遲，那時快，國安局特勤中心人員突然飛車趕到魚池國中，要他們停止垃圾轉運，原因是史國國王要送給來台留學兒子向女友求婚的戒指不見了，有可能被當成垃圾丟到垃圾車載走，希望清潔隊員能協助尋找。

後來，有更多的特勤人員及憲警趕到，要徐順昆及水里鄉公所的垃圾車開到魚池國中操場，將垃圾全部倒出，由軍憲警及清潔隊人員逐一尋找，卻一直未找到，軍方甚至還出動金屬探測器也未有所獲。

過了一個多小時，在場督軍的外交部亞西及非洲司長與史國外交人員經請示後宣告放棄，搜尋行動結束，眾人合力將垃圾丟往在現場等候的大型垃圾轉運車，才一一撤離。

阿霞並不死心，她記得曾幫王老先生及徐老太太找回金飾與鉅款，老人家是如何高興。如今，史國國王弄丟要給兒子向女友求婚的定情戒指，國王及王子的心裡一定很不好受，也會對此行到台灣國是訪問印象大打折扣，因此仍想幫史國國王找回戒指。

她左思右想，這只黃金打造的戒指會被丟到哪裡？忽然間她想起王警官中午送他們到教師會館，曾留電話給她，想說打給他看能不能問到一些線索。王警官回復可幫她問特勤中心及飯店公關人員，輾轉問了好多人才回電。

王警官說據他所知，史國國王下午回到下榻的涵碧樓酒店休息，用了一些水果及飲料，把戒指拿出來把玩一番才去沐浴更衣。國宴回來發現戒指不見了，即刻要隨團的外交人員轉知我外交部官員，請求派員協助尋找。

阿霞心想，史國國王用完水果才把戒指拿出來觀賞，或許不小心混在水果皮裡當成廚餘或堆肥處理，由飯店人員倒在廚餘桶或堆肥桶也說不定，難怪眾人剛才在垃圾堆中尋找會毫無所獲。

她把這項推測告訴徐順昆及李英，徐順昆聽了面露不悅地說：「妳是要累死大家是不是？」

阿霞：「剛才大家找了這麼久都沒找到，卻沒有人想到廚餘及堆肥桶，拜託啦，就當是爲了我們國家的面子。」

徐順昆：「我們國家哪有什麼面子，都被搞政治的人丟光了。」

李英接著表示：「阿霞說得很有道理，可能就在哪個堆肥桶也說不定，你看，兩部垃圾車才六個廚餘及堆肥桶，要找也花不了多少時間。」

徐順昆：「妳們兩個女人眞是麻煩吔！白天找爆裂物，晚上還要找國王的戒指，眞是敗給妳們了。」

二十六

儘管一再抱怨，徐順昆叨唸完仍跳上駕駛座，把車開到洗手間旁，卸下廚餘桶，和阿霞及李英拿出勺子，一勺一勺挖出廚餘，攤到洗手檯檢視，心想如果都沒找到，再打電話給水里鄉公所的垃圾車駕駛，請他也把垃圾車開過來檢查。

挖第二桶堆肥，看到一些果皮，阿霞要徐順昆慢點，仔細在水果皮中尋找，果然發現一只戒指，上面鑲著碎鑽，形式與台灣常見的不太一樣，戒圍卻特別纖細，正符合要送給台灣女友的身型。阿霞拿起戒指清洗一番，趕緊打電話給王警官。沒多久，亞西及非洲司長再度陪同史國外交官員抵達魚池國中，接過戒指一看，是國王的沒錯，透過司長翻譯向阿霞等人再三致謝，並表示會秉報國王，希望有機會能親自向他們道謝。

送走司長及史國外交人員，阿霞發現自己滿身髒臭，李英和徐順昆也是，但他們仍得忍臭把挖出的廚餘倒回桶內。剛好民間回收廚餘業者開車抵達，問他們幹嘛倒出廚餘？徐順昆說爲了找黃金，業者不信，認爲是在開玩笑，奚落他年紀一大把了，什麼不玩，竟玩起垃圾，並指如果有黃金，這些廚餘全部送他好了，氣得徐順昆想上前揍人。業者只是哈哈大笑，邀他打賭，如果眞有黃金，算他輸兩打啤酒。徐順昆要業者別黃牛，這才罷手。

隔天，阿霞他們仍到教師會館一帶掃街及待命清理垃圾。不同的是，這天她們三人早早就接獲通知，史國國王晚上在日月行館設宴答謝我國總統，指名要邀請他們三人出席。

答宴開始，史國國王致詞表示，他的兒子班柯加西正在台灣讀大學，和一位同學相戀，想向她求婚，他知道這項消息後，特別從國內帶來一枚戒指，要送給兒子當作向女友求婚的定情物，沒想到昨天被他弄丟了，是台灣聰明睿智的清潔隊員幫他找了回來。「這三位清潔隊員昨天才救了我和貴國總統，今天又救了我和兒子的關係，以及我兒子的終身大事。」語畢，全場賓客都起立爲阿霞他們鼓掌致意。

答宴進行到一半，史國王子班柯加西和女友走到阿霞的座位前，親自向他們道謝。阿霞眼見王子女友手上戴著昨晚找到的戒指，王子和女友的故事總算圓滿，心裡眞是替他們高興。

陪同王子前來的還有史國外交官員，透過翻譯表示，國王爲感念阿霞他們的貢獻，答宴結束前將頒贈「史瓦帝尼最高榮譽勳章」給他們三人，同時還將頒發榮譽國民證書給阿霞，以表彰她的英勇睿智。

答宴接近尾聲，司儀宣布贈勳儀式開始，先由我國總統頒贈采玉大勳章給史國國王阿布都拉三世。這項贈勳儀式通常都在國宴會場並於國宴開始前舉行，但因前一天發生爆裂物事件，且史國國王也考慮要贈勳給阿霞他們三人，經過昨晚尋獲戒指之後，更加堅定要贈勳的意念，才延至今晚由阿布都拉國王作東的答宴一併舉行。

儀式開始，先進行「贊禮」，由司儀宣讀頌詞，繼之請我國總統授勳，阿布都拉國王面向總統，由總統親自爲他佩掛勳章，並由總統府第三局局長擔任大禮官從旁襄助，先佩綬帶，續掛正章，佩掛完畢合影並返回原位。

授勳完畢全體人員就座，阿布都拉國王致謝詞，致詞畢，由國王頒贈獅王勳章給我國總統，接著再頒贈最高榮譽勳章給阿霞他們三位清潔隊員，總統也在場觀禮。

贈勳結束，全體人員起立，服務人員上香檳酒，總統與阿布都拉國王先舉杯互敬，並向阿霞他們三人致意，觀禮人員依禮賓人員引導循序向總統致敬，並向阿布都拉國王及阿霞他們三人舉杯祝賀。

祝酒結束，總統與阿布都拉國王暨觀禮人合影留念，之後總統與阿布都拉國王、阿霞他們三人及觀禮人一行握別，並由武官前導離開。

答宴及贈勳儀式結束，阿霞他們的支援勤務也接近尾聲，等日月行館的工作人員將垃圾全丟上垃圾車，徐順昆即載著阿霞及李英返回魚池國中。

才剛抵達，民間回收廚餘業者早已等在那裡，徐順昆一下車，業者隨即遞上啤酒：「廚餘眞的有黃金吔，電視新聞報得那麼大，眞是失敬！失敬！」

徐順昆二話不說，打開啤酒喝了一大口，似乎仍意猶未盡，再豪飲一口，說道：「這兩天晚上都吃得好嚴肅，旁邊還有一大群安全人員，怎麼吃得下？還是我們這種路邊趴比較習慣。」說完還吆喝一旁的阿霞、李英及水里鄉公所清潔隊員一起乾杯，眾人紛紛述說這幾天的所見所聞，支援勤務即將結束，這場路邊趴倒成了他們的惜別宴。

隔天，完成最後的清理工作，四天三夜的支援勤務也告結束。阿霞、徐順昆和李英中午時分回到集集清潔隊辦公室，隊長指接獲鎮長指示，要在農曆過年舉行的鄉土燈會開幕典禮公開表揚阿霞他們三人。

徐順昆聽了表示：「每年的鄉土燈會都在農曆過年期間舉行，開幕典禮反正都要支援，無差啦，領完獎還不是要收垃圾？」

一旁的李英眼看阿霞似乎不太瞭解燈會與清潔隊的關係，向阿霞說，集集鎮公所已連續舉辦鄉土燈會二十多年，這幾年大多選在年初一點燈，每年都吸引大批遊客，但清潔隊員卻要加班收垃圾，她已經好幾年初一都沒有休假了。

「沒休假就沒休假，有什麼好抱怨的，大家不都一樣？哪像妳們，發現個火藥和戒指，就好像英雄一樣，被捧上天去了，大年初一還不是一樣要上班收垃圾？」何芊芋聽隊長表明要公開表揚阿霞他們，在座位上發牢騷。

「妳以為炸彈和戒指那麼好找喔，那妳去找看看呀。」徐順昆不滿地說。

何芊芊還想回嘴，隊長見狀立刻表示：「不要吵了！氣象預報有颱風要來，如果公所決定一級開設，除了我和副隊長輪流到災害應變中心值班外，這次就由黃志銘開著他所保管的垃圾車，與何芊芊一起前往災害應變中心待命。」

隊長另外對阿霞他們說：「今晚收垃圾沒有排你們出勤，下午打掃完沒事早點回去休息。」

「喔！眞倒楣！」何芊芊不平地說。但隊長已做成決定，她也莫可奈何。

隔天，氣象局發布海上颱風警報，南投縣政府成立災害應變中心，隨即通知各鄉鎮市公所也成立災害應變中心，並下達二級開設指令，集集鎮公所接獲指示立即聯絡編組人員進駐。清潔隊接到通知，隨即由副隊長、黃志銘及何芊芊前往應變中心報到。

晚上氣象局再發布陸上颱風警報。南投縣列為警戒區域，縣府下達一級開設指令，集集鎮公所也隨即一級開設，編組人員均在指定時間進駐災害應變中心，包括公所各課室、警察局、消防隊、衛生所、國軍代表、台電、瓦斯、台灣中油及自來水公司等。

黃志銘開著垃圾車載何芊芊到災害應變中心外待命。沒多久，隊長走出應變中心，說他家裡有事，要黃志銘代替他到應變中心留守，他處理完就回來。

颱風暴風圈仍未觸及陸地，集集鎮僅有零星的間歇雨勢，並未傳出任何災情。黃志銘代替隊長在應變中心留守，幾乎無事可做，顯得極爲無聊。

他打開電腦，看著氣象局預報的最新資訊，雖然只是中度颱風，暴風圈卻對準台灣而來，氣象局預測再過十幾個小時就會登陸，一場狂風驟雨似難以避免。

二十七

晚間十點，南投縣政府宣布明天停止上班上課，黃志銘正想把這消息告訴人在垃圾車上的何芊芋，卻一眼瞥見電腦鍵盤下壓著一張縣府通報，指仍有一支登山隊及特有生物保育中心研究員共九人，在玉山尚未撤離。其中，登山隊含領隊共六人，目前在排雲山莊，安全無虞，如果明天清晨風雨不大，會考慮自行下山，保育中心三名人員則處於失聯狀態。

黃志銘再仔細看失聯的三名保育中心人員名單，赫然發現陳宗昇就在其中，不禁爲他感到著急，並立刻打電話給阿霞，告訴他這年輕小伙子在玉山失聯，希望能一起集氣，爲他及所有困在玉山的人祈禱，祝他們早日平安返家。

阿霞接獲黃志銘的電話，也開始爲陳宗昇擔心起來。她望著窗外，平常清晰可見的集集大山已被夜雨籠罩，何況是遠處的玉山。曠野無盡，長夜茫茫，加上高山天寒料峭，陳宗昇到底在哪裡？有吃的嗎？有喝的嗎？有足夠的衣服禦寒嗎？人是否安全呢？

一連串的問號讓她失眠。隔天清晨，阿霞一早打電話到特有生物保育中心，想瞭解陳宗昇的狀況，對方問她是否爲陳宗昇的家屬？她說不是，接電話的先生表示他們聯絡不到陳宗昇家人，其他兩位工作人員的家屬都已抵達保育中心，等會兒會安排專車送他們到東埔等候消息，如果不是家屬恐怕不便接待。

阿霞想想也對，她與陳宗昇非親非故，怎麼好意思到東埔等他歸來？掛完電話，風雨已漸加大，阿霞的公公忙著檢查屋頂及門窗，婆婆一早就到菜市場搶購蔬果、泡麵及罐頭，阿霞則利用這難得的颱風假與懷慈形影不離，心裡卻惦記著遠在玉山的陳宗昇。

想到志榮也是在風雨中喪失生命，就更讓阿霞覺得不安。回想當時志榮騎車要到醫院看她，當機車滑倒的那一剎那，是否感到驚慌？是否覺得疼？生命消逝的前一刻，是否有什麼話要對她或女兒說？想到這裡，心裡不由得隱隱作痛，淚水也像決堤的洪水般，怎麼都止不住。

風雨肆虐過後，阿霞傍晚即被召回清潔隊上班，今晚她隨徐順昆的垃圾車出勤，前往第二區收取垃圾。大約晚間六點，垃圾車抵達特有生物保育中心，阿霞看見有人前來倒垃圾，問他在玉山失聯的研究員是否有消息？對方答稱沒有，使她更為憂慮。

下班回家，她仍為陳宗昇默默祈禱。黃志銘又打電話來，指他看到縣府傳眞的最新通報，三名保育中心人員已抵達觀高山屋。由於山屋位處八通關至郡大山稜線的低凹鞍部，群山環抱，通訊不佳，且因地層滑動下陷，地表裂縫嚴重，山屋及營地已禁止使用多時，到此躲避颱風的三名保育中心人員無法與外界聯繫，才被列為失聯人員。

黃志銘還表示，通報中註明三名工作人員有一人骨折，其他兩人健康情況還算良好。預計明天颱風警報解除後，將由縣府災害應變中心向行政院國家搜救指揮中心申請，派直升機前往救援。

與黃志銘通完電話，阿霞懸在半空中的心才總算放了下來，但黃志銘說有一人受傷骨折，是陳宗昇嗎？嚴重嗎？不免讓她仍有些擔心。

深夜氣象局陸續解除陸上及海上颱風警報，縣府宣布隔天全縣正常上班上課。翌日，阿霞一早就到清潔隊，上午的任務是前往集集國中附近打掃。由於颱風中心結構被中央山脈破壞，登陸後暴風圈威力減弱，卻仍在集集造成不少災情，多處土堤潰決，淹沒水溝，行道樹也被吹得七零八落。清潔隊共出動四部垃圾車、二部抓斗車及鏟裝機、挖土機、推土機各一部協助清理。

阿霞在集集國中操場外的環山街打掃，忽然聽見直升機螺旋槳轉動發出的嗡嗡聲，由遠而近，愈來愈大聲，抬頭一看，只見直升機愈飛愈近，直到降落在集集國中操場。她好奇地從圍牆外探頭察看，徐順昆早已跳下挖土機爬上圍牆。看到阿霞也在張望，徐順昆告訴她，這是空軍救護隊 EC225 海鷗直升機，聽說是從嘉義基地飛到玉山救人。

阿霞一聽是到玉山救人，立刻瞪大眼睛，看到操場已有一部救護車等在那裡。直升機停妥，兩名救護士將躺在擔架上的傷患抬下直升機，由集集消防分隊的隊員接手，送他上救護車，再轉送衛生福利部南投醫院救治；另外兩名被接回的工作人員則自行走下直升機，與一早從東埔轉回集集等候的親人相擁。

阿霞仔細一看，自行走下直升機的兩人都非陳宗昇，心想被送上救護車的一定是他，而且身旁沒有親屬陪同，孤單一人被送往醫院，讓她好生同情。

回到家，她還在想到底該不該去醫院探望陳宗昇，婆婆卻先開口表示，今天大家都在談直升機降落集集國中的事，被送到醫院的就是幫懷慈看病的陳宗昇，並問阿霞：「妳以前得傳染病，和衛生所主任一起來幫妳檢查的也是他嗎？」

「是。」阿霞點點頭。

「難怪喔，我就覺得很面熟。」

「……」阿霞仍在為陳宗昇擔心，不知如何開口。

「可憐喔，聽說為了救人摔斷腿。」

「摔斷腿？嚴重嗎？」

「不知道吔，今天特有生物保育中心的人來農會辦事情說的。」

「……」阿霞想開口說要去醫院看他，卻不知如何啓齒。

「我們是不是該去醫院看他？」婆婆反而先說出阿霞心裡的話。

「看陳宗昇嗎？」

「是呀，人家免費來幫妳和懷慈看病，現在摔斷腿住在醫院。聽說他的家人都住在台東，沒辦法來，住院總需要有人照應嘛。」

「好，那我去準備，等一下載媽媽一起去。」

「我留下來照顧懷慈，妳爸爸等一下回來也要吃飯，妳去就好了。」

「是。」

「喔，對了，去南軒飯店請老闆煮碗魚湯帶去，骨折喝魚湯最好了。」

「好。」阿霞講完，趕緊換衣服騎機車出門，前往二十公里外的南投醫院。

抵達時，已有人前來探病。阿霞走到病床前，向陳宗昇表示：「我婆婆請我來看你，謝謝你幫我女兒看病。」

陳宗昇躺在病床上看來極爲虛弱，點頭說：「謝謝。」

阿霞接下來不知該說些什麼，發現手上提著魚湯，趕緊表示：「這是我婆婆請南軒飯店準備的魚湯，祝你早日康復。」

陳宗昇再次說謝謝。一旁來探望他的人問陳宗昇：「這位是？你不介紹一下？」

阿霞聽了立刻回說：「我叫蔡素霞，在清潔隊上班。我和女兒生病，都是他幫我們看的，所以特地來謝謝他。」

前來探望陳宗昇的是他的兩位同事，一位在鳥類研究室擔任助理研究員，叫黃佳雯；一位是和陳宗昇同在哺乳類研究室的專業調查技工林士奇。

黃佳雯首先認出阿霞：「妳就是發現炸彈的清潔隊員阿霞？好年輕也好漂亮喔！」

林士奇也表示：「我們遇到女英雄了。」接著指向躺在病床上的陳宗昇：「這位也是英雄，為了救人差點連命都不要。」

阿霞對女英雄的稱呼直說不敢當，露出靦腆的笑容，卻好奇陳宗昇為何受傷？問說：「為了救人差點連命都不要？聽起來好可怕喔。」

林士奇答說：「對呀，明明是到玉山做野生哺乳類動物資源調查，遇到登山隊從八通關古道東埔段單攻玉山，體力不濟高山症發作。他為了救人家，取水不慎摔到陳有蘭溪，結果就變成現在這樣。」

二十八

聽完林士奇加油添醋描述他救人的事蹟，躺在病床上的陳宗昇說：「沒那麼嚴重啦，取水是為了要煮東西給大家吃，後來還是這群登山隊下撤後，向消防隊說我們在觀高山屋，才能獲救。」

林士奇好奇直升機如何救他們回來，問陳宗昇：「吔，那直升機是怎麼把你們接回來的？有降落嗎？還是用吊掛的？」

「當然是用吊掛的，山上找不到適合的降落地點。」

「吊掛？那多可怕呀！」

「也還好啦，我們一聽到直升機的聲音，兩位同事就扶我走到觀高坪，那裡比較開闊，直升機飛到那裡就把我們吊了上來。」

黃佳雯眼看有懼高症的林士奇聽得有點害怕，趁機挖苦他：「陳宗昇，記得下次到高海拔試驗站研究，一定要帶林士奇一起去。」

林士奇聽了直說：「高海拔試驗站我是不怕啦，低海拔跟中海拔試驗站我都去過了，改天被你們派到那裡，我會認命啦。」

黃佳雯仍不願放過他，繼續說道：「陳宗昇，你這次從塔塔加到玉山，再從玉山北峰下觀高山屋，沒帶林士奇去眞是失策。」

林士奇趕緊回嘴：「拜託，從八通關越嶺古道出來，這條路崩塌嚴重，要不斷高繞崩塌地，我眞的不敢，饒了我吧。」

黃佳雯：「就是因爲你不敢去，才錯失這次搭直升機和上電視的機會。」

林士奇：「謝謝喔，我有懼高症，這機會留給陳宗昇就好，何況他躺在擔架被抬下來，誰看得到他呀？」

接著，他話鋒一轉，向阿霞表示：「哪像這位女英雄，連上電視好幾天，聽說集集鎭清潔隊這幾天收到許多求愛的信件和禮物。女英雄，妳有喜歡的對象嗎？」

面對這突如其來的問題，阿霞不知如何回答，只好表明她已經結婚。沒想到林士奇卻說：「妳先生已經往生，電視都有播，還說妳是英勇的單親媽媽，獨力扶養女兒，我看差不多全集集鎭的人，喔，不！應該說是全台灣的人都知道妳目前單身，而且妳還年輕，當然有再次追求愛情的權利。」

阿霞被林士奇說得不知如何回嘴，急著轉移話題：「我婆婆說骨折喝魚湯最好，這魚湯要趁熱喝，冷了就不好喝了。」

林士奇看到這一幕，像是被觸發新的靈感，說：「吔，有譜喔，女英雄配男英雄，絕配！」

黃佳雯怕陳宗昇及阿霞尷尬，趕緊表示：「林士奇，你不要亂點鴛鴦譜啦，人家還要代替先生對公公婆婆盡孝。我們女人的心，你們男人不懂啦。」

林士奇不甘示弱回嘴：「同樣都是心，有什麼不一樣？先生死了改嫁，或老婆死了再娶，有什麼不對？我就跟我老婆說，如果我有萬一，要是她遇到好男人一定要再嫁。」

黃佳雯再度挖苦林士奇：「那你還不去玉山做研究，看你老婆有沒有機會……」

林士奇打斷她的話：「吔，長官，妳又來了。」

黃佳雯：「好啦，不跟你開玩笑啦，我知道你很愛老婆，但每個人的情況都不一樣，不能一概而論啦。」

林士奇：「我就覺得每個人都有追求愛情的權利，何況，妳看他們兩個人，很配呀，不是嗎？」

陳宗昇不忍阿霞一再被點名，怕因此觸發她喪夫的哀痛，說：「阿霞小姐還有女兒要照顧。時間不早了，林士奇，你等一下回去可以順路載她嗎？」

阿霞這才回過神來：「不用了，我騎機車。時間不早了，我先回去。」

陳宗昇：「麻煩妳來眞是不好意思，請代我向妳婆婆還有公公說謝謝，等一下回去騎車請小心。」

阿霞：「好，我知道了。謝謝，再見。」

等阿霞走出病房，林士奇又迫不及待地問陳宗昇：「你和她公公婆婆都熟喔？」

陳宗昇：「就曾經到她家替阿霞小姐和她女兒看病，當時她公公婆婆也都在，後來我到附近的山上做研究，還曾遇到她公公幾次，他人滿風趣的，很好相處。」

「喔，先從她公公婆婆下手，眞是好方法。」

「你不要亂講。」陳宗昇說完催促林士奇和黃佳雯兩人也儘早回去。

經過醫院檢查，陳宗昇腿部受傷爲閉鎖性骨折，開刀以鋼釘固定治療後打上石膏，很快就能出院，只是受傷的部位爲承受全身最主要重量的下肢骨，必須拄著枴杖走路，行動起來頗爲不便。

出院後，陳宗昇到超商買東西，阿霞剛好在附近打掃，看見陳宗昇拄著枴杖挑選商品，極爲不便，想上前協助，又怕惹來閒話，只好遠遠看著他，心裡卻想起昨晚在書上看到印度很有智慧的四句話：

一、無論你遇見誰，他都是在你生命中該出現的人。

二、無論發生什麼事，那都是唯一會發生的事。
三、不管事情開始於哪個時刻，都是對的時刻。
四、已經結束的，就已經結束了！

這些話就像平地一聲雷，重重敲擊在她的心坎。她暗自忖度：陳宗昇是她生命中該出現的人嗎？他們相遇，是唯一會發生的事嗎？是對的時刻嗎？還有更殘忍的是，已經結束生命的志榮，就已經該結束了嗎？

她爲這些話失眠了一晚，今天卻在超商遇見陳宗昇，他眞的是她生命中該出現的人嗎？爲此她反覆思量不已，眞不知下一步該往哪裡走。

阿霞還在書裡看到令她印象深刻的一句話：

沒有一片雪花會意外落在錯誤的地方！

書上的註解說：

世上萬事萬物都有它的成因與路徑，你無法控制什麼，也無從掌握什麼。換句話說，看起來是你做的選擇，也許是因爲事情就該那樣地發生。所以別爲你所做的事而感到後悔，從宇宙觀點來看，這都是該經驗的經驗，該學習的學習。經驗了什麼，也學到了什麼，你就得到了什麼，然後從此放手讓它去吧。

她該經驗些不同的經驗嗎？學習些不同的學習嗎？經驗了什麼，也學到了什麼，你就得到了什麼，好有哲理的一段話喔，尤其是最後一句說，你就得到了什麼，然後從此放手讓它去吧，不就像是慈濟人所講的「前腳走，後腳放」？

怕被陳宗昇看見，阿霞隱身角落，看他拄著枴杖走出超商，一跛一跛地開啓轎車後車門坐上車子離去，心裡忽然糾結成愁，夾雜著微微酸、微微甜、微微苦，還有些許惆悵，「這是戀愛的滋味嗎？」阿霞揪心揣想著。

自從志榮過世，她獨力扶養女兒至今，已不知有多少人說她堅強，但她總想找個靠灣，好好哭個模糊，心裡的疼痛不曾間斷，讓她一直覺得好累。如今遇見陳宗昇，酸苦之外還帶著微甜，對這樣的心境轉折，連她都感到訝異。

「我是怎麼了？想他嗎？不，絕對不是！我只是可憐他爲了救人摔斷腿，卻沒有人照顧，我只是憐憫、同情他而已，絕對不可能想他，更不可能愛上他！」阿霞內心澎湃洶湧的反覆辯論，答案是什麼？或許她內心清楚，也或許不清楚，卻已讓她陷入天人交戰。

還在想是可憐他還是愛上他？突然一輛轎車疾駛到她面前，從駕駛座走下林士奇，看到阿霞直嚷：「我就說是妳嘛，陳宗昇還不相信。」邊說邊敲打後車窗，示意陳宗昇開門，看清楚眼前這個人就是阿霞沒錯。

被刺耳的煞車聲嚇一跳，阿霞完全沒聽懂林士奇說些什麼，直到陳宗昇下車，她才會意過來，剛才他明明坐著這輛車離開，此時倒轉回頭，應該是發現她也在這裡，這能夠算是「無論你遇見誰，他都是在你生命中該出現的人」嗎？或是「沒有一片雪花會意外落在錯誤的地方」呢？

二十九

與陳宗昇再次相遇，阿霞不知該說些什麼，兩人短暫寒暄過後，林士奇便載著陳宗昇離去。

下午掃街，她仍在思索書上的話，好不容易挨到下班時間，回到隊部，副隊長告訴她有包裹，原來是陳宗昇託人送來，打開一看，是她日前退回的紅色羊絨圍巾，還附上一張卡片，寫著：「受傷期間承蒙撥冗探視，不勝感激。天氣變冷了，所附羊絨圍巾，希望能給妳溫暖，不成敬意，請笑納。」文末署名陳宗昇，阿霞看了心裡升起一股暖流，卻苦惱於該不該接受這禮物？

還在想這圍巾該退或該留？忽聞隊長叫她，指鎮長有事找她，明天上班記得先到鎮長室一趟。阿霞納悶鎮長爲何找她？反覆思量，竟忘了圍巾的事，往座位一擱，發動機車即逕自回家。

隔天上班，她先前往鎮長室，向許秘書打過招呼，走進鎮長辦公室，主秘也在。鎮長一看到她就說：「阿霞，妳眞不簡單，人氣眞旺。這幾天公所的信箱及臉書，都是要留言給妳的，公所的臉書經營好幾年，按讚數只有幾千，這幾天就暴增到十多萬，妳眞是我們集集鎮公所的福星。」

鎮長說完，主秘接著開口：「鎮長的意思是讓妳當清潔隊員太委屈了，公所目前又沒有好的職缺，所以想請妳先到鎮長的服務處幫忙。我看妳是大學法律系畢業對不對？鎮長的服務處可以安排法律服務，由妳主持，一定會吸引很多人。」

面對鎮長及主秘的邀約，阿霞顯得有些遲疑：「可是我已經荒廢法律書籍好久了，而且又沒有實務經驗，恐怕是不行。」

主秘見阿霞不肯答應，再度使出三寸不爛之舌：「沒關係啦，書就擺在旁邊，不懂就翻一下，這又不是考試，只是提供鄉親法律諮詢，這也是爲民服務的一種，妳就不要再推辭啦。」

阿霞怕無法勝任這工作，仍有猶豫：「可是我眞的沒有經驗……」

主秘仍不死心，從座位上站了起來，拉高嗓門表示：「沒有經驗沒關係，開始服務不就有了。」

眼看主秘毫無鬆口跡象，阿霞轉而向鎮長懇求：「法律的事眞的不能輕忽，我怕做不好反而會砸了您的招牌，鎮長，您眞的不考慮找別人幫忙嗎？」

鎮長聽完也從座位上站起來，走到阿霞面前說：「沒試怎麼知道不行？我也沒參選過縣長，還不是決定撩落去！服務處決定提前在下週成立，妳一定要來幫我衝人氣，就這麼說定了。」

鎮長態度同樣堅定，根本不讓阿霞推辭，她只好回答：「喔，那我試試看好了。」

送走阿霞，主秘忙不迭地向鎮長表示：「你看這招不錯吧，趁她當紅，趕緊拉她到服務處幫忙，一定能夠吸引很多人，人氣旺才好選舉。」

鎮長對阿霞終於首肯也感到十分滿意，面露愉悅說：「這小女孩眞是不錯，又乖又溫順，以前我們對她也沒有多好，這次要她來幫忙，她也肯，眞是難得。」

聽出鎮長這話似在翻舊帳，主秘趕緊接腔：「鎮長，你不能這樣講啦，她是你的屬下，你要她做什麼，她當然得聽你的。何況，我們哪有對她不好？你答應舉辦考試讓她進來，還擠掉許秘書的親戚沈宜蓉，不得已只好請市場管理所的阿嬌姨走人，好安插沈宜蓉，這不都是因爲阿霞。」

鎮長聽了不以爲然：「是沈宜蓉自己沒考上。」

主秘立刻回嘴：「沈宜蓉畢竟是許秘書的親戚，當然要先照顧自己人嘛。」

鎮長不想再持續同樣的話題，又像是突然想起什麼，問主秘：「阿嬌姨最近過得如何？民政課有按時送生活津貼給她嗎？」

主秘：「有啦，都有按照你的吩咐去做，但是鎮長，你現在要煩惱是的選舉，爲了利用阿霞的光環，我們決定提前成立服務處，要趕工還要宣傳，這才傷腦筋。」

對於主秘的煩惱，鎮長倒是胸有成竹：「服務處看板及趕工你請鈦陽工作室多幫忙，他跟我們配合多年，沒問題啦。」

主秘仍有疑慮，擔心宣傳不夠，問鎮長：「那宣傳呢？會不會來不及？」

鎮長：「這個更簡單，就說清潔隊之花阿霞要來開幕站台，以後還會定期在服務處開辦平民法律服務，大家光是爲了看阿霞，就不知要排隊排到哪裡去了。」

「這樣子喔，還好她只是清潔隊員，要是她擔任代表或議員，怕不跟你競選縣長才怪。」

「不會啦，阿霞不是這種人，但爲了預防她被立委許毓民所用，我們要好好掌握她才對。」

主秘對阿霞的敵意仍未消除，怕鎮長有朝一日眞的會重用她，趕緊表示：「話是沒錯啦，但也要看她的能耐。今天她會這麼紅，完全是媒體捧出來的，改天媒體不再捧她，大家就會忘記她，她終究還是會回到單純做一位清潔隊員，去收她的垃圾。」

鎮長聽了不再答腔，要許秘書打電話給廠商加緊趕工。

服務處終於如期完工，開幕典禮請來阿霞、徐順昆及李英三位發現爆裂物的清潔隊員站台，果然吸引不少人，現場人聲鼎沸、熱鬧非凡。李政達當場宣布，服務處每兩週的週六下午二點到四點，將開辦免費法律諮詢服務，由清潔隊之花、法律系畢業的阿霞主持，台下支持者聞言無不熱烈鼓掌，高聲叫好。

自此，阿霞除了身兼集集鎮清潔隊員及慈濟環保志工，還成爲李政達團隊的法律諮詢義工，替需要法律協助卻找不到管道，或無力負擔諮商費用的鄉親服務，給予適當的建議，以維護他們基本的法律權益。

爲了扮演好這項角色，阿霞拿出塵封已久的六法全書拚命複習，並且訂購多本法律實務書籍猛K。

她記得學校老師曾經說過，法律之路，生無所息，書有所讀，豈非幸事；又說，法律人的生命就在於不斷地學習，不斷地讀書，不斷地實踐，既然選擇了法律，就要有啃動各種難懂法律書籍的覺悟。

阿霞自從答應鎮長接下法律諮詢工作，已有覺悟要重新K書，但她畢業後只在補習班擔任過一陣子導師，從無相關的法律實務經驗，如今就算重拾書本，也總覺得事倍功半，每每看到法條就昏昏欲睡，讀書的進度大不如前，所以連到清潔隊上班也把書本帶在身上，只要一有空就拿出來閱讀。

清潔隊每週一、三、五不收垃圾，下班的時間早，阿霞就利用這些時間讀書。這天是禮拜一，她趁著下班後的空檔，在辦公室看書。沒多久同事都已離開，安靜的環境正有利溫書，卻聽到來福在外頭狂吠。她走出辦公室一探究竟，發現來福對著一輛已經報廢多時的資源回收車猛叫，看到阿霞立刻跑到她跟前，急切的眼神與不停的踱步，狀似要帶領她前往。

阿霞覺得事有蹊蹺，跟著來福往停車場的資源回收車走去，並且一再安撫來福，但牠依舊對著駕駛艙猛吠。阿霞察覺有異，小心翼翼上前要打開駕駛艙，車門卻上鎖。她踮起腳尖往裡瞧，裡面躺了一個人，嚇得她猛然倒退好幾步，大喊：「什麼人？是誰在裡面？」對方卻沒有回應。

三十

驚魂甫定過後，阿霞躡手躡腳再度趨前察看，她定睛一瞧，發現躺在駕駛座的是一位女性，再仔細一看，像是李英，她努力回想李英今天的穿著，沒錯，是她，但她爲何躺在報廢已久的資源回收車上？難道是發生什麼意外？不祥的預兆襲向心頭，令她不寒而慄，卻已顧不得害怕，不斷對著駕駛艙大喊：「李英！李英！是妳嗎？」依然得不到任何回覆。

試了好幾次車門都打不開，阿霞轉身跑回辦公室，一把抓起所有資源回收車鑰匙，再跑回原處一支一支試，終於把車門打開，一股炭火的味道立刻撲鼻而來，駕駛座的腳踏墊還擺著一盆木炭。她驚覺不妙，難道是李英想不開，在這報廢的車上燒炭自殺？

阿霞立即把木炭拿到車外，再跑到另一側打開車門，確保空氣流通，同時不斷呼喊李英的名字，都沒有任何反應。伸手摸她的臉頰，仍然溫熱，把手放到她的鼻孔前，還有呼吸，也測得到脈博，這才使阿霞稍微放心，趕緊跑回辦公室，打一一九向消防隊報案。

接著，她打電話向隊長鄭豐廷回報狀況，之後，折回資源回收車旁，等待救護車到來。

她回想這幾天常聽李英向同事抱怨，前夫看到她獲頒勳章、上電視，一定撈了不少好處，所以經常來向她要錢，但她能給的都給了，沒想到前夫要不到錢，竟恐嚇要與她全家人同歸於盡，她擔心爸爸、媽媽和仍在念國中女兒的安全，還說她已經失眠好幾天，吃也吃不下，全身沒有力氣。

想到這裡，阿霞就覺得自責，爲什麼不勸李英早點向法院聲請保護令？她是學法律的，明明立法還算周延，可以聲請禁止暴力禁制令、禁止騷擾禁制令、逐出令、隔離令、保護令等等，以書面聲請即可，並得於夜間或假日爲之，法院四個小時內就可以書面核發暫時保護令予警察機關，而且她正在擔任法律諮詢義工，爲何連同事有難都無法伸出援手，害她要受這種苦。

還在氣自己沒能及時幫助李英，救護車已經鳴笛趕來，阿霞趕緊引導它到事發地點。沒多久鄭豐廷也趕回隊部，指他已和李英家屬聯繫上，但他們無法馬上趕來，要阿霞陪同李英搭救護車前往醫院，他到李英家載她的家人隨後就會趕到。

兩名救護員將李英固定在擔架抬上救護車，阿霞也跟著上車，救護車火速趕往竹山秀傳醫院。搶救期間，阿霞打電話給婆婆，婆婆聽聞李英燒炭自殺頗感震驚，說公公邀陳宗昇正在家裡吃飯，要不要問他該如何搶救？陳宗昇聽聞李英燒炭自殺，接過電話問明情況，表示要到醫院一趟，請阿霞等她，阿霞也不好推辭。

過沒多久，鄭豐廷載著李英的爸爸及女兒趕到醫院。李英的媽媽因中風不良於行，未能前來。醫生搶救告一段落，向阿霞他們表示，李英還未甦醒是因吞服大量安眠藥及抗憂鬱藥，必須洗胃及打解毒針，至於一氧化碳中毒部分，經檢測血中濃度不算高，已給予高濃度氧氣治療，希望能降低對病人的傷害，以及減少併發症。

李英的爸爸聽了只是連連嘆息，一句話也說不出口，女兒則是一直掉淚。等醫生說明完，鄭豐廷留在急診室陪李英繼續治療，阿霞則摟著李英的女兒，一起和爺爺走出急診室，只見小女生淚流不止，阿霞看了好心疼，也跟著掉淚。

不一會兒陳宗昇趕到醫院，拄著枴杖走到急診室門口。阿霞向他介紹李英的爸爸及女兒，並轉述醫生的診斷。陳宗昇聽完說想去看李英，隨即走進急診室，過了好一陣子才和鄭豐廷一起出來，告訴李英的父親及女兒，李英已脫離危險，請他們放心，接著問李英女兒，媽媽平常都吃些什麼藥？女兒指媽媽有憂鬱症，都吃醫生開的藥。

陳宗昇一聽憂鬱症，臉上的線條頓時糾結，過了一會兒才說：「憂鬱症被污名化太久了，只要有人自殺，就說一定是憂鬱症，甚至把憂鬱症說成神經病，這樣一來只會給患者帶來更大的心理壓力。」

阿霞問李英的女兒：「媽媽得憂鬱症多久了？」

李英的女兒說：「大概半年前看醫生才說是憂鬱症。」

陳宗昇聽了試圖向大家解釋：「憂鬱症其實是一種跟想法無關的生理疾病，家人朋友和同事的支持就是憂鬱症最好的藥，剛好李英的爸爸、女兒及同事都在，請大家記住一件事，憂鬱症治療期長且容易復發，支持和信任的陪伴最是重要！」

阿霞聞言，問說：「要用什麼方式支持李英最有效？」

陳宗昇：「專心聽她說話，不要不耐煩，更不要一直催促、批評或叱責，尤其有許多話不要對她說，例如『走出去，別想太多、努力好起來』，或是『你至少要想辦法養活自己』之類的，否則只會讓她的病情更加急速惡化。」

阿霞不解地問：「連說要她努力好起來的話都不行嗎？」

陳宗昇：「如果我們一再這樣說，可能會讓患者認爲『果然我是人家的麻煩，這世界上眞的都沒有人要我了，爲了不要再連累身邊的人，不要再給人添麻煩，以及爲了身邊的人著想，還是死了最好』。」

李英的女兒聽了表示：「蛤！這些話都不能講喔？我一天到晚都對媽媽說妳要好好努力，一定會好起來的。」

陳宗昇：「現在知道了就不要再這樣講，妳是孝順的女兒，只要好好聽媽媽說話，多陪陪她就是最好的藥了。」

阿霞再問：「還有要注意的地方嗎？」

陳宗昇：「如果她沒有食慾也不要勉強她進食，更不要勉強邀約她做不想做的事，同時要讓她自覺到生病，這不是什麼見不得人的病，然後給予溫暖的支持。」

接著，陳宗昇轉頭對鄭豐廷強調：「憂鬱症的患者在職場中通常會受到歧視，如果在此之前你們都不知道她有憂鬱症，我想是她怕你們知道，怕受歧視，這點可能要請你多費心了。」

鄭豐廷聽完，問陳宗昇：「那我們要特別注意她什麼？」

「因為病況本身，也因為藥物的作用，會讓患者的集中力、注意力、記憶力大幅度降低，還有嗜睡，就足以讓每一個同事和上司認為患者只是找藉口打混摸魚，所以要讓同事都有同理心，去理解這樣的疾病，才是支持她最好的方法。」

陳宗昇說完，李英的爸爸謝謝阿霞及時發現女兒做傻事，救了她一命，同時謝謝鄭豐廷趕來，以及陳宗昇給予許多醫療上的建議，說完就要跪下來向大家叩頭道謝，被鄭豐廷一把攔住，請他老人家不要這樣。李英的女兒也隨爺爺跪下，阿霞趕緊將她扶起，叮囑她要堅強，並指媽媽還要靠她照顧。

李英仍在加護病房，家屬不能留宿陪伴，鄭豐廷建議大家儘早回家休息，明天再來探視，李英的父親也表示同意，未久，和孫女搭乘鄭豐廷的車子離開，阿霞則搭陳宗昇的車一起返家。

途中，阿霞問陳宗昇：「記得曾聽總統的醫官講過，你是傳染病學專家，怎麼今天聽你講起憂鬱症，好像你是精神科醫生？」

陳宗昇聽到阿霞的問題，臉部表情再度糾結，長長嘆了一口氣，說：「比起病人，我們當醫生的可能更瞭解病毒、藥物、技術，但是對於病患眞正需要什麼？能給他們什麼幫助？反而並沒有那麼瞭解。」

對於陳宗昇的感嘆，阿霞似懂非懂，並未接話。

沉默了好一陣子，陳宗昇才繼續說道：「妳知道嗎，台灣平均每天有一名醫師被告。」

阿霞聽了嚇一大跳，直嚷著：「怎麼可能？病人不是都很聽醫生的話？怎麼會有那麼多醫生被告？」

三十一

對於阿霞的疑問，陳宗昇幽幽地說：「現在的醫病關係已經不比從前。我當醫生的時候也曾被一名憂鬱症患者的家屬告過。當時這名患者得了傳染病，我是她的醫師，但不知道她有憂鬱症。後來這名患者吞太多的藥物死亡，家屬怪我沒把她的憂鬱症病情考慮進去，我就很氣啊，我是感染科醫生，又不是精神科，就跟他打官司打到底。」

「怎麼會這樣？後來呢？官司打贏了嗎？」

「官司是打贏了，但我也氣得不想再當醫生了。」

「為什麼？官司不是打贏了？」

「我從學校畢業後就到衛福部傳染病防治研究及教育中心擔任研究員，後來一度盛傳SARS可能捲土重來，造成人心惶惶，才想說轉到醫院幫人看診，希望盡一點心力，沒想到遇上這種事，官司打贏我就辭去醫師的工作。」

「所以後來你才會轉到特有生物保育中心任職？」

「辭職後我就去念動物學研究所，想說替動物服務總不會挨告了吧？」

「對這樣的轉變，你後悔嗎？」

「我後悔的是當醫生時的同理心不夠，如果當時我能多關心一下病患，也能多理解一下憂鬱症的病因，或許這位患者就不會自殺，家屬也不會提告，又或者我更該深入體會家屬失去親人的至痛，多一點關懷，而不是堅持對簿公堂，情況或許就會不同。」

聽完陳宗昇這番近乎悔悟的告白，阿霞直覺得眞不簡單，要一位人生勝利組坦承自己有錯，是如何不容易？但她發現陳宗昇似已放下我執，能夠體悟別人的苦痛，甚至認爲他人的幸福快樂比自己來得重要，而令她刮目相看。

對於陳宗昇能如此瞭解憂鬱症，阿霞似也找到答案，但仍問他：「所以後來你才對憂鬱症有進一步研究？」

「是呀，以前我也不太懂這個病，後來才瞭解，世界衛生組織（ＷＨＯ）曾預言憂鬱症、癌症及愛滋病將名列二十一世紀三大疾病。目前全世界有百分之三的人得到憂鬱症，台灣十五歲以上民眾，百分之八點九有中度以上憂鬱，五點二有重度憂鬱，都高於ＷＨＯ估計的百分之三，推估全台約有一百五十萬人罹患憂鬱症，可見情況有多嚴重。」

「這麼多人？但有多少人眞正受到治療？」

「據我所知這幾年憂鬱症就醫的情況雖有增加，但仍有超過七成以上的患者未就醫。聽李英的女兒說，李英有吃醫生開的抗憂鬱藥，代表她曾就醫，卻還是發生憾事，可見憂鬱症的預防和治療，仍有待大家一起努力。」

兩人聊得正起勁，車子已抵達阿霞家。聽到汽車停下的聲音，阿霞的公公立即跑出家門，要陳宗昇留下來繼續未完的飯局。陳宗昇摸摸肚皮，發現確實餓了，停好車隨即進門，與阿霞的家人一起用餐。

等待陳宗昇與阿霞回來前，阿霞的公公已獨自喝了幾杯高粱酒，看似有幾分酒意，仗著酒精作祟，不知是對桌子底下玩耍的懷慈還是陳宗昇說：「孩子呀，孩子，快吃！快吃！」惹得與阿霞正把菜重新加熱的吳秋萍尷尬地表示：「人家是醫生，你哪裡有那麼好命，能有這樣的孩子？」

沒想到陳瑞義卻一再拍胸膛說：「我博士吔。」

吳秋萍見狀趕緊要老公閉嘴：「你袂見笑啦，國小都沒畢業，還博士咧，人家可是兩個碩士，你不要在那裡胡說八道啦。」

陳宗昇看著兩位老人家拌嘴，只覺得有趣，向吳秋萍說：「沒關係啦，兩個碩士有什麼用，到了山上還不是有很多不懂的地方，都是問陳桑才知道。」

陳瑞義見陳宗昇不以為忤，更顯得寸進尺：「我博士博吔，教博士的博士吔！」

這時，不知何時溜出飯廳的懷慈，推著學步車闖進飯廳。陳瑞義見到孫女，又是一陣逗弄：「孩子呀，小孩童，阿公抱抱。」懷慈不給抱，推著學步車快步跑出廚房，陳瑞義假意要追上去，懷慈跑得更快，他只好返回座位，繼續喃喃自語：「一定要幫妳找個爸爸來秀秀……」

話還未說完，吳秋萍又在一旁大喊：「你眞愛胡亂講話，不要再說那些有空無榫的，趕快吃飯啦，陳先生和阿霞也要吃飯，聽你在那邊亂講話，哪吃得下？」

陳宗昇倒是替陳瑞義緩頰：「陳桑人卡趣味啦，大家都說這種人卡好逗陣……」

陳瑞義聞言回說：「就是說嘛，孩子比妳都還瞭解我。孩子呀！」

吳秋萍再次斥責陳瑞義：「人家是公務員，是醫生，不要再叫人家孩子啦……」

不等吳秋萍講完，陳瑞義望著陳宗昇，急著插嘴：「你也姓陳，不然給我和阮牽仔做乾兒子……」

吳秋萍怕陳宗昇尷尬，又是一陣搶白：「你不要再作白日夢了啦，人家當醫生、在特有生物保育中心當研究員當得好好的，誰要做你的乾兒子？」

陳宗昇倒是爽朗地答應：「我爸媽都在台東，平常也孝順不到，如果集集這裡有現成的爸媽讓我孝順，是我的福氣。」

陳瑞義聽了立刻向吳秋萍大聲說道：「妳看，人家願意吔，孩子呀，小孩童，好好好！」

這時，懷慈又跑進飯廳，陳瑞義一把抓住孫女：「小孩子呀，阿公替妳找到爸爸了……」

吳秋萍見狀又是一陣奚落：「阿義仔！你不要再亂講話，陳先生願意當我們的乾兒子，懷慈就是他的侄女，要叫也是叫叔叔，怎麼是爸爸？你眞黑白來！」

一直在座位上默默扒飯的阿霞，這時已尷尬到了極點，趕緊趁著懷慈跑進飯廳，從公公的手上接了過來，說：「我吃飽了，先帶懷慈去洗澡。」

吳秋萍疼惜媳婦，向阿霞表示：「妳爸爸喝了酒亂說話，不要理他。妳忙了一天，幫懷慈洗好澡妳也先洗，等一下我來收就好。」

阿霞謝過婆婆，帶著懷慈離開飯廳到二樓臥房。

陳瑞義看著阿霞離開，又喝了一口高粱酒，抿抿嘴，向吳秋萍說：「好好好，叔叔就叔叔，孩子呀！」

吳秋萍見陳瑞義語無倫次，趕緊向陳宗昇表示：「眞歹勢，阿霞的公公喝多了，胡亂講話，請你不要見怪。」

陳宗昇：「不會啦，陳桑，喔，我應該改口叫爸爸才對，人很風趣，很好相處，能當他和妳的乾兒子，是我的福氣啦。」

吳秋萍聞言，簡直不敢置信，喜出望外地說：「你眞的不嫌棄當我們的乾兒子？」

陳宗昇：「怎麼會，妳和陳桑人都很好，謝謝你們願意認我當乾兒子。以後要叫妳媽媽了。」

陳瑞義見他只叫媽媽沒叫爸爸，立刻接腔：「孩子呀，也要叫爸爸呀。」

陳宗昇聽了趕緊表示：「當然，爸爸，當然。」

一句爸爸，惹得才走出喪子悲痛的陳瑞義及吳秋萍兩人高興得合不攏嘴。陳瑞義連連找陳宗昇乾杯，連久未喝酒的吳秋萍也拿起酒杯，和陳宗昇喝了起來，直到深夜才結束。

三十二

酒醒後的陳瑞義，有時木訥得簡直讓人難以親近，這天卻大不相同，早早就收工的他，在廟埕向鄰居炫耀他有一位當醫生的乾兒子，鄰居都說他好命，走了一位兒子，老天爺又為他送來一位。

和陳瑞義熟識超過五十年的阿水伯說得更直接：「陳宗昇還沒娶，阿霞又這麼年輕漂亮，如果兩人能送作堆，你陳瑞義兒子和媳婦都回來了。阿義仔，你上輩子是燒什麼好香，能有這樣的福報？」

陳瑞義只聽進去要把阿霞和陳宗昇送作堆，回說：「我也這麼想，如果他們兩人都有意愛，那是最好不過，我們懷慈也可以有爸爸疼。」

阿水嬸卻不作如是想，向陳瑞義表示：「你阿義仔眞撿角，哪有人要把自己的媳婦嫁出去？咁有這款道理？」

阿水伯聽見老婆唱反調，趕緊制止她：「妳查某人懂什麼？人家陳宗昇認阿義仔和阿義嫂當乾爸乾媽，已經是一家人了，如果阿霞再嫁給他就是親上加親，怎麼是嫁出去？」

阿水嬸還是覺得不妥：「那也不知道陳宗昇是認眞的還是認假的？不要到時候娶了阿霞，包袱收一收就跑到不見人影。」

阿水伯聽了也覺得有道理，轉頭向陳瑞義說：「這點我同意，你和阿義嫂也要注意一下。」

阿水嬸的建議獲得採納，又向陳瑞義表示：「你們阿霞是不是願意也要問一下，她孤兒寡母在你們家，又那麼孝順，如果她不願意，你們卻強要她和陳宗昇送作堆，小心她先跑掉。」

阿水伯眼看老婆設想得如此周到，不禁誇起她來：「阮水某吔什麼時候懂這麼多？」接著轉頭向陳瑞義說：「感情的代誌強求不來啦，你就放這兩個年輕人自己去發展，免操煩啦。」

陳瑞義還想說些什麼，吳秋萍已騎著機車回來，隔著馬路向他招手，示意要他回家。

陳瑞義告別鄰居返家，吳秋萍喜孜孜地向他說：「這是我今天去銀樓買的項鍊及戒指，就當作是給乾兒子陳宗昇的見面禮，項鍊你送，戒指我送。」

陳瑞義拿起閃閃發亮的金項鍊及戒指仔細端詳一番：「這麼大手筆？」

吳秋萍說：「今天是大眾爺誕辰，有打折啦。」

「這麼剛好？那也該幫阿霞買一對才是。」

「阿霞的當然是留給陳宗昇送呀。」

「喔喔，妳也這樣想喔！」

吳秋萍也看好陳宗昇和阿霞兩人在一起，但心思被老公看穿，急得想轉移話題：「想？想什麼？你不要在那裡亂說話啦。」

接著，吳秋萍表示：「昨天我問陳宗昇，他說今年過年要值班，等過完年才能休假回台東，我就請他年夜飯來家裡一起圍爐，他說除夕夜要留守，走不開，初一晚上才可以，到時候我們再送他。」

還未及把項鍊和戒指裝回盒裡，阿霞已騎著機車回家，看到項鍊和戒指，促狹地說：「好漂亮喔，爸爸要送給媽媽的嗎？」

「妳爸才沒那麼大方，除非天下紅雨。」吳秋萍狀似抱怨地說。

「要送給陳宗昇啦，他認我們當乾爸乾媽，妳媽今天去銀樓買的，要給他當見面禮。」陳瑞義說。

「眞漂亮，戴在他身上一定很好看。」阿霞說。

「大年初一陳宗昇會來家裡吃飯，到時候再送給他。」吳秋萍說。

「阿霞，那天就由妳代表把項鍊和戒指送給陳宗昇，妳看如何？」陳瑞義靈機一動，提出此議。

「初一那天不行吔，公所舉辦鄉土燈會點燈，所有清潔隊員都要加班。」阿霞說。

「他是認我們當乾爸乾媽，又不是阿霞，當然是由我們送他，你是老番顛喔。」吳秋萍對著陳瑞義說。末了，還加了一句：「如果要送，也是男生送女生，怎麼是由我們阿霞送項鍊和戒指給他？阿霞，妳說對不對？」

「這個……這個……呀，對了，等一下陳宗昇要來接我去秀傳醫院看李英。爸、媽，我先去換衣服。」阿霞不知如何回答，只好岔開話題，說完轉身跑向二樓臥房。

「好，好，快去換。要不要等你們回來吃飯？」吳秋萍在後頭追問阿霞。

「不要回來吃啦，兩個人在外面吃，晚一點回來沒關係。」陳瑞義趕緊說。

「死老猴，哪有叫人家不要回來吃飯？還叫他們晚回來，你是哪根筋不對？」吳秋萍對著陳瑞義大吼。

「妳們女人不懂啦……」陳瑞義話還未落下，吳秋萍已揚起雞毛撣子，作勢要打他，並說：「什麼不懂，你給我說清楚。」

「誰叫妳煮的飯菜那麼難吃……」陳瑞義再次嘲諷吳秋萍後，一溜煙跑到對面廟埕，向鄰居炫耀他老婆買了金項鍊和戒指，要送給當醫生的乾兒子。

過沒多久，陳宗昇開車抵達，他一跛一跛地下車，立刻引起廟埕鄰居的注意，在陳瑞義的帶領下，全都聚攏過來，要看陳瑞義所說擔任醫生的兒子。

走到陳宗昇面前，陳瑞義刻意提高音量向大家介紹：「我乾兒子，帥嗎？」

阿水嬸第一個贊聲：「帥！眞帥，讚！」

阿春抱著懷慈也走了過來，對著陳宗昇說：「眞緣投！你來是要看你乾爸乾媽還是阿霞？」

阿水伯搶著說：「當然是阿霞，阿義仔跟阿義嫂有什麼好看！」

吳秋萍眼看陳宗昇已經抵達，向樓上的阿霞催促：「陳宗昇已經到了，不要讓人家等太久。」之後也走到門口，向眾人表示：「我乾兒子啦，等一下要載阿霞到秀傳醫院看同事。」

阿水伯聽了說：「阿義嫂妳眞好命，乾兒子和媳婦看起來眞速配，什麼時候請我們喝喜酒？」

吳秋萍不知陳宗昇的心意如何，怕他尷尬，趕緊說：「阿水仔，你跟阿義仔一樣，都愛亂說話。」

阿水嬸也說：「對嘛，年輕人的事讓他們自己去發展，不要呷緊弄破碗。」說完轉頭對老公表示：「人家吃米粉你在喊燒，也不知道你和阿義仔兩個人在急什麼。」

阿水伯：「我當然急呀，咱阿霞這麼孝順又漂亮，要是給別人追走，搬到別的地方去那怎麼辦？」

阿霞換好衣服，走出家門，看到這麼多人覺得奇怪。她維持一貫的禮貌，逐一向大家問好，才緩步跨進陳宗昇的座車。陳宗昇見她坐定，向眾人道別：「爸、媽，我載阿霞去醫院看她同事，看完就回來。」

阿水伯聽了對著陳瑞義和吳秋萍說：「有聽到嗎？叫你們爸媽吔！」

陳瑞義得意地直嚷：「我們的孩子，當然叫我們爸媽，不然叫什麼？」

眼看車子緩緩離開，阿春趕緊叮嚀陳宗昇：「我們阿霞難得給人家載出門，開車小心一點。」

陳宗昇回答：「知道了。」

陳瑞義冷不防在後面又補了一句：「肚子餓就在外面吃，晚一點再回來。」惹得眾人一陣訕笑，說全天下只有他要孩子和媳婦晚回家。

車子開動沒多久，阿霞好奇地問陳宗昇：「爲什麼剛才大家都在我們家門口？」

陳宗昇不知如何回答，只好胡謅：「可能是來看腳斷掉的人怎麼開車吧。」

阿霞覺得和她理解的有落差，再問他：「可是我剛剛在二樓明明聽到有人說什麼喝喜酒，還有乾爸乾媽的事，有人問你腳斷掉怎麼開車嗎？」

陳宗昇說：「有啊！」

阿霞問：「誰啊？這麼關心你！」

陳宗昇立刻表示：「妳呀！」把阿霞逗得滿臉羞紅。

車行至集集攔河堰，夕陽剛好落在濁水溪口，金黃色的霞光映在水面，波光粼粼，散發著幽幽的金色光芒，天際也被絢爛的彩霞染紅。

阿霞打開車窗，聞到蘊藏在空氣中的柔軟氣味，她想起與志榮在秋天相識，和他一起回集集攔河堰看夕陽，兩人並肩踩著地上的秋葉追逐落日餘暉，志榮緩緩牽起她手的那一剎那，內心飄然悸動，至今仍難以忘懷。

如今，夕陽依舊，景物卻已全非，坐在她身旁的是陳宗昇，兩人要前往秀傳醫院探視李英，沒有往年秋意的浪漫，暗生的情愫卻悄悄滋長，令人微醺，也令人茫然。

一邊開車一邊欣賞夕陽的陳宗昇，此時突然迸出一句：「到處都是阿霞吔，好美喔！」

阿霞忽聞不解其意，暗自忖度陳宗昇該不是在讚美她吧？沒想到他又補了一句：「絢爛的彩霞就像我們阿霞一樣美麗。」

阿霞完全會意過來，她再度羞紅著臉，別過頭對著窗外，秋風蕭瑟迎面襲來，她卻只感到心頭一股溫熱。

三十三

自從陳宗昇第一次送她羊絨圍巾，他的心意她已約略感受，但她是志榮的妻子、陳瑞義及吳秋萍的媳婦，她能接受陳宗昇的感情嗎？

還在思考這問題，陳宗昇已轉移話題：「一氧化碳中毒不要以爲生命救回來就沒事。」

「蛤？」阿霞整個人還沉浸在夕陽無限好的情境中尚未抽離，對陳宗昇的談話，一時之間完全無法回應。

爲了化解車內尷尬，陳宗昇繼續說道：「一般人以爲燒炭自殺可以安詳在睡夢中離世，但他們不知的是，這類自殺案件的倖存者，可能因爲急性一氧化碳中毒，造成遲發性神經精神症狀，部分甚至無法恢復。」

阿霞這才明瞭陳宗昇是在談李英日後可能發生的狀況，開始爲她擔心起來，問說：「李英會有什麼症狀嗎？」

陳宗昇：「我以前待的醫院就曾發生患者獲救一個月後，才出現幻聽和幻覺等意識混亂的情形，有的還會出現反應遲緩、記憶力減退，甚至把抹布當成毛巾用來洗臉、將公共電話當成飲水機及大小便失禁等症狀。」

阿霞聽了大吃一驚，問道：「可以治得好嗎？」

「希望是可以啦，李英比較幸運，很早就被妳發現救了出來。」

「是來福發現的啦。」

陳宗昇不知來福是何方神聖，問說：「來福？來福是誰？」

「就上次在清水溪發現的小狗，那次你也在，可能是狗媽媽感染布氏桿菌病早產生下牠，救回來後就把牠養在清潔隊裡。」

陳宗昇聽完難得俏皮地說：「喔，原來是那隻狗喔，是牠讓我們兩個認識的，也算是我們的狗紅娘吧？！」

阿霞趕緊回說：「什麼狗紅娘，你又在亂說話。」陳宗昇只好乾笑兩聲，不再接腔。

抵達醫院探望李英，徐順昆、黃志銘及江俊賢等人也在。李英的情況雖有改善，仍在加護病房，開放探視的時間未到，一群人只好在加護病房外等候。

黃志銘看到陳宗昇和阿霞一同前來，劈頭就問：「你們兩個看起來還滿配的嘛，少年吔，你在追我們阿霞喔？」

陳宗昇還未回答，阿霞就急著插話：「黃大哥，你不要亂說話。」

徐順昆則對著阿霞說：「如果妳不接受人家，幹嘛收人家的禮物？」

阿霞趕緊問：「什麼禮物？」

一旁的江俊賢說：「紅色的羊絨圍巾啊，我看妳在辦公室一天至少要拿出來看三、四次以上。」

阿霞急著辯解：「那是因爲我在想到底該不該收？還是要退回去……」

江俊賢：「都這麼多天了，要退早就退了，我看妳是在睹物思人吧？」

阿霞被「睹物思人」這四個字再度羞得滿臉通紅，還想辯解，陳宗昇倒搶先一步替她解圍：「阿霞的公公、婆婆認我當乾兒子，那圍巾是給阿霞的見面禮，你們不要誤會了。」

黃志銘像是逮到陳宗昇的小辮子，說：「見面禮也應該是給阿霞的公公、婆婆，怎麼是給阿霞？」

陳宗昇也覺得剛才的話確有漏洞，立刻補充說道：「阿霞的公公、婆婆當然有，連她的小姑及懷慈也有……」

徐順昆一聽，對著陳宗昇說：「阿霞的家人通通有獎，我們是她的好同事，也應該見者有份吧？」

這時換阿霞替陳宗昇挺身而出：「你們不要爲難他啦……」

江俊賢看她急於維護陳宗昇，刻意打斷她的話說：「現在當妳公婆的乾兒子就維護成這樣，以後當先生那還得了？」

徐順昆也附和說：「對呀！」

阿霞還想繼續辯解，剛好加護病房探病的時間已到，黃志銘向陳宗昇表示：「你是醫生，你先進去看她。」接著對阿霞說：「妳陪他進去好了，等你們出來，我們三個人再進去看她，免得妳阿娜達不放心。」

阿霞趕緊表示：「什麼阿娜達，黃大哥，你眞愛說笑。」說完便隨陳宗昇進入加護病房。探視完李英，阿霞及陳宗昇向黃志銘等人道別，離開醫院。陳宗昇開車送阿霞回家，看她下車走進屋內，將車子掉頭離開，並未多作停留。

眼看陳宗昇遠離，阿霞心裡像丟失什麼似的，悵然若失，一個人在飯廳吃著冷掉的飯菜，一副魂不守舍的模樣。

電話鈴聲響起，是陳宗昇，立刻把她從愁苦的心緒中拯救出來。

心裡明明雀躍萬分，明明剛剛還想著他，想著他儀表不凡、英俊瀟灑又溫文儒雅，是正人君子，內心卻爲到底該不該接他電話交戰不已。

「他來電要說什麼？說我像彩霞一樣美嗎？還是要說狗紅娘這類令人莞爾的話？」心裡明明

想接他的電話，但爲人母、爲人媳婦的矜持，卻讓她把要滑動手機螢幕的手指，硬生生停了下來。

此刻，手機鈴聲也停了下來。

阿霞腦子頓時一片空白，她佇立在原地，眼睛卻離不開手機螢幕上浮現的「未接來電」，這四個字就像是斷了線的風箏，若有所失的心緒又湧上心頭，讓她好想大哭一場。

「阿霞。」男人的聲音突然劃入她的心頭，一轉身，陳宗昇已在飯廳入口喚著她。

「你怎麼會跑回來？」阿霞幾乎就要破涕爲笑，瞪大眼睛問陳宗昇。

「妳忘了拿外套。」陳宗昇拎著阿霞披在車上座椅的外套，一跛一跛地拿到她的面前，淡定地說。

「眞不好意思，還讓你繞回來。」阿霞邊說邊覺得臉頰發燙，剛才陳宗昇來電，還滿腦子期待他會說些甜言蜜語，結果是她粗心忘了東西，眞是見笑，心裡不禁暗自咒罵起自己大白痴笨蛋加三級。

看著阿霞吃冷飯冷菜，陳宗昇心生不捨，問她：「爸媽不在嗎？怎麼飯菜也不熱一下再吃？」

阿霞回說：「爸媽帶懷慈去大眾爺廟拜拜，今天是大眾爺公誕辰，有很多布袋戲及歌仔戲團表演，聽說很熱鬧。」

陳宗昇從小在台東長大，對廟會文化原就不陌生，後來到台北讀書，已很少看野台戲表演，對於集集仍保有這項傳統感到好奇，於是向阿霞提議：「好久沒看野台戲了，等一下吃飽飯我們一起逛逛好嗎？順便找爸媽及懷慈。」

阿霞立刻衝口而出：「好啊！」卻馬上對自己未經思索就答應感到懊惱，認爲女孩子家怎麼可以這麼隨便。

正想改口說等爸媽回來就好，不去逛街了，話還未出口，陳宗昇已搶先一步表示：「吃冷飯冷菜對腸胃不好，我來幫妳加熱。」

阿霞趕緊說：「不用啦，我隨便吃吃就好，我都……」還未說完，陳宗昇已端起桌上的飯菜到瓦斯爐旁，打開冰箱拿出雞蛋，和著調味料跟飯菜一起下鍋熱炒，邊炒還邊說：「我當學生的時候就常把剩飯剩菜加蛋一起炒來吃，等一下妳試試看我的手藝。」

阿霞聽了有點心疼，走到瓦斯爐旁看陳宗昇炒起菜飯，問他：「你學生的時候都這樣吃喔？」

陳宗昇回說：「現在也經常這樣吃呀，一個人住在外面，吃得簡單啦。」

兩個人就這樣圍在爐前，陳宗昇一邊翻著鍋鏟，一邊調整瓦斯爐火，怕菜飯燒焦。阿霞端著盤子，看著鍋內飯菜隨著鍋鏟翻騰，不敢直視陳宗昇。廚房裡的幸福滋味，就在鍋鏟翻騰中悄悄蔓延。

炒完菜飯，阿霞和陳宗昇一起分著吃，隔著盤子飄起熱騰騰的霧氣，陳宗昇問她：「好吃嗎？」

阿霞覺得味道不錯，回說：「滿可口的，沒想到你的手藝還不錯。」

飯後，阿霞顧著收拾餐桌，陳宗昇已跑到洗碗槽洗起碗來，讓阿霞看了滿是感動。收拾妥當，陳宗昇表示：「等妳準備好我們就去看野台戲。」

阿霞後悔要和陳宗昇逛街的話已說不出口，回答他說：「我好了，把門鎖上就可以出門。」

三十四

吃完晚餐，阿霞和陳宗昇兩人並肩走到大眾爺廟，七、八個戲團正在演出酬神，有歌仔戲，也有布袋戲。歌仔戲吸收、運用過去在民間廣受歡迎的歌謠、傳統戲曲、流行小曲及具有地方色彩的新編歌調，頗受民眾歡迎；布袋戲多在小貨車搭建而成的戲台演出，布景華麗，鑼鼓音樂和電子聲光特效喧天，正所謂「金光閃閃，瑞氣千條，轟動武林，驚動萬教」，也吸引許多觀眾。

逛了好一會兒都沒看到爸媽和懷慈，陳宗昇領著阿霞到大眾爺廟拜拜後說：「也許爸媽已先帶懷慈回家了，我們到神木那邊看看，如果沒有就回家。」

繞過有七百多年樹齡、高約三十公尺的大樟樹，仍不見爸媽的蹤影。陳宗昇和阿霞決定返家，途中經過許多攤販，陳宗昇問阿霞：「妳知道爸媽還有怡婷喜歡什麼東西嗎？我想，認了他們當爸媽，總該送些東西給他們。」

阿霞明知故問：「你剛才不是向黃志銘他們說都有送？」

陳宗昇說：「只有送妳啦，如果妳願意，要再多送幾次都可以，懷慈也是。」一番話再度把阿霞的心哄得暖暖的。

自從認阿霞的公公、婆婆當乾爸、乾媽以來，陳宗昇往阿霞家走動的頻率逐漸增加，和阿霞的感情也在頻繁接觸及眾人的催化下日漸升溫。

阿霞的公公樂見兩人送作堆，經常邀陳宗昇到家裡吃飯聊天。陳宗昇也極盡孝道，總是對兩位老人家噓寒問暖，關懷備至，同時還頗照顧懷慈。日子一久，懷慈總愛黏著他，讓一開始對陳宗昇與阿霞交往懷有疑慮的吳秋萍，也逐漸接受小倆口可能在一起的事實。

倒是阿霞仍舊矜持，不願公開接受陳宗昇的感情。親友鄰居看在眼裡，也勉強不來，何況農曆年前家家戶戶忙著大掃除，垃圾量暴增，還有許多民眾申請大型廢家具清運，讓清潔隊員疲於奔命，阿霞也因此經常忙到很晚才回家，根本無暇談論感情。

好不容易挺過農曆年前垃圾量高峰期間，除夕中午收完最後一趟垃圾，阿霞總算可以好好休息，和公公、婆婆、懷慈及小姑怡婷圍爐。

怡婷從台北回來過年，下午才抵達家門，就聽鄰居說有位叫陳宗昇的醫生對阿霞有意思。她聽了打從心裡替嫂嫂高興，得知陳宗昇明晚才能來家裡吃飯，不免有些失望，因爲明晚鎮公所舉辦鄉土燈會點燈，嫂嫂要加班清理垃圾，否則她一定會替嫂嫂和陳宗昇加油，要兩人勇敢去愛。

一年一度的集集鄉土燈會今年碰上選舉年，鎮長李政達很早就決定要擴大舉辦。除了主燈高達九公尺，底座直徑十二公尺，顯得特別巨大，狗狗造型的主燈還可三百六十度旋轉，以及用雷射增加特殊效果，點燈前後並邀請多個藝文團體前來表演，將氣氛炒得火熱。

活動辦得愈盛大，清潔隊員就愈忙碌。爲了迎接一年一度的鄉土燈會，集集鎮清潔隊早在過年前就於重要路口擺放垃圾子母車，方便收集垃圾，大年初一點燈當天，還要求所有隊員下午四點前就要到達會場待命。

這天，阿霞從中午過後，就和婆婆及怡婷忙著準備晚餐，要請陳宗昇來家裡吃飯，直到上班前才匆匆趕往點燈會場，只見已有許多遊客在賞燈，或是喝著集集鎮特有的「鎮長咖啡」。

現場遊客如織，加上攤販林立，製造的垃圾量頗爲驚人，阿霞一直忙著打掃，不知不覺已掃到初中街的盡頭集集國中，忽然聽見有國樂團正在演奏，悠揚的樂聲立刻吸引住她。

阿霞小時候經常聽父親拉奏二胡，在父親調教及耳濡目染下，對二胡頗爲拿手。大學時期參加國樂社，主要就是演奏二胡，還曾擔任二胡首席，到各地表演甚至比賽。離開校園後也會在閒暇時拿出二胡獨自拉奏一番，但就是少有機會聆聽國樂團表演，沒想到卻能在集集這鄉下再次聽到動人心弦的樂章。

循著樂聲走去，原來是南投縣中寮鄉爽文國中絲竹國樂社，應集集鎮公所之邀，與集集絲竹箏樂團混合編組，將在晚上的燈會點燈後上台表演，老師朱俊民特地率隊提前趕來，借用集集國中的教室做最後練習。

集集鎮和中寮鄉同在九二一大地震受創嚴重，集集絲竹箏樂團在地震後成立，由學校教師、軍公教退休人員、家庭主婦、專業音樂學校學生及國小以上學生等共同組織而成，以家鄉集集爲名，致力爲提升地方文化素質而努力，希冀在天災重創南投後，能以音樂撫平南投人的創痛，配合景觀事業復甦工作，再現南投的昔日風華。

中寮鄉爽文國中也是於大地震後成立絲竹國樂社，二〇〇七及〇八年南投縣舉辦國樂選拔賽，只有該校參賽，因此取得代表權參加全國賽。一開始成績雖然慘不忍睹，卻反而激勵學生一定要辦到的決心。二〇一〇年許下要獲得優等的願望，隔年就辦到了，有評審還給了超高的九十分。

災區的孩子刻苦自勵、奮發圖強，也感動對岸音樂人士。大陸著名二胡演奏家郭昌輝得知這項消息，特地寫信給爽文國中校長，表示只要行程允許，他很樂意和該校國樂社一起演出，讓全校師生振奮不已。

剛好集集鎮公所擴大舉辦鄉土燈會，邀請絲竹國樂社演出，校方立即聯絡郭昌輝，獲得應允和小朋友一起登台，敲定表演的曲目有台灣民謠〈望春風〉、〈高山青〉、〈補破網〉、〈桃花過渡〉，及大陸著名樂曲〈梁祝〉。集集鎮公所並將郭昌輝領銜、爽文國中國樂社與集集絲竹箏樂團混合編組演出，當成燈會表演主秀印成海報，到處張貼為鄉土燈會宣傳。

阿霞倚在教室窗外觀看小朋友練習，正聽得入神之際，聽見爽文國中老師朱俊民在教室外打電話，急促的聲音引起她的注意，仔細一聽才知郭昌輝透過小三通抵達金門，要搭機前來台灣，卻因濃霧不散，飛機無法起飛，已確定無法趕上今晚的演出。

郭昌輝之前已透過視訊指導爽文國中國樂社與集集絲竹箏樂團練習多次，領銜的二胡首席一旦缺席，演奏會幾乎無法進行，急得朱俊民打電話四處討救兵，但因正值新年假期，大多數演奏家都在休假，無人可趕來助陣，眼看今晚的演出就要開天窗，讓他焦急萬分。

阿霞大學四年都參加國樂社，也曾有樂手突然缺席，演出差點被迫喊卡的經驗，對於爽文國中師生目前的處境，頗能感同身受。她心想集集鎮和中寮鄉都是九二一大地震的重災區，如今好不容易站了起來，一個想藉燈會安慰災民，一個欲以音樂撫慰人心，如果因二胡首席不克前來導致演出喊停，豈不是兩地鄉民的最大憾事？

想到這裡，也不知哪來的勇氣，阿霞竟向朱俊民表示：「可不可以讓我試試看？」

朱俊民不解阿霞之意，問她：「試試看？試什麼？演奏嗎？」

阿霞點點頭說：「是。」

朱俊民問阿霞：「妳有演出的經驗嗎？我們缺的是二胡首席。」

阿霞：「有。以前我在大學國樂社就是演奏二胡，還曾擔任首席，你們今天演出的曲目我都演奏過。」

朱俊民聽了眞是喜出望外，趕緊叫阿霞到教室試試。阿霞拿起二胡試拉了幾下，皺起眉頭說別人的樂器她用不慣，希望能用自己的，便急忙跑回家，在客廳遇到正陪懷慈玩耍的怡婷，向她表示：「我一定是瘋了，竟然毛遂自薦，要和爽文國中國樂社一起演出。」

怡婷聽了也覺得不可思議，想問明情況，阿霞卻一刻也不停留，衝上二樓臥室取出父親蔡元逵留給她、由小葉紫檀製作而成的二胡，又衝出家門，直奔集集國中，打電話向李英報備，請她代向隊長請假，即投入練習。

三十五

距離爽文國中國樂社與集集絲竹箏樂團登台演出只剩四個小時，阿霞在指揮老師引導下，逐漸與其他樂手取得默契，和拉弦組、彈撥組、吹管組及打擊組的配合也漸入佳境。閒暇時練習不輟顯然收到效果，學生時期的演出經驗回來了六、七成，要登台應不成問題，直到晚餐吃便當，她才發現身上的清潔隊裝扮，恐難登大雅之堂。

向朱俊民說明後，阿霞又飛奔回家要換衣服。怡婷替阿霞開門時說：「我已向爸媽及陳宗昇說妳今晚要登台演出，到時候我們都會去替妳加油。嫂嫂，妳一定要挺住！」

阿霞聽了直說：「我挺得住，因爲我瘋了。」

怡婷聽阿霞這麼說，只覺得嫂嫂變開朗了，逗趣的模樣不禁使她一陣猛笑。正要陪她上樓換衣服，鄭豐廷已趕到家裡，要阿霞不用換衣服，說穿著清潔隊的服裝上台表演即可。

阿霞還未會意過來，鄭豐廷接著表示：「本來爽文國中的老師已向鎮長說明可能無法演出，後來又說有一位清潔隊員二胡拉得不錯，演出應該可以照常進行。鎮長一聽就猜一定是妳，果然沒錯。他要我轉告妳，穿著清潔隊的服裝表演即可，他正要宣傳車宣傳說清潔隊之花、炸彈剋星阿霞，今晚要登台演奏二胡。」

「什麼？」阿霞驚訝地問。

「不用緊張啦，選舉的人最懂得宣傳，妳就照他的意思去做就好了。何況點燈前鎮長還要頒獎給妳及徐順昆和李英，你們三人都要穿著清潔隊的服裝，衣服不用這樣換來換去啦。」鄭豐廷說。

原本在飯廳用餐的阿霞公公、婆婆及陳宗昇，聽到客廳有人談話，放下碗筷走了出來，看到阿霞的隊長蒞臨，想招呼他用餐，鄭豐廷因要趕回燈會現場覆命，一陣寒暄後即告離去。

阿霞接受鄭豐廷的建議不換衣服，怡婷仍拉她到二樓化妝，並且一再強調：「嫂嫂難得登台表演，今天一定要幫妳化得美美的，好迷死陳宗昇。」

「妳不要亂說話啦。」阿霞有點難爲情地說。

「好啦，我不亂說話，以實際行動迷死他就好。」怡婷俏皮的談話，惹得阿霞一陣嬌嗔，說她若再亂說話，就不化妝了。

化好妝，阿霞匆匆趕回集集國中，指揮老師要大家再練習一遍。這次阿霞拾起昔日二胡首席架式，投入更多感情，果然收到很好效果，連首次配合的指揮老師都對她讚不絕口。

練習完，朱俊民要大家收拾樂器往點燈會場出發，到了演出舞台後方休息區，只見台前人山人海，幾乎擠爆會場。看見這場面，有多次演出經驗的阿霞，也不免緊張起來。她和以往演出前一樣，坐在休息區閉目養神，想要平緩緊張的情緒，沒想到台上的司儀卻一再宣傳說，清潔隊之花阿霞點燈後要爲大家演奏二胡，使她更加緊張。

接著，司儀宣布下一個表演節目，是阿霞很早就喜歡的「蝦米視障人聲樂團」，要獻唱〈家後〉及〈夢田〉等膾炙人口的歌曲。

司儀並介紹「蝦米視障人聲樂團」是由台灣合唱音樂中心扶持成立，主要目的是爲推廣「現代阿卡貝拉」及「新合唱藝術」，並藉此幫助身心障礙的朋友，超越障礙、自我突破，積極融入社會、參與藝文活動，以建構更友善的環境。

聽完司儀介紹，阿霞立刻衝到台前觀賞蝦米樂團演出，對他們富有穿透力的歌聲讚不絕口，百聽不厭。演唱完〈夢田〉，女高音代表全體團員表示：「我們不苦！我們很幸福！我們用全心的力量，來回饋我們所愛的社會。」話才說完，全場觀眾立刻響起熱烈的掌聲。

接著再演唱〈家後〉，動人的歌聲感染現場觀眾，也因此激發阿霞演出只許成功不許失敗的鬥志。正在熱烈鼓掌，忽然有人輕拍她的肩膀，回頭一看，是陳宗昇，後面還有公公、婆婆、怡婷及懷慈。

陳宗昇向阿霞說：「沒想到妳也喜歡阿卡貝拉。」

阿霞回說：「對呀，念大學時就很喜歡，無伴奏合唱的阿卡貝拉眞的很好聽，尤其是蝦米視障人聲樂團的純人聲合唱……」

話還未說完，司儀已在台上介紹阿霞、徐順昆及李英，要他們上台接受鎭長李政達表揚。

阿霞匆匆上前親了一下懷慈，告別陳宗昇和公公、婆婆等人返回後台，在工作人員引導下走上舞台。主角應該是發現爆裂物的他們三人，但有政治人物在場，沒多久焦點就轉移到鎭長身上，阿霞也樂於當個配角，扶著剛復元不久的李英，和徐順昆站在台上聽李政達高談闊論。

接受表揚後，鄉土燈會點燈進入倒數，阿霞他們三人留在台上和鎭長及新加入的代表會主席吳守義等五人，一起按鈕點燈，頓時聲、光、形、影相互輝映，氣勢磅礡，震撼全場，長達二十分鐘的煙火秀，看得現場觀眾直呼過癮。

趁著煙火施放期間，爽文國中國樂社與集集絲竹箏樂團成員在工作人員帶領下，逐一上台就演出位置。煙火施放完畢，舞台的燈光亮起，觀眾看到國樂社已經就位，紛紛對這同樣來自災區的演奏者給予熱烈掌聲。

順著掌聲出場的司儀，先是介紹爽文國中國樂社與集集絲竹箏樂團成立緣由及得獎事蹟，接著介紹指揮老師出場，最後向現場觀眾致歉說，因天候影響，原本預定領銜演出的大陸二胡老師郭昌輝，仍困在金門不克前來，臨時由集集鎭清潔隊之花、平民英雄阿霞擔任二胡首席領銜演出。

陪同鎭長坐在台下的司機吳俊民，施放煙火時才抵達會場，仍不知阿霞要上台表演，聽到司儀介紹大吃一驚，作勢要從椅子上跌下來，問李政達：「鎭長，這不是開玩笑吧？阿霞會演奏二胡？」

李政達不置可否，說：「我也不知道。爽文國中的老師說可以，我也是皮皮剉。」

一旁的主秘不忘見縫插針，向鎭長表示：「不可能啦，阿霞不可能什麼都會，一定是為了利用她的知名度來吸引觀眾，等眞正演出再用其他音效代替。」

難得和鎭長同台的代表會主席吳守義，聽完主秘對阿霞的貶抑，替她打抱不平：「就你們鎭公所的人會偷雞摸狗，不要把大家都想得和你們一樣。」

主秘還想回嘴，卻被阿霞出場所響起的掌聲打斷。

阿霞在司儀的介紹聲中緩緩走向演出位置。這是她今晚第二次上台，緊張的情緒已不復見，她鎭定地吸口氣，向觀眾鞠躬致意後，拿起二胡琴身和弓，專注地看著指揮老師，等待指揮棒揚起，就要開始演奏今晚的第一首曲目〈梁祝〉。

指揮老師看著阿霞，確認她已準備好，拿著指揮棒的右手往下一揮，先是國樂社成員彈撥揚琴、吹奏簫、笙、彈奏琵琶及演奏大提琴，接著即是阿霞獨奏二胡，間歇搭配國樂社吹奏笙及洞簫，繼之再和其他樂器一起協奏，氣勢磅薄、華麗大器，聽得台下觀眾如痴如醉。

〈梁祝〉是一部傳統與現代交織、高雅藝術和民間戲曲共生、中西文化結合的作品。梁山伯與祝英台更是中國四大民間傳說之一，故事敘述兩人悲劇性的愛情故事，樂曲依循同窗共讀、十八里長亭相送、抗婚、樓台相會、山伯臨終、英台投墳及化蝶逐一演繹。由集集、中寮兩地的國樂社及阿霞以二胡協奏，樂聲悠揚，哀婉凄美，纏綿悱惻，令人蕩氣迴腸。

演奏結束，指揮老師向全場觀眾說，每一個孩子都應該擁有自己的舞台，擁有自己的掌聲，今晚領銜的二胡首席阿霞小姐也是，這才是他們成立國樂社的目地。話才說完，立刻搏得台下觀眾熱烈的掌聲。

接著，阿霞和國樂社成員再演奏四首台灣民謠，李政達在台下聽著，簡直被她的樂聲所征服，告訴一旁的主秘：「看不出來阿霞這麼多才多藝，這種人擺在清潔隊太可惜了，一定要找她來一起打選戰。」

現場人聲鼎沸，主秘附耳聽完，扯開嗓門回說：「會拉二胡又不一定會打選戰，兩者不能混爲一談啦。」

鎮長聽完也大聲表示：「不會打選戰沒關係呀，找她來競選總部表演二胡也可以，她現在每兩週才來一次，太少了。我們可以安排她當助理，至少讓她一起來開會，多聽年輕人的意見準沒錯。」

主秘這才心不甘情不願地說：「是，你說了算，過年後我再安排。」

三十六

演奏完最後一曲〈桃花過渡〉，現場安可聲不斷，接下來還有其他藝人要表演，阿霞他們並未加演安可曲。正要下台，陳宗昇卻不知從哪裡竄出，捧著一束鮮花上台獻給阿霞，把她嚇一大跳。現場觀眾看到這一幕，紛紛起鬨：「親一個、親一個。」阿霞嬌羞地低著頭，始終不敢看陳宗昇一眼。陳宗昇也不敢公然造次，在阿霞接過鮮花後很快便下台。

「好想鑽進這束花裡喔。」滿臉通紅的阿霞趕緊離開舞台，心裡一再嘀咕著。

回到後台，朱俊民老師不斷稱讚阿霞演奏得爐火純青，無懈可擊，希望日後能有機會再和她一起演出。阿霞聽了頻頻稱謝，腦海卻不斷浮現剛才陳宗昇獻花給她的那一幕，到現在仍令她臉紅心跳加速。

逐一向國樂社成員道謝及道別，阿霞拎著二胡走向清潔隊待命的區域，只見江俊賢及徐順昆正把清掃用具搬上垃圾車，看到阿霞走來，徐順昆說：「剛才鎮長來這裡要大家早點下班，因為妳表演得實在太棒了，有鎮民看到我們清潔隊仍在待命加班，紛紛向他抗議，要鎮長讓我們早點下班，所以大家都走了。」

「因爲我？不會吧，今天提前下班，明天還不是要加班打掃。」阿霞說。

「明天開始照班表上班即可，快點回家去吧，新年快樂。」徐順昆說。

「新年快樂，再見。」阿霞心裡仍想著陳宗昇，顯得心不在焉。

「吔，看妳怎麼悶悶不樂的？今晚的演出實在太棒了，連我這個大外行也覺得好聽極了。」江俊賢看出阿霞似有心事，想藉讚美安撫她。

「沒事啦，謝謝你喔，再見。」阿霞說。

向徐順昆及江俊賢道別完，阿霞拎著二胡往家裡走去。路上遊客仍多，夜幕低垂，氣溫驟降，她這才發現寒氣逼人，冷得她直打哆嗦。

回到家，公公及陳宗昇已在客廳續攤，喝著陳宗昇帶來的金門特級高粱酒。婆婆、怡婷及懷慈也在，看到阿霞捧著鮮花進門，怡婷立刻歡呼：「嫂嫂，妳表演得眞棒，怎麼樣？喜歡這束花嗎？」

阿霞一聽立刻會意過來，對著怡婷直嚷：「喔！我就知道是妳搞的鬼。」

怡婷不甘示弱，偷偷指著陳宗昇奚落他：「不這樣妳怎麼知道他對妳到底有意還是無意？而且呀，要不是他喝了幾口酒，還不敢上台咧，膽小鬼。」

阿霞聽了趕緊回嘴：「妳很故意吔！不理妳了啦。」接著向公公、婆婆說：「我先去洗澡。」

婆婆回說：「好，快去洗，洗完下來一起吃消夜。」

過了一會兒，阿霞披著陳宗昇送她的羊絨圍巾下樓，眼尖的怡婷發現，立刻問她：「好漂亮的紅色圍巾喔，誰買的？」

阿霞不敢承認是陳宗昇所送，倒是陳宗昇喝了幾口酒，仗著酒膽表示：「我買的，去蒙古開會買的。」

怡婷聽了故意說：「不公平！我的呢？」

陳宗昇趕緊出聲：「有，有，大家都有。」接著從背包取出五個裝珠寶的盒子，打開一看，通通是戒指，還有五個紅包，要送給乾爸、乾媽、阿霞、怡婷及懷慈，並且藉著酒意說：「戒指的造型都一樣，代表大家是一家人。」

怡婷看出陳宗昇的心思，立刻揶揄他：「喔，為了要送嫂嫂戒指，怕我嫂嫂拒絕，所以通通有獎喔？」

陳宗昇像是被看穿心事一樣，臉上一陣紅一陣白，急著辯解：「不是、不是啦……是因為認了乾爸、乾媽，想說以後大家都是一家人，所以……」

話還未說完，怡婷立刻插嘴：「所以，所以要送戒指給嫂嫂定情？」

陳宗昇結巴地說不出話來，阿霞見狀趕緊替他解圍：「怡婷，妳不要再亂說話，爸爸媽媽很高興認陳大哥當乾兒子，也有準備禮物要給陳大哥當見面禮，陳大哥是禮尚往來啦。」

怡婷：「禮尚往來？那妳有禮物要送給他嗎？」

阿霞說：「當然有……」

怡婷追問：「什麼禮物？快點拿出來送他呀，不許偷偷送喔。」阿霞只好上樓拿她準備要送給陳宗昇的護膝。

眼看阿霞上樓，已有幾分酒意的陳瑞義問陳宗昇：「我們阿霞很乖、很單純，你有喜歡嗎？」

陳宗昇趁著酒精壯膽一吐眞言：「有……很喜歡……不知道她是否願意接受？」

怡婷聽了立即打岔：「我就說你是呆頭鵝嘛，我嫂嫂都披你送她的圍巾了，怎麼會不接受？」

陳宗昇聽怡婷這麼一說，眼睛爲之一亮，問她：「眞的嗎？這代表她願意接受我嗎？」

怡婷：「要不然嫂嫂怎麼會披你送她的圍巾？」

陳宗昇：「或許是因爲天氣冷……」

怡婷對當局者迷簡直氣炸：「我嫂嫂又不缺圍巾。要不然我再教你一個方法，你傳LINE給嫂嫂，祝她新年快樂，然後寫『願——妳愛的人平安，愛妳的人健康』，看她怎麼回。」

陳宗昇聽了如獲至寶，趕緊寫進手機，還沒寫完，阿霞已拿著禮物下樓，說陳宗昇腿部骨折剛痊癒，這護膝送他，希望他到山上做研究能穿著它，好保護雙腳。

怡婷見狀再度揶揄陳宗昇及嫂嫂：「你們兩個也太有心機了吧，一個送圍巾要把人給圈住，一個送護膝要把人給綁住，還有人送戒指怕被拒絕，一口氣買了五個，我看都可以列入金氏世界紀錄了。」

不待眾人回嘴，怡婷再對著陳宗昇問道：「戒指呢？趕快給嫂嫂戴上。」接著轉頭教阿霞：「嫂嫂，妳的手指一定要彎曲，不要讓他一次就把戒指戴到底，否則妳這輩子都會被他壓落底。」

在一旁哄懷慈的吳秋萍，聽見女兒瞎起鬨，趕緊出聲：「妳這死查某鬼仔，是去哪裡知道這麼多？這戒指是宗昇送我們大家的見面禮，妳是說到哪裡去了？」

阿霞也趕緊幫腔：「對呀，怡婷在台北學壞了，都在亂說話。」

陳瑞義倒是和女兒站在同一陣線，說：「怡婷講的沒錯，買戒指不戴上要幹嘛，來，宗昇，幫我們戴上。」

怡婷第一個伸出手要給陳宗昇戴，陳瑞義卻制止她：「妳不行，女孩子家，眞亂來，自己戴就好。」

怡婷聞言俏皮地說：「爸，你看啦，你們都偏心，都對嫂嫂比較好。」

吳秋萍見狀罵她：「妳不要再鬧了，去房間把我和妳爸要送宗昇的項鍊、戒指及紅包拿來。」

怡婷問：「你們也有準備喔？」

「當然呀，宗昇認我們當乾爸乾媽可是大事，我們要謝謝他都來不及，一點見面禮，不算什麼啦。」吳秋萍說。

怡婷取來媽媽要送給陳宗昇的項鍊、戒指及紅包，故意把戒指交給阿霞，要嫂嫂替陳宗昇戴上，阿霞不依，將戒指交給婆婆，沒想到公公卻說要她代表送給陳宗昇，阿霞只好接過戒指交給陳宗昇，陳宗昇也把準備的戒指送給阿霞，一旁的怡婷忙著用手機錄影，還不忘調侃兩人：「交換信物喔！不，是定情物！看這邊，看著鏡頭。」

接著，怡婷又對阿霞說：「嫂嫂，我都有錄影存證，萬一陳大哥反悔的話，或是他欺侮妳，我就把它發到ＰＴＴ和爆料公社。」

陳瑞義看著小倆口互贈禮物，滿是開心，又喝了幾口高粱酒，直嚷著：「孩子呀，孩子，好！好！」

反而是吳秋萍看著陳宗昇與阿霞的愛苗快速增長，隱微的憂懼又再度浮現。她和先生一樣雖也樂見陳宗昇和阿霞交往，但就怕阿霞一旦嫁人，成爲別人家的媳婦，會離開這個家，就算嫁給陳宗昇，也怕兩人會另築愛巢，不再承歡膝下。

怡婷看出媽媽的憂慮，故意探詢陳宗昇：「陳大哥，我問你，如果你娶了嫂嫂，還會讓嫂嫂住我們家嗎？」

阿霞聞言回說：「怡婷，妳又在亂說話了，誰要嫁給他呀？」

怡婷：「我是說如果，如果你們兩個人結婚，還會是爸媽的兒子及媳婦嗎？」

陳宗昇這次搶在阿霞之前表白：「當然，我認妳的父母親當爸爸媽媽，結了婚，他們還是爸爸媽媽，所以不管我和誰結婚，我的太太都是爸媽的媳婦，如果我有能力，應該接爸媽一起住，若爸媽不嫌棄讓我或我太太住在這裡，我也很樂意。」

一席話幾乎去除吳秋萍的所有疑慮，自此，她對阿霞可能嫁給陳宗昇一事，也抱持樂觀其成的態度，並且和先生不時替小倆口敲邊鼓，希望好事能及早降臨。

三十七

大年初二，阿霞一早打開手機，看到陳宗昇在 LINE 留訊息給她，祝她新年快樂，還寫了「願——妳愛的人平安，愛妳的人健康」，看完也沒多想，就回他「新年快樂，敬祝平安健康」。

晚起的怡婷看到嫂嫂在廚房張羅午餐，嚷著要向她借手機，打開一看，發現嫂嫂回給陳宗昇的訊息，不禁大呼：「賓果！」心裡直喊著「平安——妳愛的人，健康——愛妳的人」都一起向陳宗昇表白了，這心跡也太過明顯，看完跑到客廳打電話給陳宗昇，要他趕緊看嫂嫂的訊息，並說這媒人錢她一定要賺。

阿霞聽到怡婷在電話裡談要當媒人，只覺得她又在瞎起鬨，也沒多問，仍兀自在廚房忙進忙出，閒適的新年假期就在歡樂聲中度過。

新年開工回到工作崗位，阿霞接到美國的來信，是久未聯絡的父親，說聖誕節有親戚到家裡告訴他，女兒在台灣立了大功，並且獲得史瓦帝尼國王頒贈勳章，他才知道女兒已經嫁人、搬到南投、在清潔隊工作，希望她能好好保重，信中還附上兩百元美金要給外孫女。

阿霞看著父親的字跡，眼淚不禁奪眶而出，是思念，也是憤懣，這麼多年了，她從不知爸媽及大姊、小弟過得如何，她的情形父母自然也是一無所知。婚前她嘗試寫信告訴爸媽，卻未獲得回音，看來信是寄丟了。這些年她就像是被遺棄的孤兒，孤零零在台灣生活，所幸有志榮及公公婆婆照料，若說父母親情，志榮的爸媽更像是她的再生父母。

儘管心酸，一想起慈濟師兄姐告訴她，世上兩件事不能等，一是孝順，二是行善，孝順父母與人間行善是光明人生的基石。對父母孝順要從心中誠心誠意做起。孝順父母是天經地義的事，若我們處在艱難困頓之下，仍能孝敬事奉父母親而不背棄，才難能可貴，同時更要調和自己對父母說話的口氣和臉色態度。

這些話雖然淺顯，卻道盡了孝順的眞義，如果連對父母說話的口氣、臉色與態度都無法調和，怎麼可能在艱難困頓之下，仍能孝敬事奉父母而不背棄？何況，樹欲靜而風不止，子欲養而親不待，人子最該害怕的，不正是想盡孝雙親，父母卻已亡故？

想到這裡，阿霞明瞭不該再對爸媽抱持憤懣的態度，而且自她生育懷慈以來，更加能體會抱子方知父母恩。當年父母親遺下她和幾位姊姊，移居美國未能回台，應該有他們的苦衷。算算父親今年已七十多歲，母親也是，還能有機會奉養他們嗎？如果不能，書信孝敬不正是最起碼該做的？

有此體悟之後，阿霞便經常寫信給遠在美國洛杉磯的父親，也經常接到母親的來電，聊她在美國生活的瑣事，以及問她在夫家過得如何、工作如何？與懷慈成長的歷程等，先前得知志榮已經不幸身故，還一度要她和懷慈移民美國，但遭到阿霞婉拒。

清潔隊的工作已經熟悉，大多數的隊員也都待她很好。李英自從鬼門關前走了一趟回來，隊長已將她調整為內勤，她現在最常和來福膩在一起。班長的職務則由何芊芋暫代，她對阿霞有成見，隊長全看在眼裡，將阿霞調到范筱鳳那班，也盡量避免派她到菜市場打掃，以免遭沈宜蓉刁難。

除了擔任清潔隊員外，阿霞還得出席鎮長親自主持的選戰會議。主秘對阿霞的成見仍然極深，一開始都未通知她出席，是鎮長發現要司機通知她與會，她才得以參贊機要，但她常對陳宗昇說，其實她根本就不想參加，因為大家計較的都是選票，而非選民的福祉。

她也盡量抽空參加慈濟資源回收工作，善盡環保志工的責任，以及到李政達的服務處為民眾進行法律諮詢服務，為此她仍然維持讀書的習慣，有空就翻閱各類法律書籍。此外，她還應爽文國中國樂社的邀請，到該校指導學生演奏二胡，日子過得極為忙碌且充實。

又到了仲夏颱風活躍的季節，氣象局發布今年第一個可能侵襲台灣的颱風奈格，將在未來幾天穿越台灣，且路徑偏南，持續往台灣東部而來，有機會從東部登陸，暴風圈將籠罩全台。

海上陸上颱風警報發布後，集集鎮公所循例成立防颱指揮中心，鄭豐廷這次派徐順昆及江俊賢開著垃圾車到指揮中心待命。沒多久颱風從台東縣太麻里登陸，由台南市將軍區出海，風雨肆虐過後，集集鎮傳出零星災情，清潔隊一早就出動到各地打掃。

阿霞出勤不到一個小時，就接獲陳宗昇來電，告訴她台東災情慘重，他的父母親退休後從台東市搬到卑南鄉養老，今早打電話給他們都打不通。新聞報導卑南鄉發生多處土石流，並懷疑有民眾遭土石淹沒，他擔心父母的安危，已向特有生物保育中心請假，要回台東一趟，並說到了會再打電給她。

掛斷電話，阿霞趕緊瀏覽手機即時新聞，天啊！台東最大陣風達每秒五十七點二公尺，相當於十七級陣風，刷新歷史紀錄，氣象站的風速塔也因此被吹垮。大量房屋、屋頂損壞，招牌、廣告牌散落路面，不少汽車被吹翻，火車車廂也遭吹倒。奈格颱風已在台灣造成三死一百四十二傷，還有十一人失蹤，台東縣的損失就達到二十億元。

擔心陳宗昇父母的安危，阿霞懷著忐忑不安的心情打掃完負責區域。回到隊部，隊長召集全體隊員宣布，台東縣災情嚴重，縣府已指示各鄉鎮清潔隊派人員及機具支援，明天上午到縣府集合，由縣長授旗出發。集集鎮清潔隊預計派一輛垃圾車、一輛抓斗車及四名隊員前往台東，支援期間可能長達一個星期甚至更久，採自願方式，若無人自願前往，再由隊長指派。

阿霞聽了第一個舉手，表示自願前往台東救災；老搭檔徐順昆看到阿霞舉手，也表示他願意前去，並說他的垃圾車在支援史瓦帝尼國王訪台勤務前才徹底保養過，很耐操，開到台東絕對沒有問題；和阿霞編在同一班的江俊賢也舉手說算他一份；抓斗車因只有一部車況較好，隊長指派黃志銘開車，四人兩車的支援勤務就此敲定。

隔天一早到縣府集合，徐順昆與黃志銘把車開到指定的地點等候，發現只有一半的鄉鎮接獲指示出動清潔隊支援，另一半的鄉鎮則奉命派出消防隊救災，總計南投縣共派遣二十一部各型車輛及七十餘人，參與台東縣的救災復原工作。

七點左右縣長抵達，簡短致詞後將南投縣的縣旗授予帶隊的消防局副局長，隊伍隨即開拔出發前往台東。原本只要五個小時的車程，因颱風路樹倒塌嚴重，加上道路多處坍方，足足花了七個多小時才抵達。救災隊伍先到台東縣政府災害應變中心報到，已有其他縣市的救災及志工團體早一步到此接受任務指派。

完成報到後，帶隊的南投縣消防局副局長轉達台東縣災害應變中心需求，指台東目前有兩項工作亟待進行，一是搶救仍然受困或失蹤的民眾，二是環境清理，期能儘速恢復維生系統。為此，從南投趕來的消防隊員被派往卑南鄉土石淹沒區，與其他縣市的救災人員輪班搶救受困災民；清潔隊則由南投縣環保局副局長帶隊，前往台東市更生路一帶協助清運垃圾，以儘快恢復市容。

任務分配完畢，阿霞坐上徐順昆的垃圾車往更生路前進，只見各縣市清潔隊與台東縣環保局已陸續投入清理工作，國軍也派出上百名官兵在市區協助搶通道路，還有各地的志工與慈善團體，自發性加入救災與撫慰災民行列。

原本被風吹倒的招牌、路樹及鐵皮屋占據市區各主要道路，已由當地居民清理一部分。阿霞他們抵達後，隨即加入清運工作，附近的住戶見狀，紛紛鼓掌感謝他們千里迢迢趕來救災。還有一位小女孩提了兩大袋的運動飲料，附上一張紙條，放在徐順昆駕駛的垃圾車便轉身離開。

帶隊的南投縣環保局副局長看到，拿起紙條，上面寫著：「謝謝你們幫助台東，這是我看過台東最慘的一次，小小心意請你們收下，繞了台東一圈我哭了，有你們眞好，感謝有你們！」副局長看了也不禁紅了眼眶。

三十八

第一天救災告一段落，大隊人馬前往住宿的台東體育館。這裡大約擠進了四百人，都是各地前來救災的人員。大家打地鋪休息，晚餐是慈濟與其他慈善團體提供的便當，以及當地居民招待的玉米。

盥洗完，阿霞再度拿起手機打給陳宗昇，依然打不通。她從昨天開始就不斷打給陳宗昇，一開始收不到訊號，後來打通了卻沒人接聽，期間曾兩度以簡訊聯絡陳宗昇，說她已隨清潔隊前來台東救災，如果伯父伯母有最新消息，一定要立刻告訴她。

一個小時後，陳宗昇終於回電。阿霞急切地問：「家裡的情況如何？伯父、伯母都好嗎？」

陳宗昇沉默了片刻，以低沉、顫抖的聲音說：「家裡被土石淹沒一層樓，下午救難人員找到我爸媽，已經來不及了。」

阿霞一聽來不及，心情立刻跌到谷底，半晌才問：「現在呢？」

「發現的時候已經沒有生命跡象，檢察官驗過大體，已送往殯儀館。」

「你人在哪裡？殯儀館嗎？」

「是。」

阿霞立刻表示：「你等我，我現在就過去。」話一落下，向同行的徐順昆說明情況，徐順昆等人也想慰問陳宗昇，四個人招了一輛計程車前往四公里外的殯儀館，司機得知他們遠從南投趕來救災，說什麼也不肯收錢。

抵達殯儀館，好不容易找到陳宗昇，見他一臉憔悴，讓阿霞滿是心疼。

葬儀社的人員仍在張羅一切，阿霞他們向陳宗昇父母的臨時牌位捻香祭拜後，逐一向陳宗昇表示慰問，請他節哀。跟在陳宗昇後面的一位年輕女性，看來應是他的姊姊或妹妹，也隨陳宗昇一一向阿霞他們回禮。

臨走前，徐順昆指著這位跟前跟後的女生，問陳宗昇：「這位是？你不介紹一下？」

陳宗昇看似面有難色，久久未能啓齒，倒是這位年輕女生向徐順昆表明：「我是他的未婚妻。」短短幾句話，卻震得阿霞頭暈目眩、天旋地轉，整個人幾乎呆住，一句話也說不出口。

徐順昆也覺得不可思議，問陳宗昇：「未婚妻？她眞的是你的未婚妻？」

陳宗昇沒有答話，眼前的年輕女生繼續說道：「我姓陳，叫陳亞筠，謝謝你們前來。」

一旁的黃志銘見狀，拉拉徐順昆的衣角，示意該離開了。一行人向陳宗昇及陳亞筠告別，走出殯儀館，打電話給計程車行叫車，等待期間，徐順昆表示：「這個陳宗昇眞是人面獸心，台東這裡都有一位未婚妻了，還在集集要追我們阿霞。」

黃志銘也說：「對呀，禽獸不如的東西。」

年輕的江俊賢則替陳宗昇緩頰：「他看起來不像是這樣的人啦，會不會是有什麼誤會？」

徐順昆不以爲然：「什麼誤會？我還六會、七會、八會咧！那個女的都說是他的未婚妻了，他也沒有否認，還誤會？」

一行人坐上計程車，阿霞仍是不發一語。徐順昆爲了安慰她，說：「還好我們阿霞也沒答應要給他追，從今天開始不要理他就好。」

黃志銘也說：「對，不要理他，也不要再讓他到阿霞家。他爲了追阿霞，還認阿霞的公公婆婆當乾爸乾媽，根本就是在耍心機！」

江俊賢：「可是我剛才看陳宗昇好像有難言之隱，或許他有說不出的苦衷吧？」

徐順昆：「什麼苦衷？就他爸爸媽媽過世令他難過吧，大家有緣在集集相聚，我們是該協助他辦理父母的後事，但他要追阿霞，門都沒有！」

黃志銘聞言表示：「回到體育館我找環保局副局長說說看，能不能給我們多一點時間協助陳宗昇辦理父母的後事，聽說陳宗昇家被土石流淹沒，也需要人手幫忙。」

徐順昆：「大家和陳宗昇也算認識一場，他的爸媽走了，於情於理，我們都該協助送他們最後一程，何況我們已經來到台東，這件事辦完之後，大家就各走各的，千萬不要再讓他來煩我們阿霞。」

抵達體育館，阿霞謝過徐順昆他們，回到女性休息區。陳宗昇有未婚妻這事，對阿霞而言無異是沉重的打擊，剛萌生的愛苗也瞬間枯萎。她心裡雖萬般難過，但陳宗昇父母雙亡這事，理應向公公婆婆說明，於是打電話給婆婆，說著說著便哭了起來。

婆婆聽見阿霞在電話裡不斷啜泣，一再安慰她人死不能復生，要她照顧好自己身體，並交代她好好協助陳宗昇辦理後事，以及轉告他要節哀。阿霞聽了說會，心頭卻像是被刀劃過一樣，哀痛不已。

體育館人多吵雜，阿霞幾乎一夜未眠。她不斷反覆思索，陳宗昇已經有未婚妻，爲何還一再向她示愛？一再欺騙她？難道是江俊賢所說，他有不得已的苦衷？但會有什麼苦衷？你不答應，她怎可能會成爲你的未婚妻？

輾轉反側無法成眠，思索了一夜也找不到答案，只有心痛的感覺最是眞實。重溫的戀愛滋味被一句「未婚妻」轟得肝腸寸斷、五內俱崩，整個人幾乎就要崩潰。阿霞心想：「我曾是蝴蝶爲花醉，花卻隨風飛。」是多麼令人難堪，多麼令人痛徹心扉。

隔天，南投縣清潔隊負責的區域仍以台東市區爲主，黃志銘向帶隊的環保局副局長請命，希望集集鎮清潔隊能前往卑南鄉協助環境清理工作，獲得副局長同意，但交代他們要納入負責該區域清理工作的台南市環保局管制。

到了卑南鄉，災情同樣慘重。消防隊昨天深夜找到最後一名失蹤者的遺體，清潔隊的工作才要開始。阿霞沿路所見盡是倒塌的建築物、四散的鐵皮、帆布、路樹及招牌，台東的特產釋迦更是掉落滿地。抵達陳宗昇父母居住的村落，山洪暴發，土石流淹沒部落的淒慘景象，令人不忍卒睹。

好不容易找到陳宗昇父母的住所，已有國軍弟兄在附近清理土石。阿霞遠遠就看見陳宗昇與他的未婚妻在清理家園。徐順昆把垃圾車停在空曠的地點，黃志銘駕駛的抓斗車也停了下來，四個人拿出清掃工具，與台南市歸仁區的清潔隊合力整理滿目瘡痍的街道。

沒多久清理至陳宗昇家門口，這裡原是一幢二層樓的透天厝，山上土石崩落下滑，淹沒一樓，外觀看起來二樓就像是一樓。陳宗昇看到阿霞他們，說他父母颱風來時就睡在一樓，因這裡從未發生土石流，連八八風災也沒事，才沒列入強制撤離區域，結果就發生不幸。

徐順昆問陳宗昇：「兩位老人家的喪禮何時舉行？」

「縣府有派人跟我們商量，說要舉行聯合公祭，這次台東就有十二個人因颱風死亡，如果家屬都同意，日期應該很快就會確定。」陳宗昇答。

「看我們都在集集工作的份上，如果有什麼需要幫忙，儘管開口，不要客氣。」

「謝謝你們。目前最要緊的是把家整理好，再看怎麼處理其他的事，我爸媽的後事有葬儀社及縣府幫忙，應該沒問題。」。

在兩地清潔隊及國軍官兵動用大型機具協助下，陳宗昇父母居住的區域很快就清理出頭緒，沒多久忽然出現一群維安人員，和在日月潭看到的規模幾乎一樣。原來是總統在台東縣長的陪同下前來勘災，一行人走到陳宗昇的家門前，總統停下腳步，問隨行官員：「集集鎮清潔隊是否在這裡救災？阿霞有來嗎？」

跟在後頭的官員趕緊問明情況，向總統回報：「有，阿霞自願前來救災，剛好就在這間屋子裡清理土石。」

隨行人員立即進屋內大喊：「阿霞，阿霞在嗎？」阿霞聽到有人喊她的名字，覺得奇怪，走出屋外，看到總統及一群隨行官員嚇了一跳，趕緊問候總統好。總統說剛才在路口看到集集鎮清潔隊的垃圾車，想說救他一命的阿霞是否也在這裡救災，沒想到眞的又見面了。

寒暄幾句後，總統因要趕赴下一個勘災行程，交代阿霞救災也要保重身體，隨即離開。跟隨總統一同前來的醫官，卻因此碰到陳宗昇，兩人久別重逢，有太多的話要說，卻又什麼都說不出口，只是相互拍拍肩膀，替對方加油打氣。

離開前，醫官問陳宗昇：「和陳小姐結婚了嗎？」

陳宗昇搖搖頭說：「沒有。」

醫官仍想要問，安全人員已在催促他跟上總統，只好作罷。

三十九

陳宗昇和醫官的談話，恰巧被徐順昆聽見，再度勾起他對陳亞筠的好奇。

眼看醫官離開，徐順昆指著在屋裡清掃的陳亞筠，問陳宗昇：「眞的想不透，你都有未婚妻了，怎麼還要追阿霞？她眞的是你的未婚妻？」

陳宗昇點點頭說：「是。」不一會兒又趕緊搖頭說：「不是。」

徐順昆有些不耐，問他：「到底是或不是？」

陳宗昇回說：「我是眞心喜歡阿霞小姐，也是眞的打從心底要認她的公公婆婆當乾爸乾媽……」

徐順昆打斷他的話，再問：「你喜歡阿霞，那陳亞筠怎麼辦？你休想腳踏兩條船，我們可是都不會答應。」

陳宗昇：「其實陳亞筠是我妹妹，她出生沒多久就被丟在我們家門口，我爸媽收養她，也很疼她，但是媽媽擔心她長大嫁人會離開家，老人家捨不得，就問她要不要嫁給我，她說好，從此她就對外說是我的未婚妻……」

徐順昆聽了再問：「那你有答應她當你的未婚妻？或是承諾跟她結婚嗎？」

「小時候覺得爸媽說的就是對的，所以也沒有反對，長大後才發覺兩人的個性不合，不可能在一起一輩子，但她只要看到有女性朋友接近我，就會向對方說是我的未婚妻……」

不待他講完，徐順昆又問：「你爸媽知道你不想和她在一起嗎？」

「後來雖然知道，但也不知怎麼向亞筠講。我爸媽退休後搬到這裡養老，亞筠說她已住慣市區，不想搬來，所以才沒跟爸媽住。原本我以爲時間會沖淡一切，沒想到昨天她又重提舊事，我眞的不知道該怎麼辦。」

「男子漢大丈夫，敢作敢當，既然覺得兩人不適合，不想跟她在一起，就要向她說清楚，免得耽誤人家的青春。」

「向她說過好幾次了，她都不聽……」

「那就叫她不准再對外說是你的未婚妻啊！」

「也說過了，她還是不改。」陳宗昇無奈地搖搖頭。

徐順昆這才發現事情沒他想像的容易，自顧自摸著下巴說：「那的確有點麻煩。」

陳宗昇露出苦笑，喃喃自語說道：「所以我才說眞的不知道該怎麼辦。」

這時，徐順昆心生一計，向陳宗昇表示：「那就躲起來啊！永遠不要讓她找到！」

「到集集上班，還經常到山上作研究，算不算躲起來？結果咧？還不是有碰面的一天。」

「那是因爲颱風，因爲你爸媽過世，今後沒有這層關係，應該就不會再碰面了。」

「可是她終究是我妹妹，以前爸媽都在，我可以連過年都躲著她不回家，但爸媽走了，他們在世時曾交代我要照顧她，我不可能對她不聞不問……」

徐順昆聽了也想不出更好的辦法，無奈地說：「那無解！這個也不行、那個也不行，我也沒有辦法。你和你妹妹的事搞不定，和阿霞是不會有結果的，這點你要想清楚。」

陳宗昇只能再次苦笑：「這個我知道，我也很苦惱……」

未等他講完，徐順昆又插嘴說道：「你苦惱的事情還很多咧，你爸媽的房子怎麼處理？遺產怎麼分配？伯父伯母的遺願，也就是你的未婚妻啦，你要怎麼照顧？這事該怎麼處理？你可要想清楚。」

「爸媽留下來的東西我都可以不要，都可以給妹妹，我擔心的是她會找來集集，我沒有辦法向阿霞解釋清楚，也沒有辦法向大家交代。」陳宗昇說。

徐順昆聽完搖搖頭：「老實講那我也沒有辦法幫你。其實我們都很看好你跟阿霞，也希望有情人終成眷屬，但如今跑出一個陳亞筠，如果你不好好處理，要跟阿霞在一起我看很難。」

「這我知道，也很謝謝你願意聽我講這些，還大老遠跑來幫我們清理家園，眞的是感激不盡。」

「你不用謝我啦，要謝也要謝謝阿霞，是她自願到台東救災的。我們是老搭檔，她要來，你說我們能不來嗎？」

陳宗昇這才恍然大悟：「原來你們是自願來台東救災？」

「當然啦，你想想看，阿霞爲什麼會自願前來？難道不是因爲你？結果咧？你給她的回報卻是在這裡有一位未婚妻……唉！可憐的阿霞。」徐順昆說完隨即轉頭離開，不再理會陳宗昇。

過沒多久，台東縣政府社會處人員專程前來卑南鄉告訴阿霞他們，台東地區的旅館及民宿業者爲感謝各界人士伸出援手，到台東救災，決定免費提供住宿給各地救災人員，今晚南投縣支援的人員將免費住宿娜路彎大酒店。

聽到這消息，年輕的江俊賢顯得最爲興奮，說他這輩子還沒住過五星級飯店，沒想到前來救災竟能一償夙願，並說這都要感謝阿霞，因爲她自願要來救災，他才跟來。阿霞聞言說，要感謝台東地區的善心業者才是，心裡卻不免鬆口氣，想著今晚總算可以好好睡上一覺。

回到飯店，阿霞和水里鄉公所一名女清潔隊員同住一個房間，梳洗完正準備就寢，聽到有人按門鈴，阿霞前去應門，是陳亞筠，請她進房，她不肯，站在門口對著阿霞說：「我媽生前說哥哥可能有意中人，我想應該就是妳，但他已經有未婚妻，希望妳能明白。」

阿霞發現來者不善，心裡想著師父的開示「就算受委屈，也能說對不起。」要自己鎮定。還來不及開口，陳亞筠繼續說道：「從小我就和哥哥感情深厚，他也知道我一直深愛著他，而且我是美容師，妳只是一名清潔隊員，怎麼給他幸福？……」

聽她滔滔不絕講完，阿霞倔強地未置一詞，淚水卻已不爭氣地在眼眶打轉，她強忍著不讓淚水滑落，並且一再告訴自己，眼前這位女生可能比她更深愛陳宗昇，她不忍、不願、也不該傷害這位年紀與她相仿、一位比她更需要陳宗昇的孤苦女人。

送走陳亞筠，又是失眠的夜晚。

接下來幾天，阿霞仍賣力地在台東協助救災。她勤奮地工作，想著動作愈快，愈能幫助更多災民，滿腦子都被工作塡滿，不想留任何空間容納陳宗昇。一旁的徐順昆等人看在眼裡，也只能替她心疼。

支援救災結束的前一天，台東縣政府爲颱風罹難人員舉行聯合公祭，阿霞和徐順昆他們特地請假前去參加，公祭結束隨即返回救災崗位。這也是阿霞在台東第三次、也是最後一次見到陳宗昇。

晚上台東縣政府舉辦「台東感謝有您」餐會，感謝台北市、新北市、桃園市、台中市、雲林縣、南投縣、台南市、高雄市、屏東縣及花蓮縣等十個縣市政府及國軍、民間團體與環保署，陸續派遣機具與人員前來協助災後重建，以及免費提供住宿、餐飲的觀光業者、慈善團體與各地志工。縣府除頒贈感謝狀給各個團體，還和各鄉鎮市長向全體救災人員深深一鞠躬，表達台東人衷心的感謝之意。

各地救災人員見狀紛紛起身回禮，阿霞也從座位上站了起來，卻一陣暈眩，讓她跌坐在地，嚇壞現場所有人員，所幸餐會有醫師在場，立即替她診斷，發現她只是太累，加上餐會稍有延遲，阿霞中午吃完便當後進食時間配合不當，血糖太低，醫師給她服用含糖飲料不久便恢復正常。

這段插曲成為隔天報紙的花絮，指「最美清潔隊員台東救災，不敵低血糖險昏迷」，陳宗昇看到報導心疼不已，驅車趕往娜路彎大酒店想幫阿霞診斷，沒想到卻遲了一步，阿霞他們一早已整裝完畢打道回府。

車行期間，徐順昆試著向阿霞解釋，陳亞筠會說她是陳宗昇未婚妻的緣由，阿霞卻緊閉雙眼，不發一語。徐順昆認為她可能是身體虛弱尚未復原，識趣地不再多說。途中陳宗昇多次打電話及傳 LINE 給阿霞，她不接也不讀。

回到集集幾天之後，也從台東返回工作崗位的陳宗昇，到家裡要看阿霞，阿霞總是躲在二樓臥房；打電話或傳訊息給她，仍然不接不讀不回。陳宗昇心裡萬般痛苦，阿霞又何嘗不是？

過沒多久，陳亞筠果然追到集集，陳宗昇雖把她當妹妹看待，她卻到處喧嚷是他的未婚妻，讓阿霞難堪至極，也使陳宗昇自覺無顏再見阿霞。

四十

這天休假，阿霞忙完家事，在頂樓拉著二胡，一段曾經讓她怦然心動的詩詞浮現腦際：

聽弦斷，斷那三千痴纏。
墜花湮，湮沒一朝風漣。
花若憐，落在誰的指尖。

她想替這詞譜曲，揣摩詩詞的意境：別處傳來悠悠的琴聲，忽然中斷，是琴弦斷了吧？但願也能將纏繞在人們心中的三千痴情一齊斬斷。凋謝的花蕊隨風吹落，湮沒在池水裡，但願人們心中的愛戀，也能一起隨風飄散，隨著漣漪一齊散去。花朵若憐惜人間的愛恨情仇，會把即將落下的花瓣，落在哪個多愁善感的痴情人手上？

矛盾的心緒交雜痴纏，一會兒希望斬斷對陳宗昇的痴情，一起隨風飄散，一會兒又希望那即將落下的花瓣，可以落在他那厚實溫暖的手上。這多愁善感的痴心，就像層峰疊巒，雲靄繚繞，連她也參不透，多麼令人捶胸頓足、黯然神傷的情緒迷霧！

休假過後返回清潔隊，距離縣市長選舉只剩不到兩個月，李政達為競選南投縣長，與立委許毓民競爭激烈，好不容易盼到阿霞救災回來，說什麼也不願再讓她離開競選團隊，除了要她參加每場輔選會議，還要她陪同掃街拜票，就是希望藉著阿霞的高人氣，為他衝出更多選票。

十一月二十四日縣市長選舉投票結束，李政達以百分之五十點九的得票率，贏過對手許毓民的百分之四十八點五，當選南投縣長。熱鬧的勝選之夜及接連幾天謝票行程過後，李政達首先要面對的是組織縣府人事。

原任集集鎮公所主任秘書高文元，是李政達勝選的大功臣，理所當然接任南投縣政府秘書長，要繼續輔佐李政達；原負責李政達行程及所有行政庶務的心腹秘書許如韻，則成為縣長辦公室主任，其他政務人員包括副縣長及各局處首長，大多從輔選有功人士裡挑選，或是請他們推薦，人事安排一切以贏得四年後的連任為主要考量。

不過，縣府環保局長一職，高文元卻另有打算。在一次內部會議中，他向李政達建議，縣府新人事要有亮點，可請阿霞出任環保局長。

李政達問他理由，高文元表示：「阿霞若真的出任環保局長，報紙一定會報導說『清潔隊員變身環保局長，南投縣政府開創先例』，你看，多有噱頭。」

對這項大膽提議，沒有人敢說好或不好，直到另一位輔選大將、也同時高票當選縣議員的顏振翔出聲反對。他指出：「沒有人這樣搞啦，清潔隊員變身環保局長，她懂得如何當首長嗎？不行啦，會被笑死，到議會也會被其他議員修理。」

其他人見顏振翔說得有道理，也紛紛表示反對，認爲新團隊應該打安全牌，避免躁進釀禍。高文元卻不死心，試圖說服大家：「清潔隊員變身環保局長才有張力，就像麻雀變鳳凰一樣，這樣的故事才勵志，才激勵人心。」

顏振翔依舊不表認同：「麻雀變鳳凰是電影，不是眞實人生，眞實的人生是蔡素霞會批公文嗎？會主持會議嗎？會帶領下屬嗎？何況，以前是她上上級的環保局官員，現在卻變成她的下屬，這些人會服她嗎？我看整個環保局都會亂掉。」

許如韻則是和高文元站在同一陣線，聲援他說：「也許大家可以換一個角度思考，我們和其他二十一個新當選或連任成功的縣市長同時上任，要怎麼做才能引起媒體注意，第一步就贏過其他縣市？」

眾人面面相覷，沒人提得出對策。許如韻看著大家一句話也答不上來，接著說：「清潔隊員搖身一變成爲環保局長，收垃圾的也可以成爲行政首長，是不是很振奮人心？」

眼看大家無法反駁，繼許如韻之後，高文元也再度發表高論：「搞政治就是要有創意，這是不是全台首創？」說完，他環顧四周，頗有顧盼自雄的意味。接著，他又說：「而且阿霞本來就有知名度，也很受媒體青睞，我保證如果我們這樣做，明天一定會成為各報的重點新聞。」

李政達聽完大家的意見似已胸有成竹，向反對最力的顏振翔表示：「高文元和許如韻的提議很大膽，也很有創意。顏議員，你不會再反對吧？」

顏振翔聽出縣長的心意已決，不再出言阻止，話鋒一轉說，只要是縣長的決定他都支持。李政達眼見顏振翔不再反對，面露愉悅地說：「如果大家沒有其他意見，我看環保局長就由阿霞擔任。」

會後，眾人紛紛離去，李政達要高文元和許如韻留下，問他們兩人：「你們不是最討厭阿霞，為什麼要推薦她擔任環保局長？」

高文元：「縣長，你誤會了，我們是對事不對人，何況，選舉期間阿霞賣力為你助選，也算是競選功臣之一，派個職務給她也是應該的。」

許如韻也表示：「對呀，縣長，你看環保局之前惹出一堆弊案，需要一位完全跟現有體系無關的人去整頓，才不會讓他們繼續上下其手。」

李政達對兩位心腹愛將不再仇視阿霞，顯得極為開心：「這樣就對了，大家同是集集人，以後要好好合作，阿霞沒擔任過任何行政職務，你們兩個人要好好指導她，儘快讓她熟悉業務，做出一番成績。」

高文元：「這沒問題啦，我和許主任一定會協助她。」

接著，李政達請許如韻打電話給阿霞，接通後，李政達向阿霞表示，要請她擔任南投縣政府環保局長，阿霞以爲縣長在開玩笑，也懷疑自己是否有資格及能力勝任，並未答應。

掛斷電話，李政達驅車前往阿霞家，再度向她提出邀請，阿霞的公公婆婆得知新科縣長來意，高興得笑逐顏開，卻不便替阿霞決定，說要尊重阿霞的意願。

阿霞卻仍不願鬆口，隨同李政達前來的司機吳俊民，也加入遊說行列，向阿霞表示，這是千載難逢的機會，請她一定要好好考慮，還說如此一來才可幫清潔隊員爭取更多福利，與改善他們的工作環境。

可能是吳俊民以基層的視角勸說奏效，也可能是爲了擺脫心被陳宗昇挖空的迷惘，阿霞終於答應李政達的邀請，同意接掌環保局長。隔天，各報紛紛以斗大的標題報導「南投創先例，清潔隊員直升環保局長」、「最美清潔隊員榮任投縣環保局長」、「全台首創，清潔隊之花任投縣環保局長」。

消息一見報，阿霞的住家立刻被恭賀聲及祝賀的花圈和花籃淹沒，其中一只花籃署名陳宗昇，除了恭賀她榮任環保局長外，還附上一張卡片，打開來是陳宗昇的字跡，寫著：「我留我走都隨風，因爲已把妳刻在心底，陪我到處去。」令阿霞揪心不已。

沒多久，徐順昆、黃志銘及江俊賢等人也到阿霞家祝賀她高升。阿霞及公公婆婆忙著招呼眾人，徐順昆和他們短暫交談後，拉著阿霞到門外，指著陳宗昇送的花籃：「這是他請我送的，他今天上飛機……」

「上飛機？要去哪裡？」阿霞疑惑地問道。

「到美國讀書，短期內不會回來了。」徐順昆說。

「特有生物保育中心的工作呢？」阿霞再問。

「辭掉了，爲了徹底和他未婚妻，喔，妹妹啦，爲了徹底和她分開，把台東的家和父母留下來的遺產，全都給她，自己一個人跑到美國讀書……」

徐順昆話還未講完，阿霞早已淚眼汪汪，但她隨即拭去淚水，抿抿嘴，眼角還掛著淚痕，向徐順昆表示：「謝謝你告訴我這些，祝福他一路順風……」才說沒幾句，又哽咽得無法言語。

眼見阿霞淚流不止，徐順昆也不知如何安慰，手足無措地轉身進門，向阿霞的公公婆婆說，陳宗昇已出國深造，未能親自向兩位老人家辭行，請他們原諒。兩位老人家聽了萬般疼惜，也爲阿霞錯失這段姻緣感到不捨。

四十一

帶著眾人的祝福出任環保局長，阿霞從騎著機車上班、在最底層工作的清潔隊員，搖身一變成爲有司機接送、辦公室比集集鎮長還大的縣府一級主管，不只她不習慣，縣府環保局官員也覺得彆扭。

上任第一天，局長室工友問她要喝什麼飲料？阿霞想起在集集鎮公所當工友的日子，爲了替眾人準備飲料忙得不可開交，她可不想其他人步上這樣的後塵，一口回絕，說不必。工友以爲她新官上任三把火，在擺官架子，一度耿耿於懷，經阿霞說明，他只須服務公事，無須服侍局長個人才釋懷。

工友離開辦公室，局長室秘書沈慧蓉接著進來，向阿霞表示，要替她辦理薪資帳戶，需要阿霞的身分證、健保卡及印章。阿霞如數交給她，沈秘書又告訴阿霞，要辦理職名章，需要她親筆簽名，阿霞也照做。

忙完局長室的瑣事，人事處官員會同環保局人事室主任向阿霞表示，沈慧蓉是縣長室安插到環保局任職的機要人員，除此之外還有一位機要職可供她任命，但她想不出有誰可用，加上不希望給外界一人得道、雞犬升天的印象，告訴人事室主任，局裡的人事以安定爲原則，除已隨前局長離開的人員，其他人都暫不異動，剩下的一名機要缺，也不急著補實。

之後，在秘書室秘書張妍妃的建議下，阿霞召集局內主管舉行第一次局務會議，包括副局長、秘書室、人事室、會計室、行政科、稽查科、廢棄物管理科、水質保護科、空氣污染防制科及綜合計劃科等主管都到齊，除了逐一向阿霞自我介紹，也各自報告業務與職掌。

其中，廢棄物管理科長張宏儒簡報提到，前任局長任內發生的採購弊案已經法院一審判決。被判有罪的業者另涉嫌於史瓦帝尼國王訪問日月潭時，教唆他人放置爆裂物，結果被阿霞局長發現，已另案審理中。至於牽涉採購弊案的同仁，羈押期滿後有部分已回任原職，仍待法院判決定讞後，才能決定他們的去留。

張宏儒說，另一案是有關廢棄物處理場遭人檢舉圖利營建業者，目前仍在地檢署調查，卻沒有說明細節，阿霞多次追問仍無下文，讓她心生警惕。會後，她找來前往台東救災就已見過的副局長劉文彬，以及張妍妃問明原委。劉文彬說他相信同仁的清白，並說此案是落選的清運廠商惡意檢舉所致，應不致波及環保局同仁。

與副局長同時離開阿霞辦公室的張妍妃，沒多久又折返，向阿霞說此案恐怕不如副局長描述的單純。她表示，本案起因於有家營造公司承攬中部地區重大公共工程，餘土清運交由埔里一家交通公司處理，但交通公司卻在公有廢棄物掩埋場違法傾倒營建廢棄物，經人檢舉，地檢署已發動三次搜索，收押交通公司負責人及營造公司承辦人員，今後調查重點可能轉向公務員是否收受賄賂，請阿霞一定要注意。

聽完張妍妃的說明，阿霞覺得事關重大，立即直奔縣長室，打算向縣長報告。才一進門，就看見劉文彬和許如韻正在交頭接耳。看到阿霞進來，劉文彬馬上走過來向阿霞表示，他是來向主任報告環保局弊案的調查進度。阿霞說她也正想向縣長報告此事，許如韻則說縣長公務繁忙，不用每件事都向他報告，「跟我說就可以了，像副座在公務體系待久了就知道其中眉角，妳要多向他學習。」

才上任第一天，就被縣長辦公室主任訓了一頓，還要她多向下屬學習，眞是令阿霞難堪。但她心念一轉，認爲把事情做好最重要，既然副局長已向縣長室主任報告環保局牽涉弊案的可能發展，她自可不再贅述，於是退出縣長室，要返回環保局繼續處理公務。

走出縣長室，電話剛好響起，阿霞一看，又沒有顯示來電。自從她替李政達輔選以來，已接過多次這樣的電話，對方還會藉故跟她攀談，說些不著邊際的話，有時她不想接，又怕錯失重要的來電。這次也一樣，她才就任環保局長，怕有重要的公務聯繫，一接通，又是一連串語無倫次，害她費了好大的勁才掛斷電話。

回到辦公室，沈慧蓉已辦好阿霞台灣銀行的薪資帳戶，連同證件及印章一起還給她。忽然間阿霞覺得，眼前這位沈秘書很眼熟，一問才知她是以前清潔隊同事、後來考試落榜，被安插到市場管理所任職的沈宜蓉的堂妹。

阿霞心想，沈宜蓉是縣長辦公室主任許如韻的親戚，堂妹沈慧蓉靠著許如韻的關係到縣府任職，並不令人意外，但沈宜蓉對她的成見一直很深，縣長室卻安排她的堂妹到阿霞辦公室擔任秘書，眞不知用意何在？

不過，她又再次轉念一想，沈宜蓉是沈宜蓉，沈慧蓉是沈慧蓉，一碼歸一碼，何況，沈慧蓉今天的表現並無可挑剔之處，於是告訴自己，一定要疑人不用，用人不疑。

眼看阿霞仍在沉思，早就耳聞堂姐與阿霞處得不甚愉快的沈慧蓉，小心翼翼地向阿霞表示：「堂姐要我向妳說聲恭喜，並祝妳步步高昇。」

阿霞聽了只覺得意外，這不像是沈宜蓉會說的話，但她既然願放下成見，託妹妹向她道聲恭喜，她也願意放下一切，請沈慧蓉向姐姐轉達感激之意，同時暗自決定，一定會就事論事，不帶成見地好好善待沈慧蓉。

打定主意後，她拉著沈慧蓉的手，一起坐在辦公室的沙發，像朋友般和她閒聊。沈慧蓉建議她應單獨安排聽取各科室簡報，以深入掌握業務，之後再到縣內各鄉鎮市清潔隊視察，瞭解他們的困難以及最需要環保局替他們解決的問題。

阿霞聽了頻頻點頭稱是，說她的建議非常好，同時稱讚她眞聰明，擔任環保局長都比她適合。

接連幾天，阿霞在沈慧蓉的安排下逐一聽取各科室簡報，這才發現還有一件違反常規之事，即前局長竟在卸任前，違反重大決策應留給新局長決定的慣例，通過廢管科汰換老舊垃圾車計畫，金額高達一億多元。阿霞想喊停重新檢討，以免發生弊端，沒想到副局長卻在她上任的第二天，就用她的甲章代爲決行，批准同意減價驗收，並立即付款。

聽完簡報，阿霞找副局長問明情況，劉文彬表示前局長已經批准這項計畫，新的垃圾車也即將運抵縣府，發交各鄉鎮市清潔隊使用，期間雖曾遭檢舉有多項規格不符招標規定，但可以減價驗收方式解決，廠商也沒有意見，他才批示同意付款。因爲金額大多由中央補助，縣府動用的經費極少，符合政府分層負責管理辦法，也合乎法令規定，請阿霞放心。

副局長說得頭頭是道，並且再三向她保證沒問題。阿霞心裡雖有不安，一時之間也不知如何反駁。

之後，阿霞聽從縣長室的安排，與其他局處首長陪同縣長到各鄉鎮市公所視察，重頭戲之一是撥交新的垃圾車給各地清潔隊使用，好把這項政績攬在新任縣長頭上。

這天，她隨李政達返回集集鎮公所。看到老鎮長蒞臨，公所員工無不熱烈歡迎，阿霞跟在縣長後頭，也感受到這股熱鬧氣氛。在與新任鎮長率領的各科室主管座談時，阿霞瞧見福伯在門簾後準備茶點，這不正是以前的她？如今她端坐台上，何德何能替言替底層同事及縣民服務？一思及此，只能不斷提醒自己，時時刻刻，莫忘初衷。

座談完，一行人轉往清潔隊撥交垃圾車。昔日的清潔隊同事早早就等在隊部門口，要迎接老長官李政達及老同事阿霞「回娘家」。

車隊抵達清潔隊，眾人紛紛鼓掌歡迎縣長及阿霞等一行；平常穿著隨興的徐順昆等人，今天也穿戴整齊出席，並且由何芊芋及江俊賢代表，分別向縣長及阿霞獻花；來福也在辦公室後頭猛搖尾巴，似在歡迎收養牠的阿霞返回隊部。

清潔隊由鄭豐廷隊長向縣長及阿霞簡報業務，致詞時一再稱阿霞長官，並感謝長官支持，全面汰換集集鎮垃圾車及資源回收車，一番話惹得阿霞好不自在。

接著由縣長致詞，結束後，眾人在台下起鬨，要阿霞一定得講幾句話。拗不過眾人要求，經請示縣長獲得同意，阿霞走到講台，緊張地開口說：

「鄭隊長、楊副隊長、范筱鳳班長、何芊芋代理班長、以及我永遠的班長、李英李班長，還有各位老同事、老朋友，大家好：

今天，阿霞能回到這裡，完全是各位長官、各位同事的支持與栽培，才能讓阿霞繼續在環保的領域，與大家一起攜手打拚。

一日清潔隊員，終身清潔隊員。阿霞不會因爲角色轉換，擔任行政工作，就忘了與大家一起同甘共苦的歲月。大家的困難，阿霞都知道；大家的想望，阿霞也完全清楚。請給我一點時間，來更新各項清潔設備，以及改善各位的工作環境。

有句話說，你若精彩，天自安排！花若盛開，蝴蝶自來！清潔隊眞精彩，縣府一定會有所安排！謝謝大家。」

致詞完，阿霞長長吐了一口氣，身體還因緊張不停地發抖，直到台下爆出熱烈的掌聲，連縣長也大聲鼓掌叫好，才讓她得以鬆懈。

四十二

陪同縣長跑完全縣十三個鄉鎮市，阿霞顯得有些疲累。這天是星期三，週刊出刊的日子，本期的週刊報導，卻在南投縣政府引發大震盪。

這期的《鏡週刊》以封面故事獨家踢爆，「連垃圾車的錢也A，踢爆最美環保局長收賄遭調查」，內容指檢調接獲檢舉，懷疑南投縣政府環保局多名官員收賄，採購規格不符的垃圾車及資源回收車。

就在週刊上市的同時，大批檢調人員趁著拂曉出擊，兵分多路前往阿霞家、辦公室與其他相關人員的處所進行搜索。

清晨六點不到，南投地檢署檢察官率領檢事官及調查局幹員，抵達阿霞在集集的住所，執行偵蒐任務，把阿霞的公公、婆婆及女兒嚇得不知如何是好。搜索告一段落，檢察官請阿霞陪同轉往環保局辦公室，繼續進行搜索，阿霞這才發現，除了她之外，廢管科長張宏儒及多名承辦科員也同遭搜索。

中午時分搜索結束，阿霞被帶往調查局南投縣調查站偵訊，檢調懷疑她收受廠商賄賂，明知環保局採購的垃圾車及資源回收車規格不符，卻仍批准同意付款，圖利廠商達千萬元，同時懷疑她另收受好處，放任交通公司繼續違法傾倒營建廢棄物至公有廢棄物掩埋場，兩案都涉犯《貪污治罪條例》，一罪一罰兩案併計，刑期至少十四年起跳。

阿霞一聽簡直嚇呆了，她才上任環保局長不到四個月，前陣子農曆過年，有廠商送禮到辦公室，全被她給退回去，並且規定全局官員不得收受廠商饋贈禮物，連這些細節她都注意到了，怎麼可能收賄？偵訊期間她內心坦坦蕩蕩，認爲檢調一定是哪裡搞錯了，等釐清就會沒事。

不過，隨著調查官提示多項證據，剛就任局長時新辦的台灣銀行薪資帳戶，竟有多筆金額數十萬元的款項匯入，追查匯款者就是垃圾車業者的白手套。尤有甚者，以前在集集鎮清潔隊任職的郵局帳戶，也有埔里交通公司透過關係人匯入多筆款項，金額達到百萬元之譜，讓阿霞百口莫辯。

她仔細一想，才知自己有多糊塗！帳戶被匯入這麼多錢竟然從未發現，只因婆婆疼她，家裡的用度全由婆家支出，她極少動用薪資戶頭裡的錢，對於存款餘額多寡也從未注意，這下子突然多出這些錢，眞是不知要從何解釋起。

但她是學法律的，深知法律講究的是證據，依證據裁判原則，犯罪事實應依證據認定，無證據不得認定犯罪事實，不論是調查官或檢察官，都必須依證據行事，只要把相關人等找來問清楚，肯定就能還她清白。

下午移送地檢署複訊，已有大批記者等在那裡，還有多家電視台出動SNG車，要現場同步報導這項消息。阿霞走出偵防車，立刻受到大批媒體記者包圍，問她：「收賄多久了？」「A錢對得起縣民嗎？」「連垃圾車的錢也敢A，會覺得良心不安嗎？」以及「縣長知情嗎？」

阿霞始終不發一語，記者見狀又接連問她：「不說話是代表默認嗎？」「這樣做對得起栽培妳的縣長嗎？」「是否覺得對不起史瓦帝尼國王？」「妳會自動繳回勳章嗎？」在記者的包圍及緊迫盯人追問下，寸步難行的阿霞顯得極為狼狽，認為記者的拷問簡直比定罪還難受。

等待檢察官偵訊期間，她瞧見副局長劉文彬步出偵察庭，旁邊沒有律師陪同，依常理判斷，應是以證人身分應訊。阿霞心想，這樣一來肯定對她有利，劉副一定能證明她的清白，直到進入偵查庭，才發現事與願違，副局長雖以證人的身分出庭作證，證詞卻對她極度不利。

經過簡單的人別訊問，檢察官切入正題，問阿霞：「妳就任第二天就指示副局長劉文彬召開協調會，同意撥款給垃圾車廠商，是否有這回事？」

阿霞一聽大為震驚，明明是副局長自己開的會，事後她發現不對勁找劉副來問，他還一再保證沒問題，如今怎會變成她指示副局長開會？於是回答檢察官：「沒有，我沒有指示副局長召開協調會，也沒有批示同意撥款給垃圾車廠商。」

「好，提示證據一，妳下的便箋指示，要劉文彬副局長召集廠商及相關人員開協調會，還有妳的親筆簽名，會議最後同意減價二百萬元驗收，妳也同意了？」

看著檢察官提示的證物，阿霞簡直要昏倒，趕緊表示：「便箋的內容不是我指示的，簽名是我的筆跡沒錯，不知道怎麼會有這便箋，請檢座一定要調查清楚，不能隨便冤枉人。」

「妳放心，我們一定會調查清楚的。好，提示證據二，在妳的電腦硬碟發現便箋文件，妳說不是妳下的指示？」

「確實不是我下的指示，這文件也不是我打的。」

「那爲何在妳的電腦裡？」

「我不知道。」

「妳不知道？妳的電腦設有開機密碼，除了妳之外，還有誰知道密碼？」

「有次我在外面要查存在電腦裡的檔案，曾把開機密碼告訴秘書沈慧蓉。」

「提示證據三，證人沈慧蓉的偵訊筆錄，她說除了妳之外，沒有人知道妳的電腦開機密碼。」

「我不知道她爲何會這樣說，但沈慧蓉確實知道我的密碼。」

「同意減價二百萬元驗收，撥款給廠商的公文是妳核准的？」

「不是，是副局長用我的甲章代爲決行，他說這符合分層負責管理辦法。」

「所以妳事前知道副局長以妳的甲章代為決行？」

「也不能算事前，是在聽取同仁簡報這件案子時得知，會後立刻找副局長問清楚，他當時是這樣告訴我的。」

「妳是說劉文彬擅自用局長的甲章代為決行，批准同意減價付款？」

「他說這符合規定。」

「提示證據四，劉文彬的偵訊筆錄，他說是妳指示他批示的，原因是妳剛就任局長，對採購垃圾車的來龍去脈並不清楚，所以要他代為決行。劉文彬還說妳是學法律的，會做這樣的指示，推測是為了要規避法律責任？」

阿霞對劉文彬的證詞大感驚訝，她根本沒對他做這些指示，為何他要這樣說？

檢察官見她遲遲未回答，再問她：「妳對劉文彬的證詞有什麼說法？」

阿霞這才回過神來，說：「我沒有對他下達這些指示。」

檢察官再問：「提示證據五，這是妳在南投縣政府的薪資帳戶，台灣銀行的戶頭，是妳的沒錯吧？」

「沒錯。」

「去年十二月二十六日，也就是以妳的甲章決行同意撥款給廠商當天，這帳戶就收到二十五萬元匯款，是誰匯給妳的？用途爲何？」

「我不知道有這筆匯款，誰匯的我也不清楚。」

「今年農曆過年前這戶頭又收到同一位匯款人匯入十五萬元，過完年後再匯十萬元，三筆加起來總計五十萬元，用途是什麼？」

「不知道有這幾筆匯款，也不知匯到我戶頭的用意。」

「新曆年前後及農曆過年前，妳曾三次從這戶頭提領現金，難道不知存款餘額有異常增加？」

「領錢是爲貼補家用，以及給公公婆婆及女兒壓歲錢，有次確曾注意到戶頭的存款餘額，但沒留意是因薪資變多、年終獎金增加，或是異常增多。」

「提示證據六，妳在集集鎮清潔隊服務時的薪資帳戶，郵局的戶頭，這是妳的對吧？」

「對，是我的。」

「妳是否知道在縣長選舉前，妳擔任李政達選舉幕僚，以及陪他到處拜票時，郵局戶頭曾收到多筆與埔里交通公司有關的匯款？」

「那個時候競選總部總幹事高文元告訴我，替鎮長輔選會有額外的津貼，要我把帳戶影印給他，他還說會由贊助鎮長選舉的團體直接把錢匯到我的戶頭。」

「幫李政達選縣長就有一百萬元津貼？」

「我不知道有多少錢，也不知道是由哪個團體或公司匯錢給我。」

「難道妳都不刷存摺也不看明細表？」

「我在夫家的開銷大多由婆婆支應，我個人很少領錢，就算領也是到提款機領，因爲環保的關係很少列印交易明細表，也不太留意提款機顯示的存款餘額。」

檢察官聽完露出狐疑的神情，認爲阿霞的回答似乎不合常理，再問她：「提示證據七，妳和兩位匯款人的通聯紀錄，每次匯款前，這兩位匯款人都曾打電話給妳，通話時間分別爲幾秒鐘甚至幾分鐘，是爲了向妳通報即將匯款？」

阿霞一聽這才恍然大悟，原來她多次接到未顯示號碼的來電，也是對方設的局，目的是要製造她與對方熟稔、頻頻通聯的假象，這下子眞是跳到黃河也洗不清了。

四十三

檢察官看阿霞久久答不出話來，示意書記官關掉錄音及錄影設備，說：「我現在坦白告訴妳，我對妳發現爆裂物及自願到台東救災很是欽佩，也不太相信妳會貪污，但證據就是如此，妳好好打官司，以證明妳的清白。」

說完，指示書記官重開錄音錄影設備，告知要當庭逮捕阿霞，並向法院聲請羈押。

阿霞一聽，差點癱軟在地，爲何她沒做的事全賴在她身上？而且還被檢方聲押，一旦法院同意，她就要被關進看守所，失去自由不說，還會被立即停職，難道這是她爲官的目的？不！絕對不是，她一定不能被打倒，一定要力爭清白，力爭公道，全力爲她的人生及名譽而戰。

等待法院召開羈押庭時，阿霞被戴上手銬，由法警戒護移往候審室。

爲了防止串證，阿霞的手機早就被查扣，還禁止她與外界聯絡，也不能和別人說話。

坐在候審室裡，阿霞想著三個多月前風光上任環保局長，當時公公婆婆是何等的高興，現在她卻可能淪爲階下囚，蜚短流長滿天，兩位老人家年事已高，如何面對這樣的打擊？

她也想念女兒。已念幼稚園的懷慈，每天總要聽她說故事才肯睡覺，就算再忙，阿霞也會陪她刷牙、洗臉、說完床前故事，再一起相擁入眠。

這些年她既是母親，也身兼父親的角色，對女兒寵而不溺，寬柔並濟，和女兒的感情深厚之外，還培養出單親母女特有的堅韌情誼，如果她不在身邊，要女兒如何是好？

再來是她的處境。阿霞心想，縣長應該是眞心想要栽培她，但她怎麼好像就掉入別人設好的陷阱？問題到底出在哪裡？是副局長劉文彬？還是廢管科長張宏儒在搞鬼？她的秘書沈慧蓉又扮演什麼角色？與沈宜蓉有關嗎？還是許如韻？對了，她想起第一次局務會議開完，劉文彬跑去跟許如韻咬耳朵，難道是她在幕後主導一切？

她還想起縣長曾告訴她，是秘書長高文元推薦她擔任環保局長，許如韻也贊成，並說這兩人眞是難得，爲了讓新人事有亮點，替縣府開創新局，能夠放下成見，推舉她出任局長，還要她以後要多跟他們兩人配合，難道高文元也有份？一起聯合廠商要陷害她？

愈想愈頭痛，聲押庭卻遲遲未開。她從清晨家裡遭搜索到目前在羈押候審室等待開庭，已被折騰超過十三個小時，早就心力交瘁，但法警告訴她，法官需要時間看卷證，律師也仍在閱卷，恐怕還要等上一段時間。

過沒多久，法警送來「候審套餐」，是二塊麵包及一瓶鋁箔包的飲料，阿霞按指紋領餐後，只喝了一些飲料，麵包一口也沒吃。

婆婆替她請的律師高瑞郁閱完卷，到候審室與她討論案情。半個小時後法官宣布開庭，高瑞郁與檢察官在庭上多次交鋒，激烈攻防，阿霞也向法官表示她絕對沒有貪污。三位法官開完庭後離開法庭進行評議，阿霞則回到候審室等待裁定結果。

從上午家裡遭搜索就一直在替阿霞擔心的吳秋萍，唯恐她被重金交保，到處向親朋好友借錢，一整天下來共借了五十多萬元，傍晚和先生包了一輛計程車到法院等候開庭結果，疼惜媳婦的真情流露，連鄰居看了也爲之動容，眞是應驗「一人在押，十人在途」的法諺。

稍後，南投地方法院發言人宣布裁定結果，經合議庭閱卷及聽取檢、辯雙方意見認爲，蔡素霞女士犯罪嫌疑重大，有湮滅、僞造、變造證據或勾串共犯或證人之虞，且所犯最輕本刑爲五年以上有期徒刑，非予羈押，顯難進行追訴、審判或執行，裁定羈押禁見二個月。

在法庭聆聽裁定的阿霞得知後差點昏厥，昨天她還是縣府一級主管，今天卻已淪爲貪污嫌犯、階下囚。阿霞的公公也幾乎不敢置信，吳秋萍更是在法院外痛哭流涕，但合議庭作出裁定准予羈押，阿霞今晚已不可能回家，兩人只好抱著現金搭乘原車返回集集。阿霞稍後則被送上囚車，移往隔壁的南投看守所。

抵達時已是深夜，看守所人員確認阿霞的身分後，對她編列號數，以代姓名，阿霞的編號爲「二六五〇」。自此，她變成沒有名字的收容人。接著，所方要她交出個人物品，包括金錢、手銬、項鍊及戒指等，由指定人員保管，繼之檢查她身體各部位是否有違禁品，才移往新收房。

隔天一早開封，管理員帶她前去按指紋、掌印及照相，並由監獄的醫師對她進行健康檢查，然後實施入監講習，告知應遵守的事項等。沒多久律師前來會面，指縣府已將她停職，並發表聲明與她切割，接下來的官司已不可能冀望縣府伸出援手，且因她是全國知名人物，加上政府目前正雷厲風行打貪，檢察官與法官偵審本案都會特別嚴苛，請阿霞一定要做好心理準備。

會面結束前，律師表示要替她提出抗告，並要她加油。阿霞只是苦笑，說一切交給他決定。過沒幾天，抗告遭法院駁回。阿霞關在看守所裡幾乎與外界斷絕聯繫，對新聞媒體連篇累牘報導她貪污、遭羈押禁見、抗告遭駁回及被狗仔拍到她在看守所的身影等，幾乎一無所知，只能從律師那裡獲得隻字片語，讓她頗感焦慮。

羈押期間，檢方雖多次提訊她進行調查，在期限屆滿前，仍向法院聲請延押，法官審酌以還有多位證人尚未到案，有勾串共犯及證人之虞，裁准對阿霞繼續羈押禁見兩個月，讓她備受打擊，認為自己明明沒有做這些事，卻被說成貪得無厭，還被延押，僅存的鬥志幾乎就要消弭殆盡。

更慘的是，檢方調查所有人證、物證，均對她不利，在延長羈押期限屆滿前，以她深受李政達器重，位居輔選核心，參贊機要，及至選後榮任環保局長，卻一再仗勢向廠商索賄，自選舉期間就涉入交通公司違法傾倒營建廢棄物弊案，擔任環保局長後還不顧縣民利益，同意減價驗收有問題的垃圾車，圖利廠商一千多萬元，涉犯《貪污治罪條例》，決定對她提起公訴，請法院從重量刑。

檢察官將起訴書、卷宗、證物，連同人犯一併移審，法院受理並完成分案，受命法官隨即開庭，告知阿霞有關被告的權利，即進行審理。這時阿霞始知，環保局除了她被起訴外，其他人都全身而退。

律師告訴阿霞，雖然被起訴，卻是她拚交保的另一次機會，要她沉著以對，但蒞庭的檢察官仍緊咬她對案情交代不清，恐有串證及逃亡之虞，請求法官繼續羈押，法院審理後裁定阿霞羈押，但解除禁見，期限延長為三個月，再次讓她失望至極。

回到看守所，再也無法忍受遭構陷且一押再押的阿霞，幾乎不吃也不喝，所方勸說無效，在「媒體矚目案件收容人動態簿」註記她的行為。交班後，接手的管理員以為她要絕食抗議，對她嚴密看管，卻又放任其他收容人百般欺凌她。

阿霞不吃不喝並非要絕食抗議，而是身心俱疲，心力交瘁到了極點，連有其他收容人在所方的默許下對她霸凌，她也無所謂。剛好天道盟老大黑龍一位手下的女友也在這裡服刑，入獄前曾親眼目睹阿霞闖進黑龍設在集集的賭場，只為了要營救同事，認為她有情有義、英勇過人，所以處處護著她，還傳話請黑龍幫忙。

黑龍至今仍對阿霞印象深刻，尤其是她要賭場做垃圾分類，到現在仍被道上兄弟「傳頌」，說要不是阿霞瘋了，就是黑龍腦袋秀逗，但黑龍仍不爲所動，堅持各地的場子都要垃圾分類，就是打從心裡佩服阿霞的所作所爲，如今聽聞她在看守所被欺侮，說什麼也要替她出頭，傳話請人幫忙，霸凌她的現象才獲得改善。

在黑龍手下女友不斷勸說下，阿霞終於開始進食，讓所方鬆一口氣，但部分管理員與埔里交通公司關係緊密，仍處處刁難她，認爲她刻意找碴，是在與所方爲敵，使阿霞在看守所的處境仍極爲艱難。

四十四

自從被懷疑絕食抗議後，阿霞在看守所的待遇大不如前，先是被收容於違規調查房，從上午九點到晚上八點三十分，除中餐及晚餐各休息八十五分鐘及半個小時外，共得參加十四節課的靜坐省思；繼之收容於考核房，作息時間除了多一個小時的運動及曝曬寢具，大致與違規房相同。

違規考核期間，阿霞除可攜帶盥洗用具、換洗衣物、寢具、宗教性書籍及訴訟文件到考核房，其餘物品一律點交由舍房主管保管，不得攜入；所方還安排輔導員對她進行教誨，以瞭解她的生活及身心狀況。阿霞面對一連串打擊，早已哀莫大於心死，不但拒與輔導員配合，對未來更是打從心裡放棄希望。

在看守所行屍走肉，徒具形骸，毫無生氣地一天過一天，直到違規的責任點數抵銷完畢，舍房主管才簽請同意讓她回到一般舍房。阿霞依舊過著只有軀殼而無靈魂的生活，庸碌無爲，原本想藉參與作業使自己忙碌起來，也被所方否決，形同被孤立的她，已瀕臨崩潰邊緣。

加上法院審理本案期間，她由證人的證詞發現，這根本是一樁大陰謀，目的是把所有罪名安在她一個人身上，入她於罪，好替其他的涉案人開脫。她明知自己沒有貪污，卻被一群可能貪污的官商聯合構陷，無論她怎麼辯解，都無法跳脫這精心設計的陷阱，讓她對官司及未來的人生感到徹底絕望。

偵查中已被裁定羈押兩次、近四個月，加上審判中又被法官四度延長羈押，第一次三個月，之後三次各兩個月，總計阿霞已被羈押長達一年又一個月，直到第三次延押才對她解除禁見，阿霞的公公、婆婆得知後立刻到看守所看她，也只能淚眼相望，哽咽無語。

趕在院方第四次羈押期滿前，法官加快腳步審理，密集提訊阿霞，決定對她的公務員職務行爲採「實質影響力說」，一審以涉犯違背職務收賄罪，判處有期徒刑十年，褫奪公權七年，及公務員假借職務上權力或機會故意恐嚇得利罪，判處有期徒刑七年四個月，褫奪公權五年，兩罪合併應執行刑十七年兩個月，並宣告沒收犯罪所得一百五十萬元。

聽完宣判，阿霞全身不停發抖，前所未有的無力感、孤獨感及空虛感襲來，絕望無奈、孤苦淒涼，隨後被押回看守所。幾天後律師來看她，說已收到判決書，勸她一定要上訴。阿霞想起公公婆婆這幾年爲她消瘦的身影，答應律師建議，全案上訴到台灣高等法院台中分院，等待能有撥雲見日的一天。

爲了便於就近到台中高分院開庭，沒多久阿霞被移監到台中女子監獄附設看守所，獄方超收二百多名收容人，床位嚴重不足，剛被移監來的阿霞還必須睡在地板，如廁、盥洗毫無遮蔽，四周並有監視器，除了週一至週五上午八點半到晚上五點半前往工場作業，其餘時間都擠在這小小的舍房，且必須穿著制服，內衣還嚴格規定不得有鋼圈及蕾絲，以防受刑人利用這些物品自殘。

她移監到這裡正值冬天，位於大肚山麓的監所感覺特別冷，獄方不准收容人穿著毛衣，理由同樣是防止她們利用毛線做出傷害人的行爲。阿霞在寒冷的天氣中只能穿著薄薄的制服及運動外套，讓她冷得直打哆嗦。寒風中她想起陳宗昇曾送她羊絨圍巾，如果能披在肩上該有多溫暖？

自從獲得解除禁見及通信，她就陸續收到陳宗昇的來信，一個人孤伶伶在異鄉苦讀，卻不忘對她加油打氣，字裡行間充滿憐惜，讓她看了無比心疼，只要一想起陳宗昇，眼淚就會止不住地滑落。

加上她被羈押超過半年，發現貪污的其實是另有其人，她只是代罪羔羊，卻無力反抗，每思及此，也會經常忍不住哽咽，感覺一切都無所謂了，也不再痛了，唯有想起家人，想起懷慈，想起陳宗昇，才會讓她的心再度隱隱作痛。

愈痛就愈想算了，放棄了，不要再對抗了，一審都如此了，二審還能有什麼指望？尤其是她每次出庭，都被謊言包圍，把她沒做的事，說成是她做的，別人幹的壞事，也全推到她身上，她受不了顛倒是非、顛倒黑白的法庭，難道還要繼續出庭接受這樣的羞辱？

過沒幾天，監所安排集集淨國寺的慧德法師前來演講，陪伴法師同來的還有妙元及妙賢兩位小沙彌，充當法師的助手。在看所守裡經常形單影隻，少與其他人往來的阿霞，看到法師及兩位小沙彌，眞是大喜過望。

法師演講沒多久，妙元首先發現阿霞，顧不得法師仍在演講，轉頭向妙賢表示：「阿霞姐姐吔，你看，阿霞姐姐在那裡吔。」邊說還邊指向阿霞，要妙賢看清楚姐姐就坐在台下。

由於音量過大，立即引起現場一陣騷動，妙賢見狀馬上制止妙元，將食指比在唇上，發出噓聲，要妙元住嘴。沒想到妙元看到阿霞太過興奮，竟直接對著台下大喊：「阿霞姐姐，阿霞姐姐。」惹得阿霞趕緊縮起脖子，整個人蜷曲成一團，不想讓人發現，卻無濟於事，眾人紛紛將目光對準她，讓她滿臉羞慚。

爲了化解現場騷動，慧德法師順著妙元的指引表示：「剛才小沙彌喊的阿霞，就坐在那裡。」說完，揚起右手，指著阿霞的位置。阿霞聞言，只好伸出脖子，開展身體，尷尬的咧嘴而笑，向眾人點頭致意。

法師說：「她就是阿霞，和眾人一樣，都在這裡修忍辱行。」接著，法師說起忍辱的故事：

佛陀時代，富樓那尊者想到民風野蠻、好勇鬥狠的輸盧那國弘揚佛法。佛陀問富樓那：「假使你去了，那個國家的人民對你又罵、又誹謗，你該怎麼辦？」富樓那回答：「如果他們罵我、誹謗我，我會心生感謝；因爲他們沒有打我，還算對我很客氣。」

佛陀再問：「假如他們進一步打你，你又該如何？」

「他們打我是幫我消除業障，而且他們雖然打我，但沒有將我打死，所以我還是很感謝！」富樓那平靜地回答。

佛陀最後再問他：「如果被打死了，你又該如何？」

富樓那說道：「這個身體本是業報之身，前世造了無數惡業，今生又有老、病、死苦。若因此爲法捐軀，也了無遺憾！」由於富樓那這種「忍辱」的精神，最後終於感化了輸盧那國的人民，從此虔信佛法。

佛法說的「忍辱」是最眞實的道理，世間人不瞭解，有了委屈、瓜葛，就要四處評理；這不是佛法，也不是修行，「忍人所不能忍」才是佛法。即使受了委屈，雖然是我有道理，也不抱怨、批評，甚至還能向對方說對不起，事情一旦水落石出，不僅眞相大白，豁達的心量更能獲得大眾的尊重，這就是一種功德。

阿霞聽了心有戚戚焉，尤其法師說，打擊我們的，你以為他是壞人，但在修道來講，是有幫助的，內心要感謝他，那是西方極樂世界的錢，你不會賺，反而跑去哭。並說受了別人的攻擊或批評，我們當忍受，即使是被人冤枉也得忍受，還要感到慶幸及感謝人家。

演講完，阿霞還在思索法師弘法的內容，妙元卻趁著收拾講義的空檔，飛奔到台下找阿霞，一把抱住她，直嚷著：「阿霞姐姐，妳怎麼會在這裡？我們都好想妳喔。」

妙賢也走了過來，向阿霞問好，隨即向妙元表示：「阿霞姐姐在這裡修行，我們不要打擾她，快點跟師父回去。」

妙元聽了瞪大眼睛問：「這裡不是監獄嗎？關犯人的地方呀，阿霞姐姐怎麼會在這裡修行？」

妙賢再度向妙元說：「你沒聽師父講，人間處處是道場嗎？阿霞姐姐到這裡修行，有不得已的苦衷啦，我們快點走。」

見管理員朝他們走來，妙元趕緊表示：「阿霞姐姐，妳是好人，不用祈求，『天堂』的佛菩薩也會保佑妳，這個送妳，再見。」說完和妙賢快步跟上師父離開。

阿霞怕違反所方規定，不敢接受，妙元卻已走遠，只好將接過的小沙彌公仔拿給管理員。管理員睜隻眼閉隻眼，假裝沒看見，阿霞這才趕緊收下。仔細一瞧，穿著架裟的小和尚呆萌極了，模樣煞是可愛，黃色的衣服還印有「給人溫暖」四個字，一下子就暖和她冰封已久的心靈。

四十五

法師一行人離開後，另一位管理員送來慧德法師要給她的字條，打開一看，是法師親筆所寫：「若知前世因，今生受的是；若知來世果，今生做的事。」阿霞心想，法師送她這幾句話，是在說她如今的遭遇，皆是因緣而起嗎？

仍在探究其中奧義，管理員走到她面前通知她會客，是公公婆婆再度到獄中看她，同樣鼓勵她要加油。會面結束，看到兩位老人家離去的憔悴身影，簡直令阿霞心碎！夜長枕寒，她要如何熬過這漫長的等待，才能與公公婆婆團聚？「我是否該振作起來，和不公不義戰鬥？案情眞的會水落石出、眞相大白嗎？」她不斷在內心思索著。

新的一天，又是無止境等待的開始。這天開封後，阿霞和獄友在操場運動，有人走過來問她犯什麼罪？要關多久？阿霞說她是被冤枉的，她沒有罪，結果卻引來眾人一陣訕笑。年紀稍長的獄友金珠告訴她：「我們這裡每一個人都沒有罪，誰說我們有罪了？誰？」說完笑了起來，阿霞也跟著笑了出來。

下工場時，一位叫如玉的獄友走到阿霞身旁，告訴她：「妳說妳被冤枉，我也是被冤枉才進來的。」

阿霞以爲如玉在開玩笑，對著她說：「剛才金珠不是講，我們這裡每一個人都沒有罪，都是被冤枉的。」

沒想到如玉卻回答：「我是說眞的，我眞的是被冤枉的。」

阿霞一邊工作，一邊問如玉：「妳被誰冤枉？」

「兩年前我在名間鄉一家速食店上班，有天警察找上門來，說我騎機車撞傷路人逃逸，後來傷者送醫不治死亡。巧合的是那天我們公司辦慶生會，我是壽星，喝了一些雞尾酒。警察幫我酒測，結果就變成酒駕肇事逃逸，被關了進來。」

「怎麼會這樣？現在不是到處都有監視器，多調幾支監視器來看不就知道了？」

「誰知道啊，警察說肇事的地點在濁水溪河岸，沒有監視器，但有目擊者報案說，撞死人的機車車號就是我騎的那輛。可是我人明明在公司上班，距離車禍現場有四公里遠。我一再向警察說我沒撞到人，他們就是不信。」

如玉說得認眞，阿霞也不好懷疑，心裡卻浮現另一個疑問，難道被冤枉的不只她一人？後來，她與獄友接觸，只要是聊得來的、肯聊的，就會找機會問對方爲何進來？結果眞有人告訴她是被老公或男友陷害，蒙受不白之冤的大有人在。

又在工場遇到如玉，阿霞問她：「妳說妳被冤枉，有打算怎麼洗刷冤屈嗎？」

「我也想啊！官司打到三審都失敗，關都關了，怎麼洗刷冤屈？」

「可以聲請再審啊。」

如玉第一次聽到這名稱，顯得有些驚訝，問阿霞：「再審？什麼再審？真的可以嗎？」

「當然可以，只要認定判決違誤，所憑的證物證明是偽造或變造，或有發現新事實、新證據等影響原判決的因素，就可以聲請再審。」

「可是我被關進來以後就沒有收入了，請不起律師幫我做這些事。」

「妳沒有家人或朋友可以幫忙嗎？」

「我爸媽很早就過世了，哥哥娶了大嫂後北漂到台北工作，他們有小孩，家裡負擔重，不好意思麻煩他，男朋友自從我關進來後就跑了……」

阿霞聽了有些不忍，不知哪來的勇氣，竟自告奮勇說：「我來幫妳！」

短短幾個字讓如玉喜出望外，接下來她們從寫狀紙開始，向法院聲請再審，雖然多次失敗，但屢敗屢戰，並在阿霞的主導下調整訴訟策略，以員警明知她的機車是藍色，卻故意隱匿目擊者說肇事機車可能是紅色或綠色的證詞，對警員提告瀆職並請求國賠；訴訟期間還意外發現，警員曾調取如玉當天的手機通聯紀錄，卻沒呈作證據。

阿霞和如玉討論案情，發現通聯紀錄證明她事發前人明明在公司打電話，不可能來得及出現在車禍地點，再次向法院聲請再審，終於獲准。

再審期間，法院函詢電信公司說明，如玉的公司附近有四座基地台，訊號會重疊，手機訊號移動不代表她離開公司，且她在車禍發生前半小時曾於公司打電話，同事也證明她都待在公司，足證她不在場證明具高度可信。

法院另向警察局調閱原始報案紀錄，這才發現原始報案書面記載的肇事車號，三個英文字為「ADN」，如玉的車牌卻是「ADM」；問受理報案的一一〇，通話錄音已逾期沒有留存，無法確信問題出在哪裡，更無法釐清N與M何者正確，但警方根據報案紀錄抓錯人已顯而易見，因此改判如玉無罪。

消息傳回台中女監，受刑人無不雀躍萬分，阿霞也宛如救世主般，深獲收容人推崇，紛紛要她替受冤屈的人討回公道。更有受刑人透過管道挖掘出阿霞的過往，始知她就是幾年前紅極一時的炸彈剋星、最美的清潔隊員，還曾任南投縣環保局長，以及在縣長李政達的服務處擔任法律諮詢工作。經收容人奔相走告，找她詢問官司問題的受刑人每天都絡繹不絕。

阿霞發現她廣受收容人信賴，顯得有些驚訝，但能幫如玉打贏官司，讓她無罪釋放，還能獲得國賠，確實令她振奮，對獄友的請求幾乎來者不拒，每天都忙著替她們寫狀紙、出主意打官司，簡直就像王牌大律師一樣，忙得不亦樂乎，生活也漸有重心，不再像之前那般行屍走肉。獄中的生活漸漸恢復色彩，這天，前來會見她的，是久違的陳宗昇。

他開車載著懷慈一起到台中女監看她，眞是令她雀躍萬分，不料，陳宗昇卻說：「乾媽罹患乳癌，第二期，有點嚴重。」使她瞬間從天堂掉入地獄。

經魚雁往返，她已知陳宗昇完成美國的課程，回到集集開診所，再度當醫生行醫，直到今天陳宗昇來看她，她才知公公婆婆想幫助他，跑到診所要當他第一、二位病患，請陳宗昇幫他們做健康檢查，這才發現婆婆乳房有硬塊，到台中榮總詳細檢驗，確診是第二期。

陳宗昇向阿霞說，第二期雖然是早期乳癌，治癒率高，麻煩的是乾媽罹患較爲難纏的HER2陽性乳癌，惡性度及侵略性都較高，腫瘤易復發及轉移，醫師一確診立刻安排她切除腫瘤，接下來還要進行化療、放療及標靶治療。

阿霞一聽，淚水不聽使喚地汨汨而下，一旁的懷慈趕緊安慰阿霞說：「媽媽不哭，阿嬤說她一定會把病治好，要等妳出來。媽媽也要堅強，早日出來看阿嬤和懷慈。」

女兒的一席話再度讓她淚如雨下，被冤枉的屈辱，以及不能陪伴婆婆對抗乳癌的缺憾，在在使她內心不斷地淌血。

她不想讓女兒看出媽媽的軟弱，別過頭，快速擦去淚水，向懷慈說：「媽媽不哭，媽媽一定會早點出去，早點去看阿嬤。請妳要好好照顧阿公阿嬤，向阿嬤說她一定要好起來，等媽媽出去。」

臨走前，陳宗昇向阿霞表示，他妹妹陳亞筠已經嫁人，且已搬回台東，把阿霞再度惹得眼淚鼻涕直流。

回到舍房，她拿出這幾年的訴訟文件，開始認眞研究起她是如何被陷害，要爲自己的官司而戰，爲婆婆、爲公公、爲女兒及爲陳宗昇而戰。

四十六

才想為官司拚搏，二審卻已宣判，仍維持有罪判決，只是刑度稍減。律見時她告訴律師，一定要再上訴。後來經最高法院宣判，原判決撤銷回台灣高等法院台中分院，並敘明二點理由，一是不能單以證人指控，需要有補強的證據始能認定被告犯罪，二為案內證據並不能證明被告有違反《貪污治罪條例》違背職務收取賄賂。

案件回到高等法院台中分院，更審法官王自強收案後，看到被告是蔡素霞大為吃驚，打電話回集集老家問媽媽徐美英，當初在垃圾堆幫她找回金飾及鉅款的阿霞，如今是否還在清潔隊任職？

沒想到媽媽卻說，阿霞被以前擔任集集鎮公所主秘的高文元害得好慘，他和姘頭許如韻與她在埔里經營環保工程及交通公司的家族，一群人聯合起來陷害阿霞，把她害到關進監獄。這些事情在地方人盡皆知，只有法院不知，還要他轉告同事，一定要好好審理這個案子，不要再冤枉阿霞。

王自強沒想到媽媽竟有這些情報，只是不知接案的正是她的兒子。他回想當年接到媽媽的電話，趕回集集清潔隊，找被爸爸誤丟的金飾及鉅款，就是靠阿霞幫忙，後來媽媽拿出部分款項要酬謝阿霞，當場就被她拒絕，這樣一位清廉正直、熱心助人的人有可能貪污嗎？

他仔細閱卷，認爲阿霞任職環保局長的秘書沈慧蓉，說謊的可能性很高，因爲依照常理判斷，阿霞告訴秘書電腦開機密碼，好幫她找尋檔案，應屬合情合理，沈慧蓉爲什麼要否認？而且，阿霞說沈慧蓉曾請她在空白的紙張上簽名，要用來篆刻職章，阿霞簽了好多次，請她從中選取，是否因此被移植成便條上的簽名？確實值得調查。

有了這些懷疑，王自強首先傳沈慧蓉出庭，經多方詰問，並打算對她進行測謊，沈慧蓉發現謊言即將被拆穿，嚇得向法官求饒。王自強於是依職權告發她，由檢察官另案偵辦，因沈慧蓉全面配合，檢方援引證人保護法將她轉爲污點證人，並參酌她的證詞，積極追查其他共犯。

隨著更審及檢方另案偵辦，全案的案情愈趨明朗，阿霞的官司也日漸樂觀，但對方卻困獸猶鬥，法院何時宣判仍未知，宣判結果更是無人可以預料。

這天，陳宗昇再度前來探監，卻帶來晴天霹靂的消息，告訴她乾爸陳瑞義因心肌梗塞一覺不醒，不幸在今日清晨往生。

突聞噩耗，阿霞又是一陣痛哭，心想婆婆一定是因她入監急出病來，公公爲了照顧她才會操勞過度，引發心肌梗塞，都是她不孝，害兩位老人家相繼病倒，說什麼也要出監獄見公公最後一面。

她依照規定向所方申請返家奔喪，經典獄長核准，在公公出殯那天，由監獄管理員戒護返家。抵達時家祭正要開始，阿霞戴著手銬腳鐐下車，一眼就瞧見史瓦帝尼大使館送來的花圈，她無暇多想，一下車便跪地爬行到公公的靈前，爲沒能見到他老人家最後一面放聲痛哭。

接著，她與坐在靈堂一隅的婆婆相互擁抱，只見婆婆因化療頭髮幾乎掉光，用頭巾包覆的臉頰顯得特別削瘦。婆媳倆淚眼相望，阿霞告訴婆婆，請她一定要堅強，並要按時治療，她會盡力證明自己的清白，好早日出獄。

家祭結束，公祭正式開始，阿霞全程緊握女兒的手，和怡婷等女眷，立於靈堂左側，右側則有陳宗昇，他以義子的身分出席家祭，公祭時又代表男眷向各公奠團體答禮，讓阿霞銘感五內。

第一個公祭的團體是南投縣政府，縣長並未出席，也不見其他首長，而是由阿霞擔任環保局長的工友代表主祭，還有幾位她不認識的人陪祭。結束後工友趨前向阿霞致意，告訴她前來致祭的都是各局處的工友及臨時人員，大家都對她擔任局長時善待基層人員感念不已，就算長官示意他們不要來，他們還是一定要來。

接著致祭的是立委服務處助理、特有生物保育中心代表、農會總幹事及職員、新當選縣議員的吳守義及多位議員或助理；繼之是集集鎮公所，由鎮長主祭，各課室主管陪祭；陣容最龐大的當屬清潔隊，幾乎所有隊員都來了，由隊長主祭，向阿霞的公公靈前行三鞠躬禮後，多名隊員都走到阿霞的面前向她加油打氣。

最令阿霞意外的是已經出獄的如玉，不知從哪裡得知阿霞的公公今天出殯，號召多名速食店的員工及朋友，一大早就趕抵阿霞家忙進忙出，說要替她盡孝，公祭結束後還留下來幫忙收拾到最後。

獄方給阿霞返家奔喪的時間只有一個小時，公祭進行到一半，戒護人員提醒她時間已到，爲了不驚擾公祭進行，阿霞告別怡婷和女兒，悄悄由靈堂後方離開。一名男子看見阿霞離去，繞過靈堂後方，趕到她面前表示：「我是怡婷的男朋友，聽說妳在監獄幫很多獄友打官司，妳先拚官司無罪，之後也可以考律師。」

隨後他拿出名片要給阿霞，戒護人員並沒有阻止，阿霞收下一看，是鄭光輝大律師，問他：「我現在的情況可以考律師嗎？」

「當然可以，如果妳官司無罪的話馬上就可以考，法界的朋友都在傳妳官司無罪的機率很大，請妳一定要加油。如果仍維持有罪判決，就要等服刑期滿三年後才能報考，總之，妳現在就可以開始準備。」鄭光輝說。

阿霞謝過鄭光輝，臨上車前向他說：「謝謝你告訴我這些，我會加油，也請你好好照顧怡婷及我婆婆，拜託了。」

回到台中女監，阿霞為了要拚官司無罪，也為了要幫助更多需要法律協助的人，決心報考律師，向圖書館借來法律書籍猛K。鄭光輝從怡婷那裡得知阿霞決定要考律師，也多次寄贈與考試有關的書籍給她，獄友們都祝福她早日考取律師資格，好名正言順替大家打官司。

阿霞因曾在李政達服務處擔任法律諮詢工作，又在台中女監替多位收容人寫狀紙、打官司，實務與理論結合，使她讀書的進度突飛猛進。昔日為讀書而讀書，甚至為考試才讀書的心態已不復見，現在的她埋首苦讀，是為了幫助需要幫助的人，讀起書來反而更易融會貫通，得心應手許多。

一邊讀書一邊忙著替獄友打官司，阿霞雖身陷囹圄，日子卻已恢復色彩，過得極為充實。時光荏苒，終於到了官司宣判的日子，阿霞一早就搭乘囚車前往台灣高等法院台中分院聆聽判決。

經抽絲剝繭，台中高分院法官王自強發現，這是一樁集體犯罪再嫁禍給阿霞的滔天大案，主嫌正是後來轉任南投縣政府秘書長的高文元，共犯包括縣長辦公室主任許如韻、環保局前局長賈德勇、阿霞被停職後代理局長職務的劉文彬、廢管科長張宏儒、沈慧蓉、沈宜蓉及她們的家族、在埔里經營交通及環保公司的家人等。

王自強連日多方追查，拼湊出他們的犯罪模式，共分成三個階段，一是縣長選舉前，許如韻和沈宜蓉的家族參與縣府環保設備採購案，因出現弊端，遭法院判決有罪，引發許如韻家族不滿，教唆當地不良分子及員工在史瓦帝尼國王下榻的飯店前放置爆裂物，想把事情鬧大，逼迫縣府無暇兼顧本案而縮手，不要再追究廠商的責任，卻被阿霞發現而破局，因而對她懷恨在心。

之後，他們再取得營造商的營建廢棄物清運標案，與縣府環保局前局長賈德勇勾結，違法將營建廢棄物傾倒在公有廢棄物掩埋場，一方面又透過高文元取得阿霞的郵局薪資帳戶，以給付替縣長輔選的酬勞為由多次匯款給她，同時還要匯款人打電話給阿霞，製造與她熟稔、通知匯款給她的行賄假象。

第三個階段則是安排阿霞擔任縣府環保局長，利用秘書替她辦理薪資帳戶及職章的機會，取得她的帳戶及簽名，再度匯款及由匯款人打電話給她，還移植她的親筆簽名，製成假的便條指示副局長召開協調會，同意對有問題的垃圾車及資源回收車減價驗收，圖利廠商一千多萬元，然後再口徑一致，嫁禍給阿霞。

四十七

王自強審理本案還發現，這個犯罪集團成員因關係緊密，口風甚緊，歷經檢察官偵辦及法院一、二審都未露出半點破綻，才使阿霞成了代罪羔羊，替他們揹了好長一段時間的黑鍋，如今事實已擺在眼前，爲了擿奸發伏、激濁揚清，判決阿霞無罪，當庭釋放。

法官另依職權告發高文元、許如韻、賈德勇、劉文彬、張宏儒、沈宜蓉、交通公司負責人及垃圾車業者等多人，請檢察官偵辦；沈慧蓉因轉作污點證人，檢方起訴時建請法院依證人保護法減輕其刑或免刑，法院審理後判決她免刑確定。

聽完判決，阿霞整個人愣住，直到律師趨前向她道賀才回過神來。她回想兩年又七個多月失去自由的日子，終於沉冤得雪，不禁淚濕衣襟。走出法庭，一群記者圍了過來，但她什麼話也說不出口，只是一再掉淚。

記者見她不願發言，也不爲難她，沒多久便自動散去，阿霞這才忙不迭的向律師道謝，並借他的手機打電話給婆婆。婆婆聽聞她無罪釋放，高興地在電話那頭哭了起來，等情緒稍微平復，告訴阿霞，要她先到旅館沐浴更衣、去除穢氣，她會請陳宗昇到旅館接她返家。

掛斷電話，阿霞搭律師的車一起到南投市，請律師幫忙送她到服飾店採購衣服，結帳時電視正在播她無罪釋放的新聞，阿霞所站的位置並未看到電視，渾然不知她再度成爲新聞人物。老闆娘認出是她，堅持不肯收錢。阿霞拗不過，謝過老闆娘，再到旅館洗澡、更衣。

打理妥當走出旅館，前來接她的是陳宗昇在特有生物保育中心的同事林士奇，他見到阿霞說：「宗昇診所還有病人走不開，請我來接妳。恭喜妳，終於洗刷冤屈。」

「謝謝你，還麻煩你來接我，眞是不好意思。」

「不用客氣啦，妳現在是新聞人物，能來接妳是我的榮幸。」

「什麼新聞人物？」

「妳還不知道喔？今天新聞都在報妳的事，搞什麼嘛，都被關了快三年才還妳清白，這是什麼世界？」

「報我的事？」

「對呀，妳無罪釋放的事呀，還有呀，我剛才開車經過南投縣政府，發現好多檢調人員到縣府逮人，搞不好連縣長都有事，眞是大快人心。」

「縣長也會有事嗎？」

「妳想想看，高文元和許如韻都是他的心腹愛將，幹了這麼多壞事，難道縣長都不知道？而且外面都在傳埔里那家環保和交通公司也是他的大金主。法官雖然沒有告發縣長，查下去搞不好連他都脫不了關係。」

車行至阿霞家的巷口，林士奇遠遠就看見記者等在那裡，告訴阿霞有記者在場，要她做好準備。阿霞腦子仍是一片空白，不知要如何應付。

一下車，記者全圍了過來，七嘴八舌問她：「檢察官已當庭逮捕高文元、許如韻、劉文彬他們，妳有什麼感想？」「縣長有涉案嗎？」「重獲自由的感覺如何？」「妳會恨陷害妳的人嗎？」

阿霞原不想回答，直到聽見記者問，是否會恨陷害她的人？讓她頗有感觸，才停下腳步，頓了頓說：「我不恨他們，如果我恨他們，就是跟自己過不去。恨不會改變什麼，也不會使自己變快樂，我已經被他們浪費了二年又七個多月，我不想再把時間浪費在恨這上面，去恨他們或任何一個人。」

「接下來妳有什麼計畫？會聲請冤獄賠償嗎？」記者問。

「我只想好好陪我生病的婆婆，以及女兒。至於法律的事，就交給律師全權處理。」

說完，她在婆婆的引領下，跨過門口火爐，象徵跨過衰運；繼之由婆婆拿起泡在臉盆的柚子葉在她身上來回甩灑，以去除晦氣；進家門後和婆婆及女兒相擁而泣良久，隨後前往三樓的祖先牌位祭拜，再回一樓飯廳吃豬腳麵線，以除去霉運。

傍晚時分，陳宗昇利用診所休診的空檔趕往阿霞家吃飯。餐桌上少了風趣的乾爸陳瑞義，顯得冷清許多。乾媽吳秋萍乳癌仍在治療，神情看來有些憔悴，卻仍強打起精神準備豐盛的晚餐，要迎接媳婦歷劫歸來。

菜全上齊，怡婷風塵僕僕趕了回來，顧不得身上仍揹著行囊，一進門便和阿霞緊緊擁抱，直到媽媽催促，才放下行李洗手吃飯。

對怡婷從台北趕回，阿霞感到有點驚訝，問她：「怎麼突然回來？」

「回來看妳呀，早上看到新聞就向公司請假，一定要回來看嫂嫂。」

「我有什麼好看的？」

「看妳被監獄虐待成什麼樣子呀！」

「還好啦……」

阿霞話還未說完，怡婷又接著表示：「呀，對了，我男朋友託我帶律師考試的報名須知，與幾本跟考試有關的書要給妳。」

接過怡婷手上的書籍與報名須知，阿霞隨手翻閱，第一試明年五月報名、八月考試，第二試九月報名、十月考試，一、二試分別還有十個月及一年可以準備，時間還算充裕，心想如果婆婆同意，正好可利用這段時間準備考試，不用煩惱要找什麼工作。

還來不及問婆婆，吳秋萍聽怡婷談及律師考試，問說：「誰要考律師？阿霞呀？」

怡婷趕緊表示：「對呀！媽，我跟妳說喔，妳都不知道嫂嫂在監獄幫很多人打官司，都快威脅到我們律師事務所的生意了。」

阿霞聽了回說：「哪有這麼誇張。」

「是沒有那麼誇張啦，總之嫂嫂很厲害就是了，許多獄友都很仰賴她，像之前爸爸出殯的時候來我們家幫忙的如玉，就是嫂嫂幫她打贏官司的。」

「沒有啦，是如玉受到冤枉，我們只是替她討回公道而已。」

「妳也受到冤枉呀，要申請冤獄賠償吧？兩年七個月吔，一天折算三千至五千元，也有三、四百萬元。」

「今天在車上律師已有跟我提過，我說交給他處理就好，接下來我要好好陪媽媽治療乳癌，請媽媽一定要加油。」

談到吳秋萍的病情，陳宗昇向阿霞表示：「乾媽一檢查出乳癌就立刻開刀切除腫瘤，接著進行化療與放療，目前仍在接受標靶治療，會有噁心、疲倦、骨骼肌肉疼痛等副作用，要請妳幫乾媽留意。」

怡婷聞言說：「媽媽現在的情況比剛開始治療好多了，當初第一次化療不久還發高燒，一檢查白血球數值掉到一千以下，免疫力幾乎就要喪失。還好宗昇大哥發現情況不對，趕緊送媽媽到台中急診，住院多日並打白血球增生劑才度過危險。」

阿霞聽完吐了吐舌頭：「這麼嚴重喔。」

怡婷說：「對呀，那時候陪媽媽到醫院化療，從沖洗人工血管開始，到打類固醇、止吐劑、癌得星、小紅莓，一連串的注射，一打就是大半天，最可怕的是打完後會一直想吐及全身無力，那才是痛苦中的痛苦。」

吳秋萍聽完女兒的描述，忍不住揶揄：「化療的人是我，怎麼聽妳說得好像痛苦的人是妳一樣？」

怡婷回說：「我心疼媽媽呀，所以才會如此感同身受嘛。」撒嬌的模樣看得阿霞和陳宗昇都笑了出來。

眼看婆婆伸手整理頭上包覆的頭巾，阿霞問她：「媽媽頭髮什麼時候剪掉的？」

「剛化療完不久就剪掉了，因為化療後有天醒來，發現枕頭上都是頭髮，用手指在頭上撥弄，掉得更多，乾脆就到理髮廳全部理光，這樣反而輕鬆……」

陳宗昇說：「乾媽的頭髮以後還會長回來，不用擔心。現在要留意的是復發或轉移，大家要和乾媽一起努力。」

阿霞：「嗯，會的，以前都是怡婷從台北回來陪媽媽去台中治療，從現在開始我來陪媽媽，怡婷不要再大老遠跑來跑去。」

怡婷聽了說：「謝謝嫂嫂，嫂嫂最好了。」

陳宗昇：「乾媽未來一定要定期檢查，還有要運動，控制體重，因爲肥胖得到乳癌的機會比一般人高，而且要少脂肪多蔬菜，以及少菸少酒少刺激品。」

阿霞聽完陳宗昇的叮嚀，說：「家裡有醫生眞好，隨時都可以替家人的健康把關……」

話還未說完，怡婷就接著說：「嫂嫂，那你們兩個人什麼時候成家呀？」

四十八

壓根就沒想到怡婷會把話題轉移到她和陳宗昇身上，一時之間不知如何回答的阿霞，只好狀似生氣地說：「妳又來了，不理妳了啦。」

剛好診所護士打電話來要陳宗昇回去看診，他起身告別眾人，怡婷說要送他出門，走到門口，迫不及待地向他表示：「宗昇大哥，拜託你這次一定要拿出勇氣，積極追我嫂嫂啦，她吃了那麼多苦，你一定要好好愛護她，給她幸福。」

陳宗昇靦腆地說：「可是，我眞的不知道該怎麼追……」

怡婷聽了拉高分貝：「你喔，追女孩子也不會，可以寫 LINE 給她，也可以和她通話，送送小禮物，或約她出去走走呀什麼都行，就是要拿出行動啦。」

送走陳宗昇，怡婷返回餐廳向阿霞表示：「嫂嫂，陳宗昇等妳那麼久，妳現在出來了，應該可以接受他了吧？」

阿霞沒有答話，怡婷轉而向吳秋萍說：「媽，妳看嫂嫂和宗昇大哥啦，兩個人心裡明明都有對方，卻又不敢把愛說出來，簡直就像是古代人。」

「什麼古代人，妳不要亂說話。妳嫂嫂才剛出來，妳不要在那邊出餿主意。」
「喔，連媽媽也護著嫂嫂，不公平。」
「我有點累了，我去做『腦場』。」吳秋萍說。接著問一旁默默吃飯的懷慈：「媽媽回來了，等一下懷慈跟阿嬤睡還是跟媽媽睡？」
「跟媽媽睡。」懷慈答。
怡婷接著問懷慈：「宗昇叔叔當懷慈的爸爸好不好？」
懷慈不加思索便說：「好。」
怡婷再問她：「爲什麼好？」
懷慈：「因爲宗昇叔叔對我很好，也對阿嬤很好，我喜歡宗昇叔叔。」
吳秋萍見狀表示：「懷慈乖，快吃，吃完到阿嬤的房間，把妳的小被子拿到媽媽的房間。」說完旋即離去。
眼看婆婆離開，阿霞問怡婷：「媽媽剛才說要做腦場？什麼是腦場？」
「就有病友告訴媽媽，北京有一位音樂家到處在推廣腦場，有一點類似氣功啦，就是閉上眼睛，延著左腦、右腦，帶動意念順時針和逆時針旋轉，說可以激活細胞。媽媽做了覺得有效，至少可以不用再吃安眠藥就睡得著，所以就一直在做。」

「有這麼神奇?」

「一開始我也擔心是不是詐騙集團，但他們不收錢，也不推廣藥品。我還到 YouTube 網站去看老師的演講影片，覺得應該還好。」

「有問宗昇大哥的意見嗎?」

「有啊，他看了說這不涉及侵入治療，對人體應不致造成危害，而且還有點像是宗教的心靈治療，既然媽媽覺得有效，就鼓勵她繼續做。」

「這樣子喔。」

「對了，後天媽媽回診，我們一起去，媽媽共要進行十七次標靶治療，我看看還剩下幾次。」

「要做那麼多次喔。」

「對呀，還剩六次，每隔三個禮拜做一次，還要四個多月才能結束全部的療程。」

「媽媽好辛苦喔，妳也是，以後我陪媽媽去就好。」

「謝謝嫂嫂，妳最貼心了。後天我們一起陪媽媽去，辦好住院後我先回台北，住院就由妳陪，隔天出院媽媽會準備錢，妳再拿去付。」

「好，我知道了。」

「媽媽的癌細胞未轉移淋巴，這應該是好消息，但就因爲這樣，標靶治療的部分健保不給付，自費一次要六萬多元，一年要上百萬元，連醫生都說這該算好消息還是壞消息？」

「上百萬元？我們家的錢夠嗎？」

「這妳放心啦，媽媽平常節儉慣了，手頭還有一些錢，夠治療用啦。」

「那如果家裡沒錢的人怎麼辦？」

「就是說呀，我也很替那些沒錢治療的人擔心。不過，還好媽媽遇到好醫生，標靶治療都讓媽媽辦理住院，這樣子才可以申請保險給付。」

「這醫生人眞好，眞是人間處處有溫情。」

「不只有溫情還有愛情，妳和宗昇大哥的愛情要怎麼繼續？」

「怡婷好壞，不說了。」

和怡婷聊完，阿霞回到睽違兩年又七個月的臥房。房裡打掃得很乾淨，她卻感到些許陌生，對這裡好像很熟，又好像來到全新的地方一樣，有點令她不知所措。

回想兩年又七個月前的清晨，她和懷慈在這裡相擁入眠，卻硬生生被檢調人員喚醒，自此不曾再踏進這房裡一步。直到今晚她哄懷慈睡覺，女兒在床上翻來覆去，就是不肯睡，後來藉故跑到阿嬤的房間，沒多久就進入夢鄉，讓阿霞頗感失落。

睡慣了看守所硬邦邦的床，如今躺回柔軟又寬闊的彈簧床，阿霞卻怎麼也睡不著，加上看守所整晚都開著燈，今晚重回以前的臥房，是要開燈睡覺還是回復以往一樣關燈就寢？也讓她好生猶豫。

隔天醒來，阿霞發現臥室的燈亮著，自己竟睡在地板，一時驚訝不已。

吃完早餐，送懷慈搭乘幼稚園的娃娃車上學，怡婷約她一起上菜市場買菜。走在熙熙攘攘的人群中，阿霞感到渾身不自在，除了神經緊繃，還伴隨著頭痛、頭暈、心跳加速、冒冷汗及呼吸不到空氣，一度就要暈倒。她不敢告訴怡婷，只說有些累，想早點回家，怡婷只好匆匆買完菜和阿霞返家。

才一踏進家門，縣長李政達已在客廳等她。婆婆看到阿霞回來，連忙說縣長想請她回任環保局長，阿霞剛好身體不舒服，便以此爲藉口推辭。

縣長仍不死心：「我知道這段時間委屈妳了，昨天檢調到縣府搜索並且向法院聲押高文元、許如韻他們，我才知道被這些人所蒙蔽。妳如果能夠回來，除了司法還妳清白，也代表妳在政治上獲得平反，希望妳能考慮。」

陪同縣長前來的司機吳俊民也表示：「對呀，如今縣府簡直是一團亂，今天報紙都說要縣長幫妳平反，希望妳能回來和縣長一起穩定軍心。」

阿霞頭暈、冒冷汗的情形已緩解不少，但她不想再捲入政治的是是非非，以身體不舒服爲由說：「剛才我和怡婷到菜市場買菜差點就要昏倒，現在整個人還昏昏沉沉的，恐怕沒辦法再勝任局長的工作。」

停頓了一會兒之後，阿霞繼續說道：「縣長，您的好意我心領了，我的身體狀況已經不允許再從事局長的工作，謝謝您，縣長，要讓您失望了。」

面對阿霞態度如此堅定，李政達也不好再強求，只好說要她再多加考慮，即在隨扈的陪同下離去。阿霞的婆婆見狀趕緊起身送縣長出門，之後返回客廳告訴阿霞，要她不用急著找工作，專心準備律師考試就好，說完急忙趕去農會上班。

眼看縣長走遠，怡婷問阿霞：「眞的不考慮回去縣府上班嗎？這可是很多人求都求不來的吔。」

「不回去。」

「爲什麼？因爲妳出事後縣長就急著跟妳切割？」

「這也不能怪他啦，政治人物就是這樣，你成功了，大家都想來沾你的光；一旦你出事了，他們可是跑得比誰都快。」

「也是啦，宦海富貴本無根，我支持妳。」

「總之，我想準備律師考試，以及陪媽媽好好治療。」

「贊成！」

說完，怡婷似乎想起什麼，問阿霞：「對了，妳剛才說在菜市場差點昏倒？眞的假的？」

「眞的啦，現在已經好多了。」

「我以爲妳是不想回去縣府上班才騙縣長。差點昏倒？那很嚴重吔，要不要到宗昇大哥的診所檢查看看？」

「不用啦，這點小事不用麻煩他啦。」

「什麼小事？差點昏倒還算小事？妳在看守所的時候會這樣嗎？」

「不會吔，可能是昨晚沒睡好，加上太久沒逛街，人一多就覺得不舒服。沒事啦，休息一下就好了。」

「那我看妳明天不要陪媽媽去台中看醫生，我去就好，妳在家裡好好休息，等身體養好以後，下次再換妳陪也不遲。」

「看看啦，如果明天早上起來沒事，我還是跟妳們一起去，妳好早一點回台北。」

四十九

吃完中飯，阿霞到臥房午睡，希望可以彌補昨晚沒睡好的倦怠，才一入眠，怡婷就在樓下喊她，原來是律師事務所的助理從看所守領回她個人物品，送來集集給她，包括已兩年多未曾使用的行動電話，順便要她在刑事補償的聲請書上簽名。

律師事務所助理走後，怡婷約阿霞到街上喝咖啡。上班日人少，兩人悠閒地享用咖啡。晚上就寢，一心希望身體早點恢復正常的阿霞，到了深夜仍睡不著，愈想儘快入睡反而愈糟糕，心裡不由自主地恐慌起來，伴隨著胸部悶痛、心悸、呼吸急促，甚至就要窒息，最可怕的是突來的暈眩，讓她覺得頭重腳輕、噁心想吐，一度覺得可能就要死掉。

隔天清晨，她勉強爬起想陪媽媽到台中治療，怡婷一眼看出她的虛弱，不許她前往，阿霞只好一個人待在家裡休息，順便爲行動電話申請復話。

傍晚懷慈回來，吃完晚飯吵著要到阿春家玩，阿霞看著女兒期盼的眼神只好任由她去。及至九點多，阿春到家裡說懷慈已經睡著，要她不用等門，並說以前她婆婆到台中治療，也都把懷慈托給她，請她不用擔心。

阿霞也不好勉強，等阿春走後，關上大門，到二樓臥房準備就寢。才一躺下，心裡又沒緣由地恐慌起來，極端的不舒服彷彿就要昏倒或死掉一樣。她趕緊抓起行動電話，打給陳宗昇問診所關了沒，她想去看病。陳宗昇指診所九點就休息了，得知阿霞不舒服急著要到家裡看她。

阿霞聽到陳宗昇要來，撐起病體換掉睡衣，緩步走到樓下客廳，陳宗昇已在屋外叫門。打開鐵門，風一吹，阿霞整個人幾乎就要暈倒在地，還不斷想吐。陳宗昇見狀，趕緊攙扶她到客廳的沙發讓她躺下，並到一樓浴室取出毛巾，爲她擦去額頭上的汗水。

稍微緩解後，阿霞直說對不起，這麼晚了還讓他跑一趟。陳宗昇要她別掛心，問明阿霞的症狀，初步判斷應是恐慌症，向她表示：「妳罹患的可能是恐慌症，全台灣大約只有百分之一到二的人得這種病，妳是其中之一，恭喜妳。」

「喔，我都這麼難過了你還恭喜我。」

「因爲得這種病的人很少，而且就精神科疾病來說，恐慌症對藥物的反應算是最好的，就是自律神經系統一時亂掉，但器官是好的，所以到醫院檢查可能都正常。」

「這病發作起來好可怕喔！能治得好嗎？」

「當然可以，我開一些藥給妳。」

打開手提包取出藥來，陳宗昇說：「聽到妳在電話裡述說症狀，我就判斷可能是恐慌症，所以帶了一些藥來，但藥物『修復大腦』有時要等兩三個禮拜，這段期間妳要少喝咖啡及濃茶，一個月左右應該就可以顯著改善。」

「少喝咖啡？這兩天才和怡婷喝了不少咖啡，難怪會愈來愈嚴重。」

「這病發作常常毫無預警，但來得快去得也快，通常病人送到急診，症狀早已緩解，各項檢查都正常，要對症下藥也比較困難。妳吃這藥看看，如果有效代表真的是恐慌症，否則就要到醫院做詳細檢查。」

聽完陳宗昇的說明，阿霞感覺症狀確實已緩解不少，想前往廚房倒開水服藥，一起身發現暈眩仍在，步履踉蹌，差點就要跌倒。幸虧陳宗昇眼明手快，一把撐住她，要她別逞強，扶她繼續躺在沙發，隨即前往廚房端來開水，攙扶阿霞的肩膀，將她從沙發上托起，厚實的手臂讓她覺得好有安全感。

陳宗昇一手扶著阿霞，一手端起開水餵她服藥。他日一別，今得相逢，耳鬢斯磨，氣息相聞，先前曾有過的濃情蜜意全湧了上來，聞著阿霞的髮香，一時意亂情迷，竟把開水潑灑在她的胸前，發現闖禍，隨手抓起桌上的毛巾要替她擦拭，一伸出手發覺不對，又縮了回去。阿霞見狀，接過毛巾往胸口擦，陳宗昇看著這一幕，不禁漲紅了臉，在一旁連連說對不起。

愛慕的情愫在深夜的斗室流動，情欲漸生，阿霞仍催促陳宗昇早點回去，撐起病體欲送他出門，才一站定，又覺眩暈，但已不像稍早天旋地轉那般惱人。

見她仍不舒服，陳宗昇說要扶她上樓才安心，接著以手輕摟阿霞纖弱的肩膀，慢慢走到二樓臥房，小心翼翼扶她上床，掀開被子替她蓋上。理完被褥，輕拍阿霞的手要她保重，轉身就要離開，也不知是誰主動，兩隻手突然交疊糾纏，緊緊相繫，怎麼也不願鬆開。

陳宗昇回首凝望阿霞，見她綠黛紅顏，千嬌百媚，再也無法克制心中的波濤洶湧，彎下腰輕吻她的雙眸、輕柔的滑過臉頰，慢慢游移至嘴唇，將她緊擁入懷，終至春性勃發，交織綻放。

峰巒相連，形態萬千，情趣盎然過後，陳宗昇告訴阿霞，他會找時間向乾媽提親。阿霞認爲婆婆仍在爲癌症奮鬥，希望能讓她安心治療，此事日後再提，陳宗昇也不反對，兩人的婚事就此延宕下來。

吳秋萍自從罹患癌症，已向農會請假好長一段時間，月前才恢復上班。如今，阿霞無罪釋放回到家裡，家事有她分擔，懷慈也有媽媽教養，的確讓她大大鬆一口氣。

阿霞除了料理家務，以及陪婆婆前往台中治療，大多時間都埋首書堆，並選擇補習班的視訊課程，爲律師考試作準備，偶爾也和陳宗昇外出散心，或一起溫書，請他出題考她。

終於到了考試的日子，第一試共一萬多人報考，按應考人成績高低順序，以全程到考人數百分之三十三擇優錄取。阿霞第一試獲得四百三十六分，名次四百七十五名，取得參加第二試的資格。

二個月後舉行第二試，報考人數約二千七百人，仍按應考人成績高低順序，以全程到考人數百分之三十三爲及格標準。阿霞第二試分數五百二十三分，名次六百二十一名，雖不特別亮眼，仍獲得錄取。

依規定她須請一位律師擔任指導律師，再參加法務部主辦的職前訓練。阿霞請怡婷幫忙遊說男友鄭光輝擔任指導律師，並搬到台北和怡婷同住，在律師訓練所完成一個月的基礎訓練，再參加五個月的實務訓練，由鄭光輝指導擬作各種書狀或文稿，及隨同出庭旁聽見習。

半年的職前訓練結束，阿霞選擇返回南投執業。經鄭光輝介紹，投入當地一家律師事務所，向法院完成登錄，同時申請加入中部地區數個律師公會，正式開啓她的律師生涯。

爲了服務弱勢，她也申請加入財團法人法律扶助基金會，成爲扶助律師，無論是專科派案、檢警陪偵或電話法律諮詢，都積極參與。

這天，阿霞如常到律師事務所上班，一名戴著口罩的女子上門，表明要找阿霞，經助理詢問獲得同意，帶該名女子到辦公室與她見面。

阿霞問女子有何需要協助之處？話才說完，女子摘下口罩，原來是她擔任南投縣環保局長時的秘書沈慧蓉。

「是妳？」

「是我，對不起，我不是故意的。」沈慧蓉含著淚水，哽咽地說。

「不用對不起啦，事情都過去了，要不是妳坦白說出一切，我到現在可能都還在牢裡。」

「真的是很對不起，害妳被關那麼久。」

「妳不用再自責。我能無罪釋放還要謝謝妳。找我有事嗎？」

「要請妳幫我先生打官司，他現在的情況很危險。」說著又哭了起來。

「很危險？怎麼了？」阿霞邊安撫沈慧蓉，邊問她發生什麼事。

「前幾天新聞報導說有詐騙集團在非洲被捕，七個人被打死，二十六個人被抓，我先生就是被抓的其中一個。」

五十

聽完沈慧蓉的陳述，阿霞大感吃驚。她仔細查閱新聞，此事發生在非洲莫三比克，來自台灣的詐騙集團成員遭當地軍警圍捕，因擔心被遣送中國，一群人相偕欲逃往與我有邦交的史瓦帝尼，卻在邊界遭軍警當場擊斃七人，逮捕二十六人。此事在國內炒得沸沸揚揚，沒想到沈慧蓉的先生也牽涉其中。

「我先生被抓後曾偷偷傳 LINE 給我，說他們被關到監獄後又有三人死亡，希望我儘快請律師救他出來，否則怕他也會沒命。」

「又有三個人死亡？這事外界還不知道嗎？我看新聞都沒播。」

「應該還不知道。我先生他們雖然做了不該做的事，但也不該就這樣把人給殺了。家屬知道我們和莫三比克沒有邦交，要政府派人去救人可能有困難，所以才要求籌組律師團前去救援，但政府就一直拖，家屬已決定先各自找律師幫忙。」

「這樣子喔，有說已找了哪些律師嗎？」

「還不知道，家屬有成立一個 LINE 群組，昨天才決定要各自找律師幫忙。我知道妳考上律師並已開始執業，第一個就想到要請妳幫忙。」

「你先生叫什麼名字？以前從事什麼行業？他家裡的人也會幫他找律師嗎？」

「我先生叫莊偉誠，爸媽離婚後他跟著媽媽，後來媽媽改嫁就很少聯絡了。他以前在電信行上班，除了我之外，沒有人會幫他請律師。」

「在電信行上班感覺不錯呀，怎麼會跟詐騙集團扯在一起？」

「就玩線上遊戲認識一些人，說要到非洲幫忙架設電信機房，對方還說可提供機票及食宿，我先生想說可以多賺一些錢，就答應他們，沒想到是去詐騙。」

「是喔，交朋友眞的要小心。」

「對呀。」

「你們兩個是怎麼認識的？我在環保局時沒聽說妳已經結婚。」

「是妳離開以後的事了。後來我轉作污點證人，和家裡的人徹底絕裂，一個人在外面生活，遇到我先生。他孤零零一個人，瞭解我的孤單，兩個人在一起沒多久就到戶政事務所登記結婚，沒穿婚紗也沒請客……」邊說淚水又邊滑落下來。

「眞的是難爲妳了。這件事的難度很高，我沒有把握辦得成。」阿霞說完，拿出衛生紙給沈慧蓉，讓她擦去淚水。

「這麼說妳是答應了?」沈慧蓉幾乎就要破涕爲笑。

「我試試看,何況莫三比克在哪裡?要怎麼去?我都還不知道。」

「嗯,妳願意試我就很感激了,謝謝妳。但還有一件事,不知道可不可以請妳幫忙。」

「什麼事?」

「就是……我身上沒什麼錢,律師費可不可以分期付款?」

「這件事妳不用擔心,先把人救回來要緊。」

「謝謝妳,局長!喔,不,律師,謝謝妳,大律師。」

「叫我阿霞就好啦。」

送走沈慧蓉,阿霞打開即時新聞,認眞研究起本案的最新進展,對於家屬要求政府籌組律師團前去救人,支持與反對的意見約占各半,反對者多認爲詐騙集團咎由自取,不去騙人就不會被抓甚至被打死,不該浪費全民的納稅錢;支持者則認爲詐騙固然可惡,但罪不至死,不該被槍殺或受虐,政府應該儘快想辦法把他們接回來,接受我國法律制裁。

過沒多久,詐騙集團成員又有三人在莫三比克死亡的消息傳出,且疑似遭到虐死,死狀甚慘。經媒體大幅報導,支持政府運用各種管道或籌組律師團,好儘快把嫌犯接回台灣受審的民意已稍占上風,但因我國與莫三比克並無邦交,外交部訓令兼轄該國事務的史瓦帝尼大使館多次交涉均無功而返，民眾責難的對象已轉向政府，使執政當局倍感壓力。

爲了平息民怨，政府終於宣布將支持家屬組織律師團，並派遣外交部、法務部及刑事局等官員，隨同家屬聘請包括阿霞在內的五位律師，前往莫三比克爭取死亡及被關押國民的權益，且爲了避免遭遇不必要的干擾，隨行官員均以顧問的身分前往，以降低官方色彩，對外也宣稱是家屬發起的律師團自主行動。

儘管如此，律師團仍遭遇莫國極大的抵制。由於國內媒體對莫三比克當局語多貶抑，經莫國最大的報紙《消息報》披露，其他主要報紙、電台及電視台也紛紛跟進，引起莫國執政當局不滿，反對黨更嚴厲抨擊不該放任台灣干涉莫國內政，因而對持我國護照入境的國民採嚴格審查，不再輕易發給落地簽證，使律師團欲前往莫國接回嫌犯的任務，變得更加困難。

阿霞自從同意擔任沈慧蓉先生的律師開始，就積極研究本案，以及多方瞭解位於非洲東南部的莫三比克，發現莫國南部緊臨我友邦史瓦帝尼，是典型的農業國家，面積與人口雖都比台灣多，卻是聯合國宣布世界最不發達的國家和重債窮國，且還曾爆發軍事衝突，反對黨不時對政府進行武裝襲擊，直到二〇一七年五月雙方才同意無限期停火。

諸多資訊都指莫國目前情勢尚稱穩定，但當地盛行瘧疾、肺結核、霍亂及愛滋病，是全球愛滋病感染率最高的十個國家之一。看到這些訊息，眞是令阿霞裹足不前，她想起孔子所言「危邦不入，亂邦不居」，她眞的要去這遙遠又陌生的國度嗎？幾度想要放棄，但只要想起沈慧蓉憂懼先生安危的愁容，就讓她割捨不下，只好告訴自己「雖千萬人，吾往矣！」每每才一說完，又懊悔不已。

就這樣一再反覆思量，仍無定見，外交部的電話已打來，通知她前往台北待命出發。眼看已無退路，阿霞只好硬著頭皮收拾行李北上，和其他家屬聘請的四位律師會合，一起到法務部開會討論訴訟策略。及至出發當天，始知另有四位官員隨行，及三家電視台、一家通訊社與兩家報紙派遣記者隨團採訪。

在外交部的安排下，一行人先搭機前往香港，再轉機飛往南非約翰尼斯堡，接著搭機轉往我邦交國史瓦帝尼。從台北出發到史國首都墨巴本，共花了二十幾個小時，抵達後隨即前往我駐史國大使館聽取簡報，及商討因應對策。

由於行前已知莫國緊縮我國民落地簽證，律師團考量此行主要任務，是前往莫三比克接回被關押的國民，因此仍決定闖闖看。隔天搭乘巴士抵達莫國邊界，全團均被拒絕入境，連記者也無一倖免，只好原車返回史國，再俟機突圍。

返回墨巴本，阿霞想起多年前曾幫史國國王找回替王子準備的定情物，當時王子的女友就是他在台灣求學的同學，問我大使館人員，還有資深官員記得這段往事，並說兩人已經結婚，阿霞請大使館嘗試和王子妃聯絡，沒想到王子妃也記得阿霞，並且邀她到官邸作客。

王子妃得知阿霞爲接回在莫國的台灣人卻不得其門而入，答應會盡力幫忙，沒多久史國總理辦公室官員奉命前來官邸，以阿霞曾獲頒史國榮譽國民證書爲據，替她趕辦史國護照。由於莫三比克與南非及史瓦帝尼等國簽有互免簽證協定，有了史國護照，即可確保進入莫國無虞。阿霞對這項發展感到樂觀，頻頻向王子妃及史國官員稱謝。

隔天，阿霞帶著史國外交及國際合作部爲她趕製的新護照，和大使館找來已落籍南非，並精通莫國官方語言葡萄牙語的台商，一同驅車前往莫國，果然不再受到刁難，得以順利入境。一群人直達莫國首都馬布多，並在多名台商協助下，以家屬名義進入監獄探視沈慧蓉的先生莊偉誠，發現他和多位被關的台灣人健康狀況不佳，非得儘快將他們救出不可。

另一方面，阿霞在馬布多得知，原本莫國同意死者家屬可前來招魂及接回遺體的承諾，也在莫國民意的反彈下跳票，十具死亡的台灣人遺體至今仍被草草安置，家屬則滯留南非，無法進入莫國。消息傳回國內，又掀起一陣波瀾，眾人只好把領回遺體及接回嫌犯的希望，全寄託在阿霞一人身上，使她感到責任無比沉重。

五十一

阿霞絞盡腦汁，想辦法要扭轉莫國當局對此事的態度，最後想出刊登廣告、接受訪問或召開記者會等方式。請我駐史國大使館及在該處待命的律師團成員評估，大使館官員怕她太過高調恐被遞解出境，不建議她接受訪問或召開記者會，刊登廣告又緩不濟急，最後只告訴阿霞，要她見機行事、自行決定。

接獲大使館模稜兩可的建議，阿霞心想，只能靠她自己了，於是向陪同前來的台商說明她的計畫，請他聯合當地台僑協助，向莫國媒體發出邀請，說有被關押的台灣人家屬代表要召開記者會，希望藉此讓莫國媒體及政府得知，人道超越政治，我方只想儘速領回遺體及被關押的國民，此外別無所圖。

另一方面，阿霞也打電話給史國王子妃，探詢史國能否發揮影響力，向重視睦鄰友好的莫國轉達家屬的要求。王子妃說她來自台灣，對家屬的處境感同身受，就算阿霞沒拜託她，她也會請夫婿及國王幫忙，同時還告訴阿霞，莫國報紙紛紛轉載台灣媒體指責莫國當局的報導，可能因此引起莫國政府誤會，認爲是台灣官方的立場，才會把事情愈弄愈僵。

阿霞發現問題癥結之一在輿論，趕緊傳 LINE 到家屬群組，請他們向台灣媒體表達，家屬尊重莫國爲維護治安，獨立行使法律的立場；同時也請我駐史國大使館考慮是否能發表聲明，除對整起事件表示遺憾外，也能強調「執行法律是莫國的主權行爲，我方表示尊重」，以扭轉莫國朝野對台灣的態度。

由於莫國時間晚台灣六個小時，家屬向台灣媒體表達立場後，剛好趕上隔天莫國報紙出版，加上在史國的台灣記者報導，我駐史國大使館發表聲明「尊重莫國執行法律是主權的行爲」，也獲得莫國主要報紙《消息報》、《國家報》、《莫三比克日報》及莫三比克電台、電視台與STV電視台廣泛報導，讓莫國當局得以接收到台灣官方正確的訊息，而非鄉民的酸言酸語。

同一天，阿霞也在莫國首都馬布多召開記者會，除了莫國媒體到場，幾家國際通訊社及中國媒體也派員出席，她主要訴求人道應超越政治、超越種族、超越國界及藩籬，好讓客死異鄉的十位台灣人遺體，得以早日魂歸故里，被關押的二十三位台灣人，也能早日返回台灣接受法律制裁。

她說，這二十三位被關和已經死亡的十位台灣人，有的是兄弟，有的是姊妹，有的是夫妻，更多是出自同一鄉里的好朋友，他們已經天人永隔，不希望因爲政治的因素，再被分隔兩地，懇請莫國政府考慮能讓他們一同回到故鄉，使他們已經破碎的家庭，得以再度凝聚，家屬們受傷的心靈，可以得到慰藉。

最後，阿霞表示，這人道精神，是人性最共通、也是最根本的價值，「在台灣如此，相信在貴國也是如此。」一席話聽得在場記者爲之動容，透過外電傳到台灣，也在國內引起陣陣好評。

不知是阿霞的記者會發揮功效，還是史國適時的伸出援手奏效，隔天，仍滯留於南非約翰尼斯堡的家屬，已能前來莫國認屍及招魂。我駐史國大使館人員、律師團與台北前來的官員也接獲通知，得以入境莫國探視被拘押的台灣人，並爲接他們回台灣受審進行安排。

聽到從台北一起前來的律師及官員得以入境莫國，阿霞緊繃多日的神情總算可以獲得舒緩。和他們會合後，有律師告訴她，此事得以圓滿解決，史國官方出力甚多，另因莫國爲撒哈拉以南接受美國援助較多的國家，同時也是美國《非洲增長與機遇法》的受惠國，與美國關係密切，我政府透過管道請美國出面向莫國關切，應也發揮一定功效。

隨同前來的官員則表示，這次中國並未強力把人犯接去大陸，可能與另外還有十人死亡有關，因爲莫國想要一次解決這次事件，不想人、屍分開處理，加上政府請陸委會與對岸積極溝通，可能也發揮效果，但他認爲阿霞在莫國的表現可圈可點，以及運用自身的關係請史國王子妃協助，是這次事件得以圓滿落幕的首要功臣，國內不分朝野，都在爲她的表現喝采。

但阿霞只想早日返家。處理完莫國事務，經長途飛行回到台灣，阿霞已顯得精疲力竭，雖時值深夜，卻還有一堆事情等著她，首先是前往台中地檢署，陪同從莫三比克押回的嫌犯接受偵訊。由於民眾對詐騙集團的行徑深惡痛絕，檢方偵訊後以有勾串共犯偽證，及反覆實施詐欺犯罪之虞，聲押其中二十一人獲准，包括沈慧蓉的先生莊偉誠，其餘兩人則限制出境。

隔天，阿霞以律師的身分到台中看守所會見莊偉誠，曾收容她多時的台中女監就在幾步之遙，讓她頗有感觸。阿霞深知失去自由的滋味，以及遭詐騙民眾內心的痛苦，勸莊偉誠認罪，等檢察官向法院聲請簡易判決後，和檢方進行認罪協商，由檢察官聲請法院依協商合意內容進行判決，以免去冗長的訴訟程序，也可得到自身可接受的刑度。

莊偉誠聽了頻頻點頭，指他歷經莫三比克的劫難，絕對會痛改前非，不敢再犯，也會勸其他人考慮認罪，以早日重獲自由。他並向阿霞表示，有好幾位同伴請不起律師，可否請她擔任辯護律師？阿霞同意照單全收，條件是必須真心悔過，向社會大眾道歉並認罪，自此，阿霞又多了七位當事人，替他們與檢方進行認罪協商。

結束看守所與當事人會面，阿霞又趕往台北，出席法務部記者會，說明此行接詐欺嫌犯回國受審的經過，晚間並接受行政院長晚宴款待，以慰勞他們的辛勞。

餐會結束，阿霞拖著疲憊的身軀回到下榻的旅館，心想這次的任務總算告一段落，明天就可以返回集集和婆婆及女兒相聚。正想打電話給婆婆，手機已先響起，對方說總統想和她通話，要她稍候，沒多久，總統的聲音從話筒那端傳來，向她表示感謝，並稱讚她此行表現堪稱完美，才能完成如此艱鉅的任務，末了還約她明天上午到總統府會面。

阿霞對總統的邀約感到受寵若驚，隔天上午早早就起床準備赴約，這是她生平第一次獲邀前往總統府，心裡難免緊張，她特意打扮了一下，卻仍掩飾不了長途跋涉的倦容。

搭計程車抵達總統府三號門，向駐守的憲兵說明來意，經憲兵通報，不一會兒一名自稱總統辦公室的秘書前來接她，經安檢進入總統府，阿霞隨即被引導至總統會客室，等候和總統會面。

還在打量會客室的擺設，總統已在侍衛長及隨扈的簇擁下蒞臨。短暫寒暄過後，總統告訴阿霞，她的表現已超越一般國民應盡的本分，甚至比大部分的內閣閣員都要好，尤其是面對困難的環境及結構性的衝突，還能專注於解除危機並達成目標，眞是令人刮目相看。

接著，總統告訴她內閣將在農曆新年後改組，他已向行政院長提過，並且獲得院長支持，要邀請她出任法務部長，爲我國的司法改革奉獻心力。

阿霞聽了嚇一大跳，原以爲總統邀她至總統府，只是一般的官式拜會，就像昨晚院長宴請律師團一樣，都是爲了慰勞他們的辛勞，壓根就沒想過到總統府是要請她擔任部長，直到總統開口邀請，她仍覺得好不眞實。

五十二

阿霞心繫莊偉誠及其他當事人的官司，對於總統請她擔任法務部長，並未當場答應，只說要回去考慮。總統說好，並再次向她表明請她擔任法務部長，除了期許她進行司法改革，以維護民主政治發展與人權公義，還要借重她在看守所二年多的經驗推動獄政革新，以及端正政風等，請阿霞考慮後告訴他，好讓他接續安排其他人事。

離開總統府，阿霞返回旅館打包行李，搭高鐵換乘巴士回到闊別近半個月的集集，正好趕上鎮公所在週末舉辦的鄉村音樂會，這次邀請前來演唱的是知名歌手陳昇。陳宗昇診所休診後，約阿霞一起前往聆聽，久別重逢的兩人，依偎在草坪上喝著飲料，一邊欣賞陳昇賣力的演出，一邊互訴相思的衷曲。

聽完陳昇演唱〈把悲傷留給自己〉，阿霞告訴陳宗昇：「今早總統邀我到總統府，請我擔任法務部長。」

「法務部長？妳有沒有聽錯？」陳宗昇一聽感到無比驚訝，問說：「法務部長？爲什麼會找上妳？」

「我也不知道。」

「總該說爲什麼是妳吧？」

「總統是有說內閣的平均年齡太大，且男性居多，這次改組希望多找些年紀輕的及女性，而且律師擔任法務部長已有前例。」

「妳有答應嗎？」

「還沒有。」

「妳會答應嗎？」

「我也不知道。你覺得呢？」

「記得以前念書，曾讀到蘇東坡推崇陶淵明『欲仕則仕，不以求之爲嫌；欲隱則隱，不以去之爲高。』」

「所以呢？你覺得我該答應嗎？」

「就像蘇東坡說的，想做官就出來做官，不認爲求官是見不得人的事；想退隱就退隱，不認爲罷官求去就比較清高。自自然然，不矯情不虛僞，不違背內心眞正的想法就是。」

「不違背內心的想法嗎？嗯，我懂了。」

看著陳昇在台上自然、豪放的演出，阿霞認爲他就像詩人一樣，以詩歌般的動人樂章傳世；陳宗昇則是認眞的醫生，以濟世救人爲職志。

「我也該做些什麼吧！」阿霞在內心告訴自己。

經過週休假期休養生息，從莫三比克回來的時差已調整得差不多，阿霞回到律師事務所，第一件事就是遞出辭呈，辭去初級合夥人，並打電話給總統秘書，謝謝總統的好意，但她無法勝任法務部長，請秘書代向總統轉達。

一段時日過後，阿霞在集集開設律師事務所，取公公婆婆名字其中的一個字，命名「瑞秋法律事務所」，以感念他們像親生女兒般照顧她。辦公室就設在婆婆家一樓，其實就是一個人的事務所，凡事都由她自己打理。

裝潢時，阿霞在牆上掛起一幅大大的墨寶，這是她和陳宗昇專程前往淨國寺向慧德法師求來，上面寫著「給人溫暖」四個大字；桌上則擺著妙元送她的小沙彌公仔，可以讓她不時凝望法師的墨寶及小沙彌身上印有的「給人溫暖」四個字，希望有朝一日能參透這幾個字所蘊含的意義，以及期勉自己，時時刻刻不忘「給人溫暖」的初衷。

開幕當天下午，清潔隊剛好到事務所附近打掃，昔日同事紛紛登門道賀，只有何芊芋一個人在門外徘徊。阿霞見狀，趁隙走出辦公室拉她進來，端給她一杯咖啡，見江俊賢喊她班長，始知何芊芋已經眞除，趕緊向她恭喜。何芊芋則回給阿霞一個大擁抱，昔日的恩怨情仇，盡在溫暖的擁抱中消融。

阿霞認爲偏鄉除了教育、醫療、交通等各項資源匱乏外，法律服務更是付之闕如。對於需要專業法律幫助，又無力負擔訴訟費用及律師報酬的偏鄉民眾而言，顯得極不公平。因此，除了在集集開設法律事務所，也和多位民意代表合作，到他們設在各地的服務處進行法律諮詢服務。

爲了方便往來各地及前往法院打官司，阿霞也學會開車。她發現請她擔任律師的當事人，最多的是涉犯毒品及酒駕案件，在提供法律諮詢之餘，還開起法治教育課程，以實際的例子宣導毒品及酒駕的危害。

假日她也經常抽空到慈濟環保回收場從事資源回收工作，認爲愛護地球不因身分、地位不同而有所不同，並且不間斷地練習二胡，希望能有機會再和爽文國中與集集絲竹箏樂團一起登台演出。

陳宗昇眼看阿霞四處奔波，怕她累出病來，爲了能就近照顧她，想出以義診的方式陪同，跟隨她到各地偏鄉與山地部落替民眾義診，後來還加入慈濟國際人醫會，將醫療網絡延伸到各個需要的地方。

依照行程，後天應該前往仁愛鄉武界部落進行法律諮詢及義診服務，阿霞卻告訴陳宗昇，她臨時接到通知，後天要上台北一趟，必須取消法律諮詢服務，希望義診能照常舉行，以免失信當地民眾。

隔天傍晚，阿霞搭乘夜車前往台北，和怡婷會合，準備翌日一同前往新店山區，出席一處道路拓寬完工典禮。

原來，這裡正是多年前阿霞的先生志榮騎車經過，不慎衝出邊坡喪命之處。因道路兩旁的地主不願土地被徵收，市府計畫將蜿蜒狹窄的道路拓寬拉直，始終未能如願，使附近路段又添了幾起冤魂。

阿霞不忍有人再步上志榮的後塵，將獲得冤獄賠償的五百多萬元，交給怡婷及志榮的大學同學阿杰，請他們幫忙和地主交涉，表示願以優於市場行情的價格向地主購買土地，最終獲得地主同意出售，再無償捐給新北市政府作爲道路拓寬之用。

經過近一個月施工，拓寬工程已經完成。新北市長爲表彰阿霞的義行，決定親自主持完工通車典禮，並邀請阿霞出席，同時徵詢她是否將這段道路改名爲「志榮路」。阿霞只同意出席通車典禮，不願居功將道路冠上志榮的名字，市府也表示尊重。

完工通車典禮當天，阿霞和怡婷搭乘阿杰的車前往會場。典禮開始，首先由市長致詞，他表示，市府計畫要改善這條道路，並且優先拓寬這個路段，談了好多年都沒有談成，直到從莫三比克載譽歸國的阿霞小姐介入，才終於有所進展。

市長並說，他要向大家爆個料，阿霞小姐從莫三比克接回來的其中一名嫌犯，正好是某位地主的外甥，這位外甥向前去看守所看他的舅舅表示，他在非洲看不到什麼叫尊重人命，讓他很有感觸，認爲人到底在追求什麼？又能留住什麼？所以就勸舅舅，強要留住這塊地卻害人喪命值得嗎？這位地主被外甥說動了，還出面勸其他地主一起把地賣給阿霞，才能促成今天這件事。

市長致詞完，司儀請阿霞致詞。她緩步走上講台，說要不是市長講出這段經過，她還不知道有這過程，但她相信，人與人之間的一切恩恩怨怨，必須以慈悲、仁愛、寬恕來終結，時時刻刻給人溫暖，因爲，她深信掠奪的人，難免會受苦；施捨的人，終會有回報。這幾位地主就算沒有從莫三比克回來的孩子勸說，也一定會悟出這個道理，作出最有利眾人的事。

阿霞並表示，多年前她摯愛的先生不幸在此地喪生，間接促成今天這條道路的拓寬，她認爲先生也是施捨的人，捨身換取其他用路人的安全。她身爲家屬，經過這幾年的學習、調適，已能充分感受「給予的人內心必然豐盈」，就像是不停湧出的泉水，無私地讓乾渴的人分享最美的甘露，愈給，你只有愈多。

說完，台下爆出熱烈的掌聲。

典禮結束，阿霞和怡婷同樣搭乘阿杰的車返回市區。途中，阿杰說地主後來同意以市價賣地，只用了四百多萬元，還剩下八十幾萬，他和怡婷各出八萬多元湊成一百萬，已依照阿霞的意思捐給乳癌防治基金會，接著拿出收據給阿霞。

「謝謝你，阿杰，也謝謝怡婷。」阿霞接過收據說。

「我覺得好虧喔，生平第一次捐錢，就捐給我用不到的單位。」阿杰說。

「最好是啦，你沒聽過男生也會得乳癌嗎？」怡婷說。

「呀？眞的假的？」阿杰問。

「男生得乳癌是女生的二百分之一，你最好是不會得啦。」怡婷繼續說。

「好啦，有捐有保庇，妳不要再詛咒我了啦。」阿杰說。

「你沒聽我嫂嫂說嗎？愈給，你只有愈多，你怎麼就是不懂呀。」怡婷說。

「我懂，我懂，今天捐給乳癌防治基金會，明天捐給子宮頸癌、後天捐給卵巢癌，愈捐愈多的意思嘛。」阿杰說。

「你，你很故意吔！」怡婷說。

（全文完）

鏡小說 13

阿霞

作　　者 — 廖震
責任編輯 — 鄭建宗、陳敬淳
美術設計 — 黃鈺茹
責任企劃 — 劉凱瑛
整合行銷 — 王以柔
主　　編 — 李佩璇
總 編 輯 — 董成瑜
發 行 人 — 裴偉

出　　版 — 鏡文學股份有限公司
11070 台北市信義區東興路 45 號 4 樓
電話：02-6633-3500
傳真：02-6633-3544
讀者服務信箱：MF.Publication@mirrorfiction.com

總 經 銷 — 大和書報圖書股份有限公司
242 新北市新莊區五工五路 2 號
電話：02-8900-2588
傳真：02-2299-7900

內頁排版 — 薛美惠
印　　刷 — 緯峰印刷股份有限公司
出版日期 — 2019 年 2 月 初版一刷
定　　價 — 340 元

國家圖書館出版品預行編目資料

阿霞 / 廖震著 . -- 初版 . -- 臺北市 : 鏡文學 ,
2019.02
336 面 ; 14.8×21 公分 . -- (鏡小說 ; 13)

ISBN 978-986-96950-5-3(平裝)

857.7　　　　108000745

ISBN 978-986-96950-5-3
Printed in Taiwan